열광금지,
에바로드

열광금지,

장강명 장편소설

제 2 회 수 림 문 학 상 수 상 작

에바로드

광화문글방

차례

EVA

ROAD

0. 우리를 구해준 건 그 로봇이야

『신세기 에반게리온』 제4화

42분 7초짜리 다큐멘터리 〈열광금지, 에바로드〉는 이제 인터넷에서 주문형 비디오로 볼 수 있다. 가격은 2000원.

네이버 엔스토어, 다음 영화, 네이트 호핀, 티스토어, 인디플러그, 티빙에서 서비스한다. 12세 이상 관람가, 1280×720픽셀, 화면비 16 대 9, 용량은 2.27기가바이트, 스테레오 녹음.

지금 이 글을 쓰고 있는 '나'는 『시사포커스』라는 주간지의 기자인 장휘영이다. 나는 이 다큐멘터리를, 거기에 관람 등급이 매겨지기 전에 상수역 부근 카페에서 봤다. 이때쯤 이미 〈열광금지, 에바로드〉는 인터넷에서 상당히 유명세를 타고 있는 중이었다.

나는 젊은이들의 새로운 유행이나 신기한 사건을 소재로 하는 한 페이지짜리 연재 코너의 기사를 쓰기 위해 그 상영회를 찾았다. 편집장은 "너 오타쿠잖아"라며 내게 그 코너를 맡겼다. 그로서는 오타쿠 문화와 젊은 문화를 구분할 수 없었던 게다. 그는 내가 쓰는 기사가 실은 젊은 세대에 대한 기사가 아니라 단순히 서브컬처에 대한 기사임을 간파하지도 못했다.

어느 정도는 편집장도 이해가 된다. 젊은 사람 중에도 오타쿠는 있고, 오타쿠들 사이에서는 그가 어디에 어떻게 빠져 있느냐가 중요하지 세대 차이는 별 문제가 안 되기 때문이다. 외부에 적이 있으면 안으로 뭉치기 마련이다. 오타쿠들은 자신들이 박해받는다고 믿는 인종들이고. 그러니까 내 기사를 썩 좋아하는 젊은 오타쿠 독자가 있었고, 그걸 보고 편집장은 젊은 독자들이 내 기사를 썩 좋아한다고 생각했다.

게다가…… 사실 이 나라에서는 젊은 세대 전체가 오덕화(오타쿠화)하고 있다. 일자리는 없고, 취향은 다양해졌고, 인터넷은 싸니까, 누르면 모르핀이 나오는 버튼 곁을 떠나지 못하는 실험용 생쥐들처럼 젊은이들이 자기가 좋아하는 것을 되풀이해서 즐기고 또 즐기면서 파고들게 된다. 옛날 야구팬들이 경기 규칙과 스탯[1]에 이렇게 해박했던가? 옛날 축구팬들이 전날 밤 있었던 유럽 리그의 경기 결과를 놓고 이렇게 치열하게 토론을

1 야구 관련 통계를 멋있어 보이게 부르는 말.

벌였던가?

앞서 '오덕화'라는 말을 썼는데 이쯤에서 용어를 정리해야 할 것 같다. 오타쿠라는 말 대신 앞으로는 오덕이라는 용어를 사용하겠다. 실제로 이 단어가 오타쿠라는 말보다 일상생활에서 더 많이 쓰이는 데다, 여기에는 '토종 오타쿠'라는 자의식도 반영되어 있기 때문이다. 오타쿠→오덕후→오덕/덕후.

'덕'이라는 단어를 이런 식으로 활용한다. 덕심＝오타쿠들의 심리. 덕부심＝오타쿠들의 자부심. 덕질＝오타쿠 활동. 덕력＝오타쿠인 정도. 덕친＝오타쿠 친구. 양덕＝서양인 오타쿠. 밀덕＝밀리터리물 오타쿠. 탈덕＝오타쿠이기를 그만둠.

여하튼 나는 상수역 근처 카페에서 〈열광금지, 에바로드〉를 처음으로 보았다.

카페로 가는 길이 썩 내키지는 않았다. 마감은 다가오고, 소재는 없고 해서 탐탁지 않은 마음으로 고른 기삿거리였다.

에반게리온이 언제적 에반게리온이냐. 한때는 나도 〈신세기 에반게리온〉에 환호하고 극장판 〈사도신생〉과 〈엔드 오브 에반게리온〉까지는 찾아 봤으며, 이후에도 몇몇 파생 만화나 소설, 게임을 접하긴 했지만…… 제작사의 지나친 상술에 초기의 열정은 사라지고 2013년 초 즈음에는 이 거대 로봇 애니메이션에 대해 씁쓸한 마음밖에 남지 않은 상태였다.

일부 팬들은 에반게리온을 '사골게리온'이라고 불렀다. 사골국을 끓여 먹듯이 제작사(처음에는 가이낙스였고 나중에는 스튜디오 카라)가 끊임없이 관련 상품을 내놓으며 팬들의 주머니를 털었기 때문이다. CD와 DVD와 블루레이가 완전판, 리뉴얼, 리패키지 어쩌고 하는 이름을 달며 부록을 더해 나오고 컴퓨터 게임은 내가 아는 바로만 열다섯 종이 넘게 나왔다. 팬들은 완성도가 조잡한 그 게임들을 게임으로서의 재미 때문이 아니라, '그 게임에서 비로소 밝혀진다고 하는 에반게리온의 숨겨진 설정 하나'를 찾기 위해 사들였다.

에반게리온 관련 상품은 정말 믿을 수 없이 많다. 도쿄 하라주쿠에는 그런 상품만 모아서 파는 '에바스토어'라는 가게가 있을 정도다. 에반게리온 모자와 티셔츠는 물론 에반게리온 구두, 에반게리온 넥타이, 에반게리온 팬티(남성용과 여성용이 따로 있다)와 에반게리온 타이즈도 있다. 에반게리온 반지, 에반게리온 펜던트, 에반게리온 귀걸이, 에반게리온 노트북, 에반게리온 선풍기, 에반게리온 가습기, 에반게리온 우산, 에반게리온 가방, 에반게리온 쇼핑백, 에반게리온 지갑, 에반게리온 라이터, 에반게리온 침대, 에반게리온 쿠션, 에반게리온 베개, 에반게리온 CD 케이스, 에반게리온 과자, 에반게리온 빵, 에반게리온 라면, 에반게리온 껌과 사탕, 에반게리온 와인, 심지어 에반게리온 쌀까지 있다. 에반게리온 면도기와 전동칫솔은 적었나?

에반게리온 식사는 여러 종류인데 만듦새가 꽤 훌륭하다. 사도[2]처럼 생긴 전병과 아담[3]처럼 모양새를 낸 파스타 면, '세컨드 임팩트'[4]라는 이름의 칵테일 등이 있다. 에반게리온 수저와 그릇 세트로 식사를 마친 뒤 디저트로 에반게리온 케이크를 먹고, 에반게리온 머그컵에 에반게리온 커피를 따라 마시면 된다.

에반게리온은 오덕이 만든, 오덕을 위한, 오덕의 작품이었다. 오덕 문화의 상징이면서 동시에 전 세계 오덕들을 등쳐먹는 데도 단연 최고봉이었다. 수없이 많은 팬들이 수없이 많은 해석을 내놨지만 결국 사도의 정체가 무엇이고 〈엔드 오브 에반게리온〉의 마지막 장면이 뜻하는 바가 뭔지에 대해서는 명쾌한 답이 나오지 않았다. 그래서 안노 히데아키 감독이 2007년에 "에반게리온 세계를 처음부터 다시 만들겠다"며 리메이크에 해당하는 신극장판 네 편을 만들겠다고 선언했을 때, 나는 두 손을 들었다. 이 미친 짓을 앞으로 10년을 더 하겠다고? 난 빼줘. 난 구극장판으로 충분하다, 신극장판까지 손대지는 않겠다, 고.

〈열광금지, 에바로드〉에 대한 이야기는 전직 언론고시생이 운영하는 독립 잡지 『월간 잉』에서 처음 읽었다. 어떤 미친 오

---

2 에반게리온에 등장하는 일종의 괴수.
3 첫번째 사도.
4 에반게리온 세계에서 2000년에 일어난 대형 참사.

덕이 '에반게리온 월드 스탬프 랠리'를 완주하고 그 과정을 다큐멘터리로 찍었다더라. 멋지지 않냐. 그런 내용이었다. 불행히도 그 기사에는 몇 가지 중요한 정보가 빠져 있었다. 우선 기사를 읽고 나서도 '에반게리온 월드 스탬프 랠리'가 어떤 것인지 정확히 알 수 없었고, 두번째로 그 기사에는 '에반게리온 월드 스탬프 랠리'를 완주한 사람은 지구에 단 한 사람, 〈열광금지, 에바로드〉의 제작자이자 주인공인 박종현 씨밖에 없다는 사실이 나와 있지 않았다.

그래도 그 인물이 뭔가 범상치 않은 오덕이라는 사실은 분명해 보였고, 나는 『월간 잉』 운영자에게 메일을 보내 박종현의 전화번호를 받았다. 나는 박종현이 전형적인 오덕 외모를 지녔을 거라고 상상하고 있었다. 안경을 쓰고, 여드름이 많고, 돼지 같은 체형에다 '하, 하, 하' 따위의 어색한 웃음을 남발하면서 오덕 용어를 쓰고, 상대의 어리둥절해하는 반응에 곧바로 풀이 죽는 스타일 말이다. 여자와 사귀어본 적은 당연히 없고, 친한 친구도 없으며, 사교성은 빵점에 쓸데없이 자존심만 강한 인간, 성인용 애니메이션을 보며 자위를 하고, 여드름을 짜서는 그걸 책상 아래 몰래 문질러 묻혀놓는 부류를 상대해야 하는 것 아닐까 하는 걱정이 들었다.

하지만 전화기 저편에서 들려오는 목소리는 멀쩡했다. 예의바른 데다 사근사근하기까지 했다. 게다가 내 예상과 달리 직업도 있는 청년이었다.

"고맙습니다만 제가 오늘은 어머니 병간호 때문에 시간을 낼 수 없어서요. 혹시 내일도 괜찮으신가요? 인터뷰에는 시간이 얼마나 걸리나요?"

"한 시간이면 충분할 겁니다. 기왕이면 전화로 하는 것보다 직접 만나뵙고 싶은데요."

"그러면 내일 상영회에 오시면 어떨까요. 저는 어차피 상영회 두 시간 전부터 카페에 있을 테니까, 편한 시간에 오시면 됩니다."

은근히 요령이 좋은 상대라고 생각하며 나는 통화를 마쳤다. 그즈음 연재 코너 기사를 위해 만났던 젊은 인터뷰이들은 기자의 전화를 받으면 허둥대며 갑자기 저자세가 되거나 아니면 반대로 허세를 부리며 애써 바쁜 척하려 들었다. 그런데 박종현은 그중 어느 쪽도 아니었다.

다음 날 박종현을 만났을 때 나는 한 번 더 놀랐다. 안여돼[5]이기는커녕, 굉장히 잘생긴 청년이 내 앞에 있었기 때문이다. 그냥 잘생겼다는 말로는 부족하다. 색기가 줄줄 흐르는 묘한 매력의 소유자였다. 기생오라비같이 생겼는데 호감형이라고 하면 이해가 가실는지? 종현을 처음 봤을 때 나는 나기사 카오루[6]

---

5 안경 여드름 돼지.
6 에반게리온 시리즈에 등장하는 남성 캐릭터. 잘생긴 데다 게이 분위기가 물씬 나서 여성 팬이 많다.

를 떠올렸다. 종현은 날씬했고, 여드름도 없었다. 붉은색 안경을 쓰고 있긴 했는데, 에반게리온 월드 스탬프 랠리를 하며 에바스토어에서 산 한정판 '마리[7] 안경'이라고 했다.

인사를 하고 사진을 찍은 뒤 인터뷰를 시작했다. 그는 약간 쑥스러워했는데, 나중에는 그런 태도가 연기가 아닐까 하는 의심이 희미하게 들었다. 이런 범상치 않은 일을 벌인 범상치 않은 외모의 인물이 너무 완벽하게 멀쩡한 정답만 내놓고 있으니 어딘가 사기 같다는 느낌이 들었다.

시사주간지 편집장의 취향에 너무 잘 맞아떨어지는 이야기들이었다. 가난한 결손가정 출신, 대학 중퇴, IT 하청업체 직원으로 간신히 독립, 그 와중에 간간이 꿈을 주던 만화영화 에반게리온. 그리고 에반게리온 신극장판 개봉과 그에 맞춰 진행된 에반게리온 월드 스탬프 랠리. 청년은 가진 돈을 탈탈 털어 청춘의 마지막 불꽃을 에반게리온과 함께 태우기로 하고 이런저런 우여곡절 끝에 세계 유일의 랠리 완주자가 된다. 이 과정을 다큐멘터리로 찍는데 그게 또 눈물 없이는 들을 수 없는 얘기다. 영상 편집기술과 작곡을 배워가며 영상물을 제작하고, 돈이 다 떨어져서 통장 잔고가 6원이 되었을 때 숨은 에반게리온 팬들

━━━
7 에반게리온 신극장판에 등장하는 여성 캐릭터. 안경을 쓰고 있다.

이 후원금을 보내 최종 편집을 마친다!

"허, 이게 다 진짜예요?"

아라비안나이트 같은 이야기에 나는 혀를 내두르며 인터뷰어로서는 크게 실례되는 질문을 던졌다.

"네, 전 아직까지도 악보를 볼 줄 몰라요. OST는 작곡 프로그램으로 만들었어요. 악보를 못 봐도 작곡할 수 있게 해주는 프로그램들이 많이 있거든요."

종현이 대답했다.

우리가 인터뷰를 하는 사이에 카페에 슬슬 사람들이 들어와 앉았다. 이런 모임에 한 명쯤 꼭 나타나는 말라깽이 여자아이도 보였고, '나 티베트 갔다 온 여자야'라고 자랑하는 듯한 옷차림의 여성도 있었다. 그러나 대부분 오덕 냄새가 나는 우중충한 외모의 남자들이었고, 그치들은 쓸데없이 아이패드를 만지작거리며 담배를 피워 댔다. 개중 몇몇은 종현에게 와서 사인을 받아가기도 했다.

한 페이지짜리 기사를 쓰는 데 그리 취재가 많이 필요하지는 않다. 처음에는 인터뷰만 하고 돌아갈 생각이었다. 그러나 대화를 하면 할수록 점점 〈열광금지, 에바로드〉에 대한 호기심이 일어 인터뷰를 마친 뒤 상영회도 지켜보았다. 불을 끈 카페의 대형 스크린에 '프로젝트 에바로드'라는 로고가 나타났다가 사라지고 자막이 깔리며 내레이션이 나왔다.

"이 다큐멘터리는 한 오덕이 쓸데없는 일에 시간을 낭비하는 내용을 담고 있습니다. 노약자와 임산부는 보셔도 괜찮지만 보시다 한심하다며 혀를 차게 될 수 있습니다."

나는 맥주를 홀짝이며 영화를 보았다. '역시 영상 세대는 다르네' 따위의 품평을 속으로 하면서. 그러나 몇 분 뒤에는 맥주를 마시는 것도 잊어버리고 영상에 완전히 몰입했다.

그 다큐멘터리는 기이할 정도로 완성도가 높았다. '쓸데없이 고퀄리티'라는 인터넷 표현도 부족했다. 게다가 보는 이의 심금을 울리는 어떤 진실성의 힘 같은 것이 있었다.

유머가 넘치는 영화였음에도 불구하고 카페에 다시 불이 켜졌을 때에는 참석자 모두가 예상치 못한 감동에 휩싸여 있었다. '나 티베트 갔다 왔어' 여자는 눈물을 흘렸다. 나 역시 손바닥이 얼얼해질 때까지 박수를 쳤다.

42분 7초 만에 카페 분위기가 완전히 달라졌다. 서먹해하던 남녀 오덕 스무 명이 대여섯 명씩 한 테이블에 모여 앉아 통성명도 제대로 않고 에반게리온의 메시지와 세계관에 대해 대토론회를 벌였다. 나는 체면이 상할까 봐 간신히 자제력을 발휘하고는 있었지만 〈엔드 오브 에반게리온〉 마지막에 인류가 멸망하고 신지와 아스카만이 살아남았다는 주장에 대해서만큼은 강하게 반박했다. 곳곳에서 "카오루 너무 멋져"라든가 "아스카는 교복이 진리"라는 등의 말이 들렸다. 거의 모든 참석자들이 박종현과 월드 스탬프 랠리 완주 인증서를 같이 들고 사진을 찍었다.

종현은 자리를 바꿔가며 여러 테이블을 돌았다. 그는 대화의 전면에 나서지 않으면서도 분위기를 띄울 줄 아는 유능한 호스트였다. 가는 테이블마다 열렬한 환영을 받았고, 떠날 때에는 "아, 조금만 더 앉아 있다 가세요"라는 아쉬움과 만류의 호소를 들었다. 그가 어느 한 테이블에 오래 앉아 있다 싶으면 다른 테이블에서 "이제 그만 이리 오세요"라며 그의 옷소매를 잡아끌었다.

나는 다음 날 흥분이 덜 가신 상태에서 기사를 썼다. 시사주간지라는 성격과 지면 한계 때문에 '가난한 청년 오타쿠가 맨손으로 인간 승리를 거뒀다'라는 큰 방향은 어떻게 해도 바꿀 수가 없었다. 내가 쓴 기사는 이런 내용이 되었다. 어떤 미친 88만원 세대 오덕이 에반게리온 월드 스탬프 랠리를 완주하고 그 과정을 다큐멘터리로 찍었다더라. 멋지지 않냐.

이쯤에서 '에바로드'와 '에반게리온 월드 스탬프 랠리'에 대해 설명을 하자면, 먼저 에바로드라는 단어는 박종현 씨가 만들어낸 신조어다. 에반게리온의 길. 줄여서 에바로드. '에바'는 에반게리온 극중 인물들도 자주 사용하는 에반게리온의 일본식 줄임말이다.

'에반게리온 월드 스탬프 랠리'는 2012년 에반게리온 신극장판 세번째 작품인 〈에반게리온: Q〉의 개봉을 앞두고 제작사인 스튜디오 카라가 벌인 홍보 이벤트다. 처음 이 이벤트가 공지되었을 때 팬들 사이에서는 "미쳤구나"라는 한숨과 원성, "그래도 에반게리온이니까 완주하는 인간이 나올지도 몰라"라는 반응이 나왔다.

이 이벤트의 정체가 뭐였는고 하니…… 그전에 잠시 에반게리온 신극장판의 제작 배경을 짚어보자. 신극장판 스포일러가 싫으신 분들은 건너뛰어도 좋다.

에반게리온 TV 시리즈와 구극장판을 만든 가이낙스는 '회사가 아니라 오타쿠 집단'이라는 별명이 있는 제작사다. 이 회사는 그야말로 딱 오덕들이나 좋아할 만한, 엄청나다면 엄청나고 괴상하다면 괴상한 만화영화들을 만들어냈고, 그 정점이 〈신세기 에반게리온〉이었다.

그런데 그 에반게리온의 감독인 안노 히데아키는 '가이낙스에서조차 내가 만들고 싶은 걸 제대로 만들 수 없다'며 뛰쳐나와 자기 돈으로 회사를 차렸다. 그게 스튜디오 카라다. 그리고 '에반게리온을 처음부터 다시 만들래'라며 제작에 들어간 게 에반게리온 신극장판이다.

2007년 에반게리온 신극장판 첫번째 작품인 〈에반게리온: 서〉를 개봉할 때만 해도 스튜디오 카라는 홍보에 그렇게 열을 올리지 않았다. 돈이 별로 없었기 때문이다. 그런데 〈서〉는 우려먹기일 거라는 예상과 달리, 상당히 공들여 잘 만든 작품이었다. 〈서〉는 일본에서 20억 엔이 넘는 흥행 수익을 거뒀다.

두번째 신극장판인 〈에반게리온: 파〉는 전작보다 더 잘 만든 작품이었다. 흥행 수익도 〈서〉의 두 배를 벌어들였다. 이 애니메이션은 일본에서 같은 시기에 개봉한 〈트랜스포머: 패자의 역습〉을 가뿐히 제치고 박스오피스 1위를 차지했다.

흥행도 흥행이었지만 에반게리온 팬들에게 그보다 더 중요한 사실은, 〈파〉에서부터는 에반게리온의 이야기가 과거 TV 시리즈와 확연히 달라진다는 점이었다. 〈서〉는 과거 TV 시리즈의 앞부분과 내용이 같았으나, 〈파〉는 중반부터 이야기를 크게 틀었다. 주인공 신지는 용기를 내 히로인인 아야나미 레이를 구하러 가고, 옛 에반게리온에서는 최후에 맞게 되는 서드 임팩트[8]가 예상보다 일찍 찾아온다. 그런데 엔딩 크레딧이 올라간 뒤 나오는 쿠키를 보면 서드 임팩트가 중간에 멈춘 것 같기도 했다.

이렇게 되자 다음 편인 〈Q〉에 대한 에바 오덕들의 조바심은 이루 말할 수 없을 정도였다. 스튜디오 카라도 개봉 전에 예고편을 아홉 편이나 내며 팬들의 기대감을 부채질했다. 〈Q〉 개봉은 2012년 가을로 예정되어 있었다. 그해 6월에 스튜디오 카라

---

8 인류의 종말.

는 홈페이지에 다음과 같은 공지를 올린다.

〈Q〉개봉을 앞두고 프랑스와 일본, 미국, 중국에서 정해진 시간에 정해진 장소에서 홍보 부스를 연다. 거기서 에반게리온 등장인물 네 명의 캐릭터 도장을 각각 하나씩 찍어주겠다. 그 도장을 다 모아 오면 '엄청난 선물'을 주겠다.

첫번째 캐릭터 도장은 보름 뒤 프랑스 파리에서 열리는 '저팬 엑스포 2012'의 에반게리온 부스에서 찍어준다. 그리고 이 부스는 단 나흘 동안만 운영한다. 저팬 엑스포 2012가 나흘 동안만 열리니까. 이후 일정은 차차 공지한다.

이것이 에반게리온 월드 스탬프 랠리다. 상품이 뭔지에 대해서는 작은 힌트조차 없었다. 팬들 사이에서는 "레이나 아스카와 공식적으로 결혼할 수 있게 해주는 권리 같은 거 아닐까? 그렇다면 해볼 만하다"는 말이 나왔다.

내가 "당신 이야기로 책을 쓰고 싶다"고 말했을 때 종현은 머뭇거렸다. 안 그래도 출판사에서 책을 내보지 않겠느냐고 연락이 왔었다고 했다. 하지만 자신은 글솜씨가 없고 이미 하고 싶은 이야기는 영상에 다 담았기 때문에 그 제안을 거절했다고 했다.

그러나 "전달하고 싶은 메시지는 이미 다큐멘터리에 다 들어 있다"는 그의 말에 나는 동의하지 않았다. 〈열광금지, 에바로드〉는 확실히 재미있고 감동적인 작품이기는 했으나 내 생각에는 뭔가가 빠져 있었다. 사실 이 영화는 묘하게 기만적이었다. 이 다큐멘터리는 교묘하게 관객들을 한 가지 결론으로 유도한다. '어떤 미친 오덕이 에반게리온 월드 스탬프 랠리를 완주하고 그 과정을 다큐멘터리로 찍었다. 멋지지 않냐'라는 결론 말이다.

여기에는 두 가지 문제가 있었는데, 먼저 지적할 점은 거기에 아무런 맥락이 없다는 점이다. 사회적인 차원이든, 개인적인 차원이든 간에 말이다. 이 영화에는 박종현이 찢어지게 가난한 집 출신이라거나 아스카 도장을 받으러 프랑스에 갈 때 처음으로 비행기를 타봤다거나 하는 이야기는 나오지 않는다. 종현이 무슨 일을 하는 사람인지, 어느 학교를 졸업했는지, 가족들은 종현에게 뭐라고 하는지, 월드 스탬프 랠리를 완주하고 나서 어떤 생활로 돌아가야 하는지도 나오지 않는다.

누가 봐도 이 영화는 멀끔한 기성품 다큐멘터리이고, 화면 속의 종현은 취향은 유별나지만 전반적으로 멀끔한 중산층 출신 젊은이로 등장한다. '오덕에 대한 사회적 박해' 외에 다른 진짜 갈등과 고통은 제대로 등장하지 않고, 작품은 일반인도 오덕도 부담 없이 낄낄대며 즐길 수 있는 발랄한 헛소동을 지향한다. 그런 게 유행인 시대다. 대형서점의 국내 문학 코너를 작고 예쁜 표지의 경장편들이 점령한 이유도 이것이다. 이런 결핍과 위장은 두번째 문제점으로 이어진다.

이 영상물의 두번째이자 진짜 문제점은 종현이 진정한 오덕이 아니라는 데 있다. 그는 한때는 오덕이었다. 그러나 에반게리온 월드 스탬프 랠리를 마무리할 때쯤의 그는 오덕이라고 부르기 어려웠다.

종현 본인도 그 사실을 희미하게나마 눈치채고 있었던 것 같다. 그러나 그 사실을 인정하는 것은 또 다른 문제였고, 어쨌든 영화는 완성해야 했다. 오덕 용어와 오덕 논리에 익숙했기에 그가 오덕을 연기하는 데 큰 문제는 없었다. 그럼에도 불구하고 끊임없는 독백으로 진행되는 일인칭 다큐멘터리에서 자기 자신을 계속 감추기는 힘든 법이다. 비록 길이가 42분 7초에 불과하다 해도 말이다.

그래서 〈열광금지, 에바로드〉에서는 연출자의 의도와 관계없이 '전직 오덕이었지만 이제는 탈덕한 진짜 박종현'이 종종 모습을 드러냈다. 자신이 벌이는 일에 당혹스러워하고, 혼란과 환멸을 애써 숨기며, 돌아가야 할 곳을 두려워하는 젊은이의 얼굴이. 진짜 박종현은 "젠장, 내가 지금 무슨 짓을 하고 있는 거람……"이라는 대사를 읊기도 한다. 그리고 그런 그늘이 〈열광금지, 에바로드〉에 어떤 깊이를 불어넣어준다. 요컨대 연출자 박종현이 재능이 엿보이는 아마추어에 불과했던 반면, 배우 박종현은 삶의 결정적인 순간을 자신도 모르는 사이에 포착하고 드러낼 줄 아는 진짜 예술가였던 셈이다.

"그러니까 다큐멘터리에 대한 글이 아니라 제 인생에 대한 글을 쓰시겠다는 거네요."

내 설명을 들은 종현은 이렇게 말했다.

"네."

남의 인생을 소재로 소설을 쓰겠다는 발상이 무례하고 주제 넘은 짓이라는 생각이 들긴 했지만, 어쨌든 그게 사실이었다. 나는 "다큐멘터리에 대해서도 쓰려고 합니다"라고 덧붙였다.

종현은 어색하게 웃다가, 진지한 표정으로 머리를 뒤로 쓸어 넘기다가, 젊은 여성처럼 자기 손톱을 점검하다가, 몇 가지 조건을 내걸었다. 일인칭이 아닌 삼인칭 시점으로 쓸 것, 자신의 생각이나 행동에 해석을 달고 싶으면 일인칭 화자를 따로 등장시킬 것, 인터뷰는 자신이 원할 때 언제라도 그만둘 수 있다는 것. 나는 알겠다고 했다.

"그러니까 일종의 평전처럼 되겠군요. 제가 화자로 등장해서 서문에서 책의 배경을 설명하고, 두번째 챕터부터는 삼인칭 시점으로 박종현이라는 인물의 인생을 보여주고, 가끔 제가 이건 이렇고 저건 저렇다고 주석을 달고."

"네. 그런 식입니다."

원래 오덕이란 작자들은 대체로 고전은 몇 편 제대로 보지도 않고는 정공법을 우습게 여기며, 수상하고 비정통적인 기법을 선호하기 마련이다.

저 네 가지 조건 외에도 인터뷰를 하고 글을 쓰는 동안 종현은 이 책에 대해 몇 가지 의견을 내놓았다. 나는 그중 어떤 것은 채택했고, 어떤 것은 받아들이지 않았다. 예를 들어 그는 내가 에반게리온의 설정과 캐릭터에 대해 지나치게 친절하게 설명한다고 생각했다. 일리 있는 지적이었고, 그래서 나는 되도록 용어는 과감하게 설명하지 않고 뛰어넘기로 했다. 반면 'e북으로 나올 때를 대비해 주요 단어에 하이퍼링크를 달자'는 종현의 아이디어는 채택하지 않았다. 그냥 각주 형식으로 짧게 설명하는 선에서 타협했다.

그렇게 해서 처음 만남을 제외하고 일곱 차례에 걸친 인터뷰의 결과물로 나온 것이 이 책이다. 책을 다 쓴 지금은 종현이 무슨 생각으로 '함께 책을 쓰자'는 내 제안을 받아들였는지 알 것 같다.

그는 자신의 파란만장한 20대를 정리한 뒤, 거기에서 떠나고 싶어 했다. 〈열광금지, 에바로드〉를 만든 이유에도, 에반게리온 월드 스탬프 랠리에 참가한 배경에도 처음에는 그런 목적이 섞여 있었으나 방향을 잘못 잡았다. '자신의 20대에 보내는 선물'이라는 제1의 목적이 '20대에 보내는 작별 인사 겸 이별 선언'이라는 제2, 제3의 목적을 압도해버렸다. 그는 〈열광금지, 에

바로드)의 동명 소설이 그런 인사와 선언이 될 수 있으리라 생
각했다.

1. 무서운 일을 당하라는 건가요, 아버지?

『신세기 에반게리온』 제20화

 한 사람의 인생 이야기를 쓰려면 어디까지 거슬러 올라가야 할까? 태어날 당시 그가 받은 유전 정보와 주변 환경에서부터 시작해야 할까? 아니면 결정적인 순간을 둘러싼 전후만 서술해도 충분할까?

 나는 전자를 선택하려 하는데, 왜냐하면 박종현이 에반게리온 팬이라는 것과 그가 1983년생이라는 사실은 떼려야 뗄 수 없는 관계라고 보기 때문이다. 〈신세기 에반게리온〉이 일본에서 처음 방영된 것은 종현이 13세이던 1995년이었고, 그는 주인공 이카리 신지와 같은 학년인 중학교 2학년 때 이 애니메이션을 접하게 되었다. 종현이 〈열광금지, 에바로드〉를 찍은 것은 만 29세가 되던 해인 2012년이었다. '박종현은 왜 에반게리온 팬이 되었는가?'라는 질문에 대해 "1983년에 태어나서 여느 1983년생들이 겪은 일들을 비슷하게 겪었기 때문"이라는 답은 내게 그럴싸하게 들린다.

또 종현과 그의 작은 모험에 대해 제대로 이해하려면 그의 부모가 둘째 아들에게 무엇을 물려줬는지 알아야 한다는 게 내 생각이다. 그의 인생도 그렇고 그가 벌인 모험도 그렇고, 거기에는 본질적으로 충동적이고 부조리한 요소가 있다. 그걸 다 당사자의 주체적인 결단이라고 설명하기는 어렵다.

그래서 유전에 대해서부터 이야기를 하자면…… 우선 종현의 곱상한 외모는 어머니로부터 왔다. 예쁘장하고 매력적인 외모는 그의 삶에 늘 영향을 미쳤고, 한번은 아주 큰 영향력을 행사하게 된다. 그리고 어머니의 미모는 그녀 자신의 삶에는 여러 번 심대한 영향을 미친다. 그가 중학생이 되고 난 뒤의 일이다.

억척스러운 성격도 어머니로부터 물려받았다. 좋게 말하면 추진력 있는 성격이고, 나쁘게 말하면 뭔가를 정할 때 별 생각 없이 무모하게 돌진하는 스타일이다. 그의 형도 같은 성격이었다. 나중에 이런 기질 때문에 몇 번 골탕을 먹었고 '허당'이라는 별명도 붙었다.

아버지의 호인 기질이나 우유부단함은 유전되지 않았다. 그러나 사람을 좋아하고 남에게 싫은 소리 못하며 다른 사람에게 뭔가를 내주는 게 습관이 된 아버지의 성격은 종현이 나중에 저하게 되는 환경에 큰 영향을 미친다. 술과 담배를 즐기는 습성은 아버지로부터 유전된 것 같다.

에반게리온 팬들 중에는 엄한 아버지 아래에서 자랐다는 사람들이 많다. 한일 양국의 에반게리온 팬들이 주인공 이카리 신지와 자신을 동일시하는 까닭은, 신지의 아버지 이카리 겐도 때문이다. 결코 자식에게 마음을 열지 않으며, 서슴없이 자식을 모욕하고, 자식을 끊임없이 전투(입시 경쟁)에 내모는 권위적인 인간. 에반게리온 팬들은 신지의 자학이나 좌절, 가정 내 소통 부재가 남 얘기 같지 않아 극에 몰입하게 되었다는 고백들을 한다. 아버지를 증오하는 마음을 인정하기 어려운 대다수 소심한 청소년들에게 에반게리온의 친부 살해 테마는 확실히 커다란 카타르시스를 주었다.

그러나 종현의 아버지는 겐도 사령관과는 전혀 다른 인물이었다. 종현의 아버지는 소년만화에는 등장하지 않는 유형의 인물이었다. 착하고, 무능하고, 평범한 인물. 다른 사람에게 싫은 소리는 죽어도 못 하는 사람. 그는 증오하기 어려운 인간형이었고 종현도 끝내 아버지를 미워할 수는 없었다. 종현은 "그래도 차라리 이카리 겐도가 아버지인 게 낫겠다는 생각은 여러 번 했죠"라고 말했다.

박종현은 아버지보다는 훨씬 타산적이고 차가운 성격이었다. "뭔가에 꽂히면 앞뒤 안 가리고 달려든다"는 묘사와 "자신에게 도움이 될지, 안 될지를 늘 따져본다"는 말은 그에게 그다지 모순이 아니었다. 주로 어떤 목표나 사물에 대해서는 느낌이 오는 대로 즉흥적으로 태도를 정하고 거기에 매진했던 반면, 사람에 대해서는 항상 속으로 득실 계산을 했다. 다른 사람에 대해서는 늘 마음의 장벽을 느꼈는데, 그래서 그는 에반게리온에 나오는 A.T. 필드[1]의 개념에 큰 흥미를 느꼈다.

그는 내성적인 편이었다. 필요한 때에는 사교성을 발휘할 수 있었으나, 혼자 있어도 외롭지 않았다. 다른 사람과 함께 있으면 에너지를 잃는 편이었다. 어쩌면 유아 시절의 경험 때문에 그런 성격이 되었을지도 모른다. 자신은 기억 못하는 일이지만, 그는 태어나서 몇 년간 언어장애가 있는 할아버지 집에서 자랐다. 형이 어렸을 때 몸이 약해 병치레가 잦았고, 어머니는 아르바이트를 하면서 장남을 챙기느라 둘째 아들까지 돌볼 여유가 없었다고 했다(어머니가 그렇게 설명했다).

조부모의 집에서 그는 다른 사람과 어울리지 않고 조용하게 자랐다. 어린이집도 가지 않았고 바깥나들이도 거의 하지 않았다. 할아버지는 말을 잘 못했고, 할머니는 몸이 편찮았고, 떨어져 사는 부모님은 두 분 다 자녀 교육에 큰 관심이 없었다. 종현은 울지도 않고 말을 잘하지도 못했다. 여섯 살이 되어서야

---

1 에반게리온 세계에 등장하는 일종의 방어막. 진짜 정체는 '마음의 장벽'이다.

비로소 말을 했다고 한다. 그런 손자를 조부모는 '부처님'이라고 불렀다. 꼬마 아이는 비가 오는 날이면 대청마루로 걸어 나가 가부좌를 틀고 내리는 비를 하염없이 바라봤다고 한다.

예민한 감수성이나 은근히 여성스러운 면모는 어머니로부터 배운 것일지도 모른다. 세 살 위의 형이 초등학교에 입학한 뒤에는 할아버지의 집을 나와 다시 부모님 곁으로 오게 되었다.

어머니는 재봉틀을 집에 들여놓고 부업으로 미싱을 했다. 그의 가족은 남양주시에 살았는데, 근처에 작은 봉제공장들이 있었다. 그런 공장에서 종현의 어머니를 비롯해 동네 아주머니들에게 일감을 맡겼다. 고등학생이나 될까 싶은 나이의 공장 직원이 아침에 자기 몸만 한 보따리를 들고 와서 부려놓고 저녁에 찾아와 작업이 완료된 반제품을 가져갔다.

어머니는 작은방을 작업실로 썼다. 방에는 발 디딜 틈 없이 원단을 자른 천 조각들이 쌓여 있고, 구석에 재봉틀이 한 대 있었다. 작업실에는 언제나 실밥이 흩날렸다. 어머니는 청소를 좋아해서 거의 광이 날 정도로 거실과 방을 쓸고 닦았는데, 아무리 그래도 작업실에서만큼은 윤이 나지 않았다.

어머니의 작업물은 주로 베갯잇이나 옷의 주머니, 모자나 옷에 달기 위한 리본 같은 것들이었다. 그럴 때면 종현도 옆에 앉아 일을 도왔다. 쪽가위로 실밥을 자르거나 리본을 만들기 위해 한쪽을 박음질한 천을 젓가락으로 뒤집거나 하는 일이었다. 그래서 그는 어려서부터 가리누이니 기레빠시니 하는 봉제 용어를 알았다. 그가 좋아한 말은 '시마이(끝마침)'였다. 어머니가 "자, 오늘은 시마이" 하며 자리에서 일어설 때 그도 따라서 "시마이"라고 말하며 히죽 웃었다. 종현이 초등학교 4학년이 되었을 때에는 어머니가 오버로크 기계를 한 대 샀다. 오버로크 작업은 간혹 종현이 직접 하기도 했다.

학교에서 돌아오면 거의 바깥 외출을 않고 집에서 어머니의 일을 도왔기 때문에 다른 아이들과 달리 얼굴이 하얬다. 친구들은 말이 없고 어른스러워 보이는, 방과 후에 만나기 힘든 종현을 약간 신비로운 아이라고 생각했다. 종현을 궁금해하던 아이들 중 몇몇이 그의 집을 찾아오기도 했는데, 그러면 어머니는 간식을 내주거나 종현을 밖으로 내보내주는 게 아니라 손님인 아이들에게도 잔일을 시켰다. "어 그래, 종현이 친구니? 이거 종현이랑 같이 해." 이런 식이었다. 이상한 일이지만 아이들은 그런 지시를 당연한 일로 받아들였고, 가내 봉제업 시다로일한다는 사실이 학교에서 종현의 평판을 훼손하지도 않았다.

어머니와 아들은 라디오를 틀어놓고 일을 했다. 어머니는 팝송이 나오는 주파수에 채널을 고정시키고 미싱을 했는데, 노래 가사를 많이 알아서 종종 흥얼거리며 팝송을 따라 부르곤 했다. 상당한 미인이었던 어머니가 삭은 형광등 아래에서 고개를 숙인 채 박음질을 하며 노래를 부르는 모습은 은근히 마음 설레는 광경이었다. 일반적인 남자아이들이라면 숭배와 사모의 마음을 접고 어머니를 슬슬 방해물로 여길 나이가 되어서도 종현은 가슴이 떨려서 어머니의 눈을 제대로 쳐다보지 못했다.

"그렇게 팝송 가사를 잘 아셨던 걸 보면 어머니에게도 오덕의 피가 흐르고 있었던 모양이에요."

종현은 내게 말했다. 그러나 내 기억에는 MP3 플레이어가 등장하기 전에는 좋아하는 노래 수십 곡의 가사를 외운다는 건 대단한 일이 아니었다.

라디오를 듣지 않을 때 어머니는 종현에게 이런저런 이야기를 해주며 일을 했는데, 지금 생각해보면 기묘한 대화였다. 어머니가 자주 입에 올린 화제는 옛날이야기도 동화도 아니었고, 어떻게 하면 여자의 마음을 살 수 있나, 여자란 어떤 존재인가, 남자와 여자는 어떻게 다른가 하는 것들이었다. 종현에게 이성에 대한 관심의 싹이 트기도 전이었다. "어려서부터 조기 교육을 받은 덕에 커서 큰 힘 들이지 않고 여자 친구들을 쉽게 사귈 수 있게 됐죠"라며 그는 웃었다.

"아마 어머니는 아버지에 대한 불만을 그런 식으로 풀었던 게 아닌가 합니다. '나한테 이렇게 다정하게 대해줘야 하는데, 이렇게 안아줘야 하는데' 하는 그런 말들을 당사자가 아닌 아들한테 했던 거죠."

어린 자식에게는 어울리지 않는 여러 조언도 어머니의 대화 레퍼토리 중 하나였다. "지금 생각해보면 괴상한 것들이 많았는데 어릴 때에는 그냥 그런가 보다 하고 들었어요"라고 종현은 설명했다.

예를 들어 그중에는 '손을 더럽히는 걸 두려워해서는 안 된다'는 것도 있었다. 철학적인 가르침이 아니라 문자 그대로의 뜻이었다.

"항상 마토메(마무리)가 중요하단다. 화장실을 청소할 때 바닥을 걸레로 닦아도 계속 실밥이 남아 있을 경우가 있거든. 그럴 때에는 그냥 손으로 이렇게 바닥을 싹 훔쳐주면 되는 거야. 그리고 손은 나중에 씻으면 되지."

'손을 더럽히는 걸 두려워해서는 안 된다'와 '항상 마무리가 중요하다'는 교훈은 그 뒤로도 종현의 마음에 오래 남았다.

어머니가 자신의 상황이나 아버지에 대해 느끼는 바를 직접적으로 말한 적은 한 번도 없었다. 그러나 아런한 분위기와 에둘러 표현하는 말들 속에서 가끔 어머니가 자기 마음속 깊은 곳을 슬쩍 열어 보이는 듯한 느낌이 들 때가 있었다. 어린 소년은 어머니가 언젠가는 아버지와 자신을 떠날 거라는 사실을 예민하게 알아챘다. 종현은 또 어머니가 자신에게 큰 애정을 품고 있지 않다는 사실도 눈치챘다.

당시에 종현은 '어머니가 나를 사랑하지 않기 때문에 니게는 일을 시키고 형은 놀게 하는구나'라고 생각했다. 지금은 생각이 바뀌었다. 오히려 어머니는 자신과 시간을 더 많이 보내기 위해 형을 밖으로 내보내고 종현을 조수로 채용했던 건 아닐까.

"어머니는 아버지를 떠날 때 몸이 약한 형을 데려가려고 했던 게 아닐까요? 저는 아버지에게 남기고요. 그래서 그 전까지 저와 시간을 최대한 많이 보내려 했던 거죠."

종현은 말했다.

식사를 준비하거나 청소를 할 때 어머니가 그에게 "종현아, 밥 차려"라거나 "청소하자"며 일을 거들게 한 것도, 마치 딸을 대하듯 그를 대한 것도 같은 이유가 아니었을까. 언젠가 그녀가 장남과 함께 떠나버리면 집에서 주부 역할을 맡을 사람으로 그를 키웠던 게 아닐까.

어머니는 종현이 중학교에 입학하던 해에 집을 떠났다. 그러나 형을 데려가지는 않았다. 그녀는 어느 날 갑자기 그냥 사라져버렸다.

종현은 처음에 자신의 어린 시절에 대해 이야기하길 망설였는데, 나는 나중에 그 이유를 듣고 나서 약간 놀랐다. 어린 시절 가난했다는 사실이 그에게는 무척 수치스러운 일이었다.

"그게 뭐 그렇게 부끄러워할 일인가요? 종현 씨 잘못도 아닌데……"

내가 이렇게 대꾸하자 종현은 웃으며 대답했다.

"사실 저도 그렇게 생각하고는 있는데, 그래도 다들 부끄러운 일이라고 여기지 않나요?"

이를테면 몸에 유방이나 성기가 달려 있는 게 논리적으로 따지자면 전혀 부끄러운 일이 아니지만, 그래도 그에 대해 말하는 건 부끄럽지 않느냐는 얘기였다.

이후에 '가난'이라는 단어가 1983년생이 속한 세대와 내 세대에게 다른 어감으로 다가간다는 사실을 알게 되었다. 나는 젊은 이들을 인터뷰하며 거리낌 없이 "집안 형편이 좀 어려웠나 보죠?"라는 질문을 던지곤 했는데, 이는 "혹시 유방 절제 수술을 받았습니까?" 정도로 무례한 질문이었던 셈이다.

나중에는 아내조차 내게 "자기는 그런 것도 몰랐어?"라며 핀잔을 주었다. 나는 정말로 몰랐다. 사실 40대 이상의 취재원에게 이런 질문을 던지는 건 오히려 일종의 아부다. 그런 경우 대개 이 질문은 '마음 놓고 성공담을 늘어놓으셔도 됩니다'라며 멍석을 깔아주는 신호다.

내가 어렸을 때에는 가난하다는 게 자랑거리가 아니긴 했지만 부잣집에서 산다는 사실도 내세울 거리가 아니긴 마찬가지였다. "우리 집에 비디오 플레이어가 있다, CD 플레이어가 있다"고 자랑하는 녀석은 있었어도, "우리 집이 부자야"라고 직접적으로 내세우는 아이는 없었다. "쟤네 집 부자야"라는 말은 얼마간 경멸을 담은 비난이었고, 그런 폭로에 당사자들은 대개 얼굴이 빨개져서 그렇지 않다며 항변하곤 했다. 그 시절의 가난은 불편함, 궁상맞음, 불필요한 동정으로 인한 자존심 손상을 의미했지만 거기까지였다. 누구도 부모의 가난과 자식의 인성을 연결 짓지 않았다.

더 먼 옛날에는, 예를 들어 톨스토이라든가 칼뱅이 활동하던 시대에는 가난이 미덕이었다. 당시의 관념으로는 어차피 어떤 사람이 부자냐 가난하냐 하는 문제는 어떤 집안에서 어떤 신분으로 태어나느냐에 달린 일이었지 그 사람의 노력과는 별 상관이 없는 일이었다. 그러니 부유한 정도는 어떤 사람의 인성을 가늠하는 기준이 될 수는 없었다. 오히려 부자로 태어난 사람이 부자로 남아 있는 데 대해 비난을 감수해야 했다. 그 시대에는 부유함이 사치와 방종과 타락과 밀접한 관계가 있다는 암묵적인 합의가 있었다.

확실히 시대가 변하긴 한 것 같다. 내가 어렸을 때 TV 드라마의 주된 갈등 상황은 주인공 처녀와 부잣집 아들, 그리고 가난하지만 바른 자세의 남자 주인공이 벌이는 삼각관계였다. 종국에는 대개 가난한 남녀가 맺어졌다. 인성에 문제가 있는 쪽은 부잣집 아들이었다. 당시의 극작가나 연출자들은 그런 식으로 현실 세계에는 없는 균형을 드라마 속에서 구현하고 싶어 했다. 조금 더 뻔뻔한 드라마는 마지막 회에 가서 '가난한 남자 주인공'

이 사실은 신분을 숨기고 수양 중이던 재벌가 자제임이 밝혀진다거나 부잣집 아들네 가세가 기운다거나 하는 식의 사족을 덧붙였다.

내 기억에는 그런 흐름을 결정적으로 바꾼 게 차인표 신애라 주연의 드라마 〈사랑을 그대 품안에〉였다. 1994년에 이르러서야 비로소 사람들은 '인간적인 결함이 없는 재벌가 아들'을 주인공으로 받아들일 수 있었다. '부잣집 아들이라도 망나니는 아닐 수 있다'는 선언은 당시만 해도 가히 혁명적이었다. 이 드라마에서 차인표가 맡은 캐릭터 강풍호에게는 사실상 단점이 없다. 오히려 그 뒤를 이은 트렌디 드라마에서는 재벌 2세들에게 인간적인 결점이 추가되었다. 이 결점들은, 〈사랑을 그대 품안에〉 이전 드라마 속 부잣집 망나니들이 지닌 흠결과는 성격이 완전히 달랐다. 그것은 '비현실적으로 매력적인 남자'에게 어느 정도 현실성을 부여하기 위한 장치의 일종이었다.

대중은 이제 드라마 속 재벌 2세들의 재력을 그의 여러 가지 매력 중 하나(사실상 가장 큰 매력)로 받아들인다. 재력은 이제 인성과 분리되지 않는 덕성의 한 요소이고, 돈이 많다는 건 잘생겼다거나 유능하다거나 다정하다거나 정직하다는 것과 마찬가지인 미덕이다. 이런 논리의 연장선에서 돈이 없다는 건 그런 미덕의 부재를, 가난은 곧장 말해 악덕을 의미했다. "집안 형편이 좀 어려웠나 보죠?"라는 질문은 이제 "어릴 때 거짓말쟁이였나 보죠?"라는 것과 비슷한 질문이 되어버렸다.

이런 흐름은 한국뿐 아니라 해외에서도 마찬가지다. 한국에서 〈시크릿 가든〉이 대히트를 쳤을 때 세계적으로는 〈아이언맨 2〉가 인기몰이 중이었는데, 그 두 작품 속 주인공은 판으로 찍어낸 것처럼 아주 똑같은 캐릭터다. 돈은 많지만 몹시 재수 없는 재벌 2세. 또는 재수가 심하게 없지만 돈은 많은 재벌 2세. 그리고 나라 안에서나 나라 밖에서나 '돈 많음'이 '재수 없음'을 눌렀고, 토니 스타크와 김주원은 큰 인기를 모았다.

종현의 아버지는 서울 동대문에서 인쇄소를 운영했다. 인쇄기 한 대와 직원 두 명을 데려다놓고 하는 구멍가게 수준이었다. 1990년대 중반 들어 집집마다 컴퓨터와 프린터가 보급되고, 자영업자들이 전단지보다 다른 홍보 수단을 선호하게 되면서 일감이 급격히 줄어들었다. 그런 움직임은 1990년대 초반부터 있었지만 종현의 아버지는 별다른 대비를 하지 않았다. 그의 장점은 전혀 다른 데 있었다. 그는 동대문 인쇄소 골목의 사장 중에서 필요 없는 직원을 가장 마지막까지 데리고 있던 사람이었다. 더는 버틸 수 없어서 직원을 내보내던 날에는 퇴직자와 함께 밤새 소주를 마시고 흐느껴 울었다.

가만히 내버려뒀어도 인쇄소는 어차피 망했을 테지만, 아버지가 보증을 잘못 서는 바람에 몰락의 시간이 좀더 일찍 찾아왔다(그래서 외환 위기는 그들 가족에게 거의 영향을 미치지 못했다). 종현이 초등학교 6학년이 되었을 때에는 빚쟁이들이 여러 번 그의 집으로 찾아왔다. 어머니는 그즈음 부업을 그만두고 직업 전선에 본격적으로 뛰어들어 서울의 양장점에서 일하고 있었다.

"누가 와도 절대 문을 열어주면 안 된다"는 말을 단단히 들은 터라 형과 종현은 밖에서 누가 초인종을 누르거나 문을 두드리면 집에 사람이 없는 척했다. "거기 있는 거 다 알아"라며 밖에서 욕설을 퍼부을 때에도 숨을 죽이고 가만히 있었다. 지금 돌이켜 보면 놀라 자빠질 일이지만, 빚쟁이들은 종현의 학교로도 찾아왔다. 심지어 수업 중에 교실에 들어오기도 했다. 그런데 그에 따른 정신적 충격이나 후유증 같은 건 거의 없었던 듯하다. 종현은 빚쟁이들 앞에서 부모님의 행방에 대해 무조건 "모른다"고 버텼다. "요즘 같으면 왕따를 당했을 만한 일인데…… 하지만 저는 왕따를 당할 타입은 아니었으니 또 어땠을지 모르죠"라고 그는 말했다.

어머니는 종현의 중학교 입학식 전날 밤에 집을 나갔다. 그날은 형의 고교 입학식 날이기도 했다. 아침에 눈을 떠보니 어머니가 집에 없었다. 옷장의 옷가지도 보이지 않았다. 아무런 예고도, 편지도, 전언도 없었다. 세 부자가 모두 어머니가 조만간 집을 나길 거라는 예감을 갖고 있었다. 그래서 어머니가 집을 나간 사실을 확인하자마자 모두 재빨리 이를 기정사실로 받아들이고 거기에 적응했다. 그들은 서로를 비난하거나 주저앉아 울거나 하는 야단법석을 피우지 않았다.

'적응'이라 함은 한동안 종현 형제가 점심을 굶어야 한다는 사실을 의미했다. 처음 며칠은 고모가 와서 투덜대며 점심 도시락을 싸주었다. "그때는 그게 당연하다고 여겼는데, 지금 생각해보면 아버지는 혼자서는 자식들 도시락도 싸주지 못할 분이었나 봐요"라며 종현은 웃었다. 얼마 뒤부터는 종현이 스스로 형과 자신의 도시락을 쌌다. 이카리 신지가 아침마다 아스카와 미사토[2]의 도시락을 만들었듯이. 그래도 어머니와 함께 보낸 시간은 신지보다는 종현이 더 길었다.

종현도 어머니가 하던 일 중 식사 차리기와 장보기만을 이어받았을 뿐, 청소까지는 하지 않았다. 한때 반질반질하게 광이 나던 바닥은 머리카락과 먼지 뭉텅이와 가는 모래에 뒤덮였다. 하지만 세 부자 중 누구도 거기에 신경 쓰지 않았다.

어머니가 떠나고 나서 몇 달 뒤 그들은 더 작은 집으로 이사했다. 같은 남양주시 안에서 거처를 옮긴 것이었지만 종현의 상실감은 이루 말할 수 없이 컸다. 휴대전화기도 이메일도 없던 시절이었다. 이제 어머니가 자신들에게 돌아오려 해도 그럴 수

<hr>

2 네르프의 여성 간부. 신지와 동거한다.

없다는 생각에 너무 막막해진 나머지 종현은 크게 울었다. "학교도 그대로고, 아버지 친척들 연락처도 있으니 어머니가 우리를 찾을 수 있는 방법은 많다"고 형이 다독거렸을 때에야 겨우 눈물을 멈출 수 있었다. 그는 아버지가 왜 어머니를 찾으려고 노력하지 않는지 이해할 수 없었다. 이해는 했지만 그런 아버지를 받아들일 수 없었다.

보증 문제가 어찌어찌 정리되고, 아버지가 친구에게 빌려줬던 돈을 얼마간 되돌려 받으면서 집안의 경제 위기는 결정적인 고비를 넘겼다. 하지만 아버지는 다시는 이전의 그로 돌아오지 않았다. 아버지는 종현이 중학생이던 어느 시점에 인쇄소의 문을 닫았다. 그 사실을 아들들에게 알리지 않았기 때문에 형제는 아버지가 실업자가 된 게 언제인지 정확히 알지 못했다. 가게에는 전부터 나가다 말다 하고 있었다.

아버지는 희귀 초식동물처럼 그 뒤로도 서글프고 우스꽝스럽게 살아남았다. 어느 날 정신을 차리고 보니 아버지가 알코올 중독자였다. 워낙 얌전한 양반이라 그 사실을 알아채는 데 시간이 걸렸다. 아버지는 옛 친구들, 집 근처의 동네 친구들, 인쇄소 골목 근처의 친구들, 그리고 친척들과 술을 마셨다. 주로 아버지가 술값을 냈다. 말린다고 해서 듣지도 않았고, 가끔이지만 정말로 인쇄소 골목에서 일거리를 받아 오는 날도 있었으므로 외출을 막을 재간은 없었다.

술자리가 길어지고, 또 집 근처에 있으면 아버지는 형이나 종현을 그리로 불러내곤 했다. 아버지의 술친구들은 아버지를 박사장 또는 박 서방이라 부르며 추켜세웠다. 그리고 "이렇게 좋은 아버지를 두고 어떻게 너희가 그럴 수 있느냐"며 아버지를 데리러 온 형과 종현을 나무랐다. 아버지가 술자리에서 자식들 욕을 하는 모양이었다.

아버지가 자식들에게 돈을 요구하지는 않았지만 그렇다고 집으로 돈을 가져오지도 않았다. 형제는 아르바이트를 했다. 형과 종현은 아침에 신문을 배달했다. 여러 가지 아르바이트 중 시급이 가장 높았기 때문이다. 고등학생인 형은 100부, 종현은 200부를 돌렸다. 익숙해지니 200부를 돌리는 데 한 시간 반이면 충분했고, 형제가 매달 45만 원가량을 모을 수 있었다. 종현은 고등학생이 되면서 중국집 배달 아르바이트를 시작했다. 소년은 텍트나 CT100 같은 50시시짜리 작은 오토바이를 타고 남양주 시내를 누볐다. 남양주의 뒷골목은 어쩐지 폐허가 된 제3신도쿄시와 닮았다고 종현은 생각했다. 그는 다른 배달원 친구들과 어울려 머리를 염색하고 귀에 구멍을 뚫었다. 학업에서는 빠르게 멀어져갔다.

"기자님이 자본주의라든가, 뭐 그런 걸 싫어한다는 점은 압니다. 어떤 사람의 가치가 그 사람의 재산으로 정해져서는 안된다는 점도 동의하고요. 마음 깊은 곳에서는 저도 제가 가난한 어린 시절을 보낸 게 부끄럽지 않아요. 제 탓이 아니니까요. 하지만 저희 아버지는 자기 자신에 대해서 좀 부끄러워했어야 하지 않나요? 인쇄업이 사양산업이 된 거야 그 양반 탓이 아니라지만, 그렇다고 어디 몸에 장애가 있던 것도 아니잖아요. 무슨 대단한 사회적 위신이 있었는지도 모르겠고. 저희 아버지는 착한 사람이었어요. 나쁜 일을 한 적도 없고 저희를 때린 적도 없죠. 하지만 이런 경우에는, 가난하다는 게 부끄러운 일 아닌가요?"

종현이 물었다.

2. 진짜 나는 언제나 울고 있어

　존재감은 외모와 비슷하다. 존재감이 강한 사람은 그렇지 않은 사람에게 영향을 미친다. 그들은 쉽사리 남들의 관심과 호감을 얻는다. 아주 어릴 때부터 자신의 존재감을 이용하는 법을 터득한다. 어느 정도는 타고나는 매력이며, 또 어느 정도는 노력으로 그 매력도를 키울 수도 있다. 나이가 들면서 매력이 강해지기도 하지만 반대로 줄어들기도 한다.

　종현은 존재감이 강한 소년이었다. 교실에 빚쟁이가 들어왔는데도 놀림감이나 기피의 대상이 되지 않은 데에는 그의 존재감 덕도 있었다. 아주 어릴 때부터 그에게 장난감을 선물하며 환심을 얻고자 하는 반 친구들이 있었다. 개중 한 명은 어머니 지갑에서 돈을 훔쳐 종현에게 선물할 장난감을 사기도 했다.

그 아이의 어머니는 얼마나 화가 났던지 자기 자식을 야단치는 것으로도 모자라 종현을 찾아와 "앞으로 우리 아이가 장난감을 선물하더라도 받지 말아주렴" 하고 부탁하기까지 했다. 종현은 '나는 그 물건이 장물인지는 알지 못했다'는 태도를 견지했지만 켕기는 구석이 없잖아 있긴 했다. 뇌물의 가치에 따라 관심을 보이는 교묘한 방식으로 자신이 친구들을 영악하게 조종했음을 속으로는 얼마간 인정하지 않을 수 없었다.

그는 주변 또래들에게 자신이 행사하는 권력에 어린 나이에도 찜찜한 죄책감을 느꼈다. 종현은 타고난 휴머니스트였다. 하지만 그는 백치 미인도, 천사 소년도 아니었다. 자신의 매력에 휘둘리기보다는 기꺼이 그 반대 상황을 택하는 인간이었다.

머리통이 채 여물기도 전부터 그는 자신의 매력으로 다른 사람들을 움직이는 방법을 연구하기 시작했다. 주변 친구 중 한 명을 목표로 정해 A라고 말하거나 행동하고 반응을 지켜본 뒤 다시 다음 반응을 예상하며 B라고 대응하는 일 따위였다. 주로 그런 실험의 대상은 같은 반 친구들이었으나, 때로는 선생님이 대상이 되기도 했고, 어느 정도 터득했다고 판단한 기술을 아버지나 형을 상대로 시험해보는 경우도 있었다. 근처에 있는 사람들을 모두 모르모트로 취급한 셈이었다. 어른이 된 뒤에 그는 자신의 그런 연구가 어머니의 애정을 얻기 위한 몸부림에서 비롯되지 않았나 하고 의심했다.

초등학교 4학년 때부터 몇 년간 공부를 열심히 했던 것도 그런 '실험'의 일환이었다. 반에서 부반장을 하던 예쁜 여자아이를 짝사랑까지는 아니고, 아무튼 그 아이를 집적거렸는데 상대는 놀랍게도 종현에게 별 관심을 보이지 않았고…… 부반장이 자신에게 흥미를 보이지 않는 게 자기가 공부를 잘하지 못해서일 거라는 생각이 들었다. 그래서 몇 달 참고서를 붙들고 열심히 공부를 했더니 성적이 금방 쑥쑥 올랐다. 부자 동네도 아니었고, 초등학교 4학년 과정이라는 게 특별히 어려운 것도 아니고, 형은 늘 전교 10등 안에 드는 수재였으니 종현의 머리도 그리 나쁘진 않았을 게다. 타고난 억척스러움도 한몫했다.

여하튼 타고난 존재감과 타고난 외모(그때도 이미 종현은 눈길을 끄는 예쁜 아이였다)에 '상위권 성적'이라는 지위가 곁들여지니 교실 안에서 그의 영향력은 한층 더 막강해졌다. 한국 학교에서 권력을 얻는 방법은 단순하다. 미국에서라면 너드[1] 소리나 듣고 말 텐데, 이 나라에서는 성실한 자세로 공부를 열심히 하기만 해도 선생님들의 귀여움과 또래의 존중(어린애들도 인정할 건 인정한다)을 얻는다. 그러다 성적이 오르면 급기야 신분이 바뀌게 되고.

과연 어여쁜 부반장도 2학기가 되자 이런저런 방식으로 종현

---

1 범생이.

에게 관심을 표명해왔다. 종현이 이에 대해 무대응으로 일관하자(그러려고 했던 게 아니라 아직 여자아이들이 보내는 신호를 읽어낼 수준으로 성숙하지 못했다) 조숙했던 부반장은 자존심을 굽히고 다른 '시녀' 계급의 여자아이를 통해 종현에게 쪽지를 보냈다. '수업 끝나고 같이 롯데리아 가지 않을래?' 따위의 내용이 적힌 종이였던 것 같다. 종현은 '별로'라고 적은 답장을 시녀에게 건네주었다.

그렇게 공부를 열심히 한 것은 초등학교 4학년 때부터 중학교 2학년 때까지 4년 정도였다. 중학교 3학년이 되면서부터 성적이 점차 떨어지기 시작해 고등학교 때에는 그냥저냥 평균 수준의 학생으로 전락하고 말았다. 그나마 후진 동네의 후진 고등학교여서 거둘 수 있었던 성과였다. 한 반 학생의 3분의 1 정도가 원동기 면허를 갖고 있었고, 또 다른 3분의 1은 무면허 라이더였다.

어머니가 안 계셨기 때문에 공부를 하지 않게 된 것 아니냐는 질문에 대해 종현은 가당치도 않다는 표정을 지어 보였다.

"그냥 그쯤 되니 제가 공부에 관심이 없어졌어요. 공부 체질이 아니었거든요. 형은 공부를 계속했어요. 그리고 그런 핑계를 댄다고 지금 뭐가 달라질 것도 없잖아요. 아직도 학교 성적에 연연한다는 인상만 줄 뿐이지."

요컨대 신문 배달을 하기 위해 매일 새벽 3시 반에 일어났고, 형과 자신의 도시락을 직접 쌌으며, 짜장면 그릇에 랩을 씌우거나 식어가는 피자와 함께 골목을 헤매며 오후를 보냈지만, 자신에게 그럴 의지만 있었다면 공부를 계속할 수 있었을 거라는 주장이었다.

"중학교 2학년 때부터 학교를 멀리한 원인을 들자면, 예를 들어 에반게리온을 들 수도 있습니다. 피자나 짜장면 배달하는 데 걸린 시간보다는 에반게리온을 보거나 연구하면서 보낸 시간이 훨씬 많을걸요."

한편으로는 학업이라는 새 놀이로 잠시 외도를 했던 그의 탐구 정신이 그즈음에 다시 원래의 관심사로, 즉 '주변 인간들'로 돌아오기도 했다. 중학교 2학년 때 박종현에게 들이닥친 사춘기는 세 꼭짓점과 세 변을 지닌 삼각형 모양이었다. 그 꼭짓점들은 각각 어머니의 가출, 에반게리온과의 만남, 그리고 인간에 대한 (심층) 탐구였다.

팔이 잘리고 눈이 멀어도 사람들은 대개 1년이면 거기에 적응한다. 어머니가 집에 없어서 생기는 불편은 사실 중학교 2학년 즈음에는 별문제가 아니었다. 그의 마음을 계속 갉아먹은 것은 '어머니가 자신을 버리고 떠났다'는 사실 그 자체였다. 거기에는 진짜 비통함도 있었지만, 사춘기 소년다운 감상 과잉과 자아도취도 섞여 있었다. 그런 센티멘털리즘이 망상의 토양이 되었다.

인간에 대한 탐구는 망상의 주제였다. '나는 왜 남들과 다른 걸까? 내가 생각하고 느끼는 걸 완벽히 이해해줄 누군가가 세상에 또 있을까? 나의 진심이 다른 사람에게 닿을 수 없다면 그런 의사소통에 무슨 의미가 있단 말인가?'와 같은, 그 나이에 할 법할 질문들을 그는 파고들었다. 이미 예리한 관찰력과 감수성으로, 자신이 남들에게 상당한 영향력을 행사하는 사람이라는 사실은 깨달은 상태였다. 자신에게 그런 힘이 있다는 것은 몹시 불공평한 일로 생각되었다.

14세 소년은 어머니의 가출이라든가 아버지의 실직 같은 사건은 염두에 두지 못하고 '왜 내게만 이런 힘이 있는 걸까, 왜 사람들이 내게 잘해주는 걸까'를 고민했다. 그런 생각이 이어지다 보면 '실은 이 세상은 내가 주인공인 가상현실 드라마다. 내가 원하는 일이 잘 이뤄지고 사람들이 나를 이토록 챙기는 걸 보면 내게 유리하게 짜여 있는 판임에 틀림없다'는 확신으로까지 치달았다. 한편으로는 마치 곤충을 잡아 날개와 다리를 떼면서 지켜보듯 남의 감정을 갖고 이런저런 실험을 계속하는 자신은 인간이 아니라는 생각이 들기도 했다. '나는 심각한 사이코패스거나 인류 진화의 다음 단계인 포스트휴먼 아닐까'라는 공상을 했다.

에반게리온은 밍상의 소새가 되었나. 한쪽 낥은 해체된 가정에, 또 한쪽 끝은 '인간에 대한 탐구'에 걸쳐 있는 소재였다. 인간에게는 왜 A.T. 필드가 있는 걸까? 이 모든 갈등과 싸움을 끝내기 위해 인류보완계획[2]과 같은 시도를 누군가가 해야 하지 않을까? 내가 이카리 신지라면, 또는 카지 료지라면 어떻게 해서 레이와 아스카의 마음을 열 것인가? 죽은 아내를 다시 만나기 위해 겐도 사령관이 벌이는 만행은 정당화될 수 있을까? 또는, 반대로 인류의 멸망을 막기 위해서라면 당연히 친구도 죽일 수 있어야 하는 것 아닐까? 등등.

그러니저러니 해도 고등학교 3학년이 될 때까지, 종현은 자신이 상당히 유쾌한 청소년기를 보냈다고 회고했다. 이런저런 경제적 곤란도 있었고, 교장에게 따귀를 세게 얻어맞기도 하고, 출석 거부 사태도 있었으며, 마지막에 끝판왕 격인 사건이 하나 벌어지기는 했지만, 그렇다 해도 전반적으로는 유쾌했다는 게 그의 자평이었다. 그는 교내에서 인기인이었고, 신문 배달과 중국집 아르바이트를 한 덕분에 가처분소득은 오히려 다른 또래들보다 높은 편이었다. 부모의 간섭은 전혀 받지 않았다.

학원도 다니지 않았고 야간자율학습도 없었다. 그는 이해찬 1세대였다. 남녀공학을 다닌 터라 소설에나 나올 법한 풋풋한

---

2 에반게리온에서 수수께끼의 조직 제레가 추진하는 계획.

연애를 경험할 수도 있었다(뒤에 쓰겠지만, 선배의 여자 친구를 가로챘다). 기본적으로는 선생들도 그를 좋아했다. 특히 젊은 교사들 중에는 반듯한 모범생보다는 에너지와 창의력과 통솔력이 있다며 종현이 먼 장래에는 더 훌륭한 인재가 될 거라는 생각을 가진 이들이 꽤 있었다(그들은 그런 이야기를 하면서 "그러니까 대학은 되도록 좋은 데로 들어가렴" 하고 종현을 설득했다).

다른 학생들이 그들의 앞길을 걸어간 수천만 명의 선배들을 따라 학교에서 공부를 하거나, 책을 읽거나, 축구를 하거나, 잠을 자거나, 만화를 그리거나, 스타크래프트 빌드 오더를 짜거나, 담배를 피우거나, 교사들을 골탕 먹이거나, 약한 아이를 괴롭힐 때 종현도 역시 그런 일들을 다 하기는 했다. 그러나 한편으로는 그런 일들은 이미 수천만 명이 했기 때문에 따분하다고도 생각했다. 그는 처음에는 '미친놈들'이라는 이름의 패거리를 결성했고, 뒤에 그 모임은 이름을 '크레이지 패밀리'라고 바꾸었다.

그들은 다 같이 바지를 벗은 채 여자 교실 앞 복도를 전력 질주하거나 수성물감을 먹어 치우는 따위의 바보짓을 벌이기도 하고, 생일을 맞은 녀석을 비닐 테이프로 묶어 오후 수업 내내 실험실에 가두기도 했다(물론 종현의 생일에는 그런 일이 일어나지 않았다). 그들은 순전히 관객들에게 충격을 주고 자신들이 그럴 수 있다는 것을 과시하기 위해 남자들끼리 가슴을 만지거나 혀를 입에 집어넣는 딥 키스를 하며 게이처럼 굴기도 했다(여기에는 종현도 동참했다). 하지만 때로는 컴퓨터용 사인펜과 후드 티만으로 제법 그럴싸하게 스타크래프트 캐릭터 코스프레를 하거나 군무를 연습해 운동장에서 기습 공연을 열기도 했다. 그는 이카리 신지와는 다른 유형의 학생이었던 것이다.

종현이 에반게리온을 처음 접한 것은 중학교 2학년 때인 1997년이었다. 이전에도 그는 일본 만화와 애니메이션의 열렬한 팬이었다. 다만 집에 비디오 플레이어가 없어서 애니메이션보다는 만화책을 더 많이 보았다. 선생님에게 걸리면 얻어터질 각오를 하고 만화책을 학교로 들고 와서 잠깐의 인기를 누리는 녀석들이 있었고, 종현은 당연히 1순위 대여 후보군에 속해 있었다. 〈슬램 덩크〉는 일본 만화를 좋아하는 녀석이건 좋아하지 않는 녀석이건 모든 이에게 필독서였고, 〈드래곤볼〉은 다들 진절머리를 내면서도 끝까지 보았다. 당시 가장 뜨거운 반응을 얻었던 만화는 〈오 나의 여신님〉이었고, 좀 본다 하는 아이들은 〈X〉를 비롯한 클램프 사단의 작품들을 챙겨 보았다.

애니메이션은 주로 친구들의 집에 모여 함께 보았다. 처음에는 불법 복제 비디오를 가진 녀석들이 다시 복제를 하거나 다른 학생들에게 빌려주면서 점조직 같은 유통망이 운영되었으나,

종현이 가세하고 나서는 일종의 '상영회 모임'이 결성되었다. 교사들은 이런 지하 유통망과 비밀 상영회의 중심에 종현이 있다는 사실을 눈치채고 불시에 그의 가방이나 책상을 수색했지만, 종현 패거리들도 나름의 대비책을 세워놓고 있었다. 그들은 교실 천장의 덕트를 뜯어 거기에 비디오테이프와 만화책을 보관했다.

이들의 상영회에서는 〈수병위인풍첩〉처럼 화끈하게 폭력적이거나 〈란마 1/2〉 같은 코믹물이 인기를 모았고, 〈기동전사 건담 F91〉과 〈건담 0083 스타더스트 메모리〉가 수작으로 인정받았다. 의외로 미야자키 하야오 감독의 애니메이션은 '너무 길고 지루하다'는 이유로 환영받지 못했다. 이 중학생들이 지루하다고 평가한 작품 중에는 〈공각기동대〉와 〈아키라〉도 있었다. 대부분의 애니메이션들이 더빙이 되어 있지 않았고 자막도 없었다. 제아무리 탄탄한 줄거리와 절묘한 구성의 애니메이션이라 해도 등장인물 둘이서 무슨 뜻인지 알아들을 수도 없는 대사를 끝도 없이 늘어놓는 광경을 피 끓는 열네 살짜리들이 참고 봐줄 리 만무했다.

반면 종현을 비롯한 몇몇 예비 오덕들에게는 오히려 '자막이 없다'는 점이 일본 애니메이션의 강점이 되기도 했다. 그네들은 개연성 하나 없는 시나리오의 작품에도 심오한 가공의 의미를 부여하며 거기에 몰입했다. 종현은 무슨 내용인지 이해하지도 못한 채로 〈패트레이버 2〉를 걸작이라고 생각했으며, 친구 집에서 이 애니메이션을 처음부터 끝까지 몇 번이나 보았다. 종현은 반복 감상을 위해 그답지 않게 친구에게 꽤나 알랑방귀를 뀌어야 했다. 자신에 대한 종현의 관심에 감격한 그 친구는 하이텔 자료실에서 〈패트레이버 2〉 대사집을 찾아 출력해서 이 예비 오덕에게 건네주었다. 종현은 밤을 새워 그 대사집을 숙독하고 '뭐야, 내가 상상했던 거랑 똑같은 내용이었잖아'라고 생각했다.

아직 인터넷이 일반화되지 않고 PC통신으로는 고용량 비디오를 내려받는 게 어려웠던 시절이다. 일본 애니메이션을 구하는 주요 통로는 서울 반포의 고속버스터미널이나 테크노마트, 명동의 불법 복제업소에서 밀수입한 레이저디스크를 몇천 원을 내고 VHS 테이프에 복사해 오는 것이었다. 크레이지 패밀리 멤버들은 돈을 갹출해서 이 비용을 마련했다. 종현의 취미 생활을 다른 학생들이 후원하는 셈이었다. 돈뿐 아니라 남양주시에서 서울로 가서 비디오를 복사해 오는 것도 상당한 일이었으므로 순번을 정해 서로 돌아가면서 이 일을 했는데, 종현은 여기서도 요령을 부렸다. 1세대 오덕이던 명동의 비디오 복사 가게 아저씨(래봤자 20대 후반 정도인 청년이었다)와 친해져서 공짜로 복사를 받을 수 있게 된 것이다.

지금 생각해보면 그 청년은 덕업일치[3]의 시조였는데, 종현은 그의 덕부심을 교활하게 잘 건드렸다. 그들은 오시이 마모루 감독의 예술세계를 둘러싸고 멱살잡이 직전의 논쟁을 벌인 뒤 절친한 사이가 되었다. 종현은 자기 순번 때 돈을 내지 않고 애니메이션을 복사 받았고, 대신 다른 아이들이 모두 이 가게를 이용하도록 유도했다. 그 비디오 가게 오덕이 종현에게 〈신세기 에반게리온〉을 소개해주었다. 종현의 설득에 크레이지 패밀리는 'TV 시리즈 애니메이션은 복사하지 않는다'는 원칙을 깨고 〈신세기 에반게리온〉 스물여섯 편 전편을 복사했다. 한편에 5천 원씩, 13만 원이나 드는 거액 투자였다.

그들은 식당을 운영하는 부모님(자정이 되어서야 집에 들어오시던)을 둔 친구 집에 모여 이 애니메이션을 1화부터 4화까지 쉬지 않고 보았다. 이 비디오에는 놀랍게도 자막이 있었다. 한국의 오덕 1세대들이 처음으로 자막판(이자 해적판인) 비디오를 보급한 애니메이션 중 하나가 에반게리온이었다. 크레이지 패밀리 내에서 〈신세기 에반게리온〉에 대한 첫 반응은 일본 시청자들의 초기 반응과 비슷했다. 몇몇은 열광했고, 나머지는 떨떠름한 표정이었다. 가장 열렬한 반응을 보인 게 종현이었다. 종현은 다른 사람들이 돌아간 뒤에도 그 집에 남아 이 애니메이

---

3 오타쿠가 자신이 좋아하는 대상으로 돈을 버는 것.

션을 10화까지 보았다.

TV 앞에 딱 붙어 앉은 그의 모습에 어이가 없어진 친구가 "이럴 거면 아예 비디오 플레이어를 빌려 가"라고 말하자 종현은 냉큼 그 제안을 받아들였다. 그는 비디오테이프 일곱 개를 담은 종이봉투를 들고, 머리에 묵직한 비디오 플레이어를 이고 집까지 걸어왔다. 그 뒤로 일주일 동안 〈신세기 에반게리온〉을 처음부터 끝까지 되풀이해서 두 번 보았다.

늘 그랬듯이 종현의 흥분이 다른 학생들에게로 전염되었다. 몇 년이 지나 서로 대학생이 되어 만난 자리에서 중학교 시절 친구 두세 명이 종현에게 "나 사실 에반게리온 별로 안 좋아했는데 너 때문에 좋아한 척했었어"라고 고백했다.

〈신세기 에반게리온〉을 보고 나서 몇 달 뒤 극장판 〈엔드 오브 에반게리온〉을 보았다. 이건 문자 그대로 충격과 공포였다. '안노 히데아키는 천재다'라고 종현은 생각했다. 그는 〈엔드 오브 에반게리온〉을 본 다음 날 하루 종일 아무 말도 하지 않고 다른 사람들을 관찰하며 지냈다. 만화영화에서처럼 온 세상이 멸망하고, LCL⁴ 속에 자신만이 남아 있는 듯한 기분이었다.

"처음에 친구 집에서 볼 때 1화 엔딩곡으로 재즈곡인 〈플라

---

4 마음의 장벽이 사라졌을 때 인류의 육체가 녹아 합쳐지는 거대한 액체.

이 미 투 더 문〉이 나오는데, 그 노래가 그렇게 좋더라고요. 저는 그게 에반게리온의 주제가인 줄 알았어요. 그 노래를 계속 듣고 싶어서 에반게리온을 봤던 것 같아요."

'에반게리온에 어떻게 그렇게 빠져들게 됐느냐'는 내 질문에 종현은 이렇게 대답했다. 〈열광금지, 에바로드〉 앞부분에도 그와 비슷한 설명이 나온다. 셀프 인터뷰를 하는 장면인데, 종현은 카메라를 향하지 않고 90도 옆을 보며 말한다.

"하지만 그 설명은 잘 납득이 안 가는데요. 이미 사키엘[5]이 날아올랐을 때부터 뭔가 엄청난 걸 보고 있다는 생각을 했다고 말했잖아요. 또 〈플라이 미 투 더 문〉은 구하기 어려운 노래가 아니니 노래가 그렇게 좋았다면 다른 방법으로도 쉽게 들을 수 있었을 텐데요."

내 지적에 종현은 잠시 생각하는 듯한 눈치였다. 한참 뒤에 그는 입을 열었다.

"저는 결국에는 에반게리온 팬들은 다 에반게리온이 자기 이야기를 대신 해준다고 여겼기 때문에 팬이 됐다고 생각합니다. 액션이 멋있긴 하지만 그래봤자 TV 애니메이션이잖아요. 그보다 액션 신이 더 많고, 더 멋있는 애니는 많아요. 메시지가 심오하다고 하지만 사실 그게 무슨 뜻인지에 대해서도 의견이 분

---

5 〈신세기 에반게리온〉 1화에 등장하는 사도.

분하고, 정말 깊이 있는 주제를 찾는다면 인문학 책을 읽으면 될 거고요."

"종현 씨한테는 에반게리온이 어떤 이야기를 대신 해줬는데요?"

"글쎄요. 그게…… 당시의 저한테 꼭 필요한 말을 그 애니메이션이 해줬던 것 같아요."

"'싫은 일로부터 도망치는 게 뭐가 나쁘다는 거야'[6]라든가, '행복해질 기회는 어디에라도 있어'[7] 같은?"

나는 다소 의아해하며 물었다.

"아니요…… 그렇게 직접적으로 나오는 얘기는 아니었습니다. 뭔가…… 세상의 종말과 관련이 있는 내용이었습니다."

그는 다시 생각에 잠겼다.

"에반게리온을 여러 번 보면서 알아차린 건데, 이 세계 속의 설정은 그냥 말이 안 됩니다. 비과학적이라든가 그런 얘기가 아니라, 그 세계 자체 안에서도 말이 안 돼요. 제 말씀은, 에반게리온 같은 중요한 로봇에 탑승하는 아이들, 세계를 구하거나 멸망시킬 수 있는 아이들을 왜 일반 중학교에 보내서 평범한 중학생처럼 생활하게 하느냐 말입니다. 파일럿들이 학교에서 따돌

---

6 〈신세기 에반게리온〉 제19화 대사.
7 〈엔드 오브 에반게리온〉의 대사.

림을 당하고 다른 아이들에게 얻어맞잖아요. 그러고는 공습에 무방비인 일반 아파트나, 아니면 그만도 못한 흉가에 주인공들을 살게 하죠. 신지나 레이나 아스카가 그 세계에서 차지하는 비중을 생각하면 얼토당토않은 설정이에요. 당연히 네르프[8] 본부 안에 그 아이들을 위한 개인 교습 시설을 갖춰놓고 걔네들이 어떤 심리적 스트레스도 느끼지 않도록 신줏단지처럼 잘 모셔야죠. 안 그렇습니까?"

"신지를 정신적으로 무너뜨려 서드 임팩트를 오게 하려는 게 겐도 사령관의 계획이라서 그런 것 아닌가요?"

"신지의 경우는 그렇다 쳐도, 레이나 아스카의 경우에는 해당되지 않죠. 겐도는 레이가 에반게리온 0호기 테스트 중에 죽을 위기에 처하니까 손에 화상을 입으면서까지 그녀를 구해냅니다. 그런데 별 가구도 없는 폐가에 열네 살짜리 여자아이를 혼자 살게 해요."

"레이는 복제가 있고, 아스카는 이스라펠[9]을 쓰러뜨리려면 신지와 합숙 훈련을 해야 했으니까……"

"음, 저는 그렇게 생각하지 않아요. 주인공들이 평범한 일본 중학생처럼 중학교에 다녀야 한다는 게 먼저 정해진 콘셉트이

---

8 에반게리온을 운영하는 군사조직.
9 7번째 사도.

고, 다른 설정들은 뒤에 더해져 꼬이게 된 거라고 봅니다. 네르프나 겐도의 계획이 뭔지 본편에서는 제대로 설명도 안 나오잖아요. 그리고 아스카는 이미 대학을 졸업한 상태인데 중학교에 왜 다시 다니는 거죠?"

"그게 종현 씨랑 어떻게 이어지는 건가요?"

내가 물었다.

"저는 내색을 하지는 않았지만 사춘기에 여러 가지 문제로 상처를 받고 있었고, 외로웠어요. 하지만 한편으로는 '이까짓 것, 대단한 시련이 아니야'라고 여기는 마음도 있었습니다. 편부모 가정은 많아요. 가난해서 끼니를 거르는 사람들도 많죠. 이라크나 북한의 어린이들에 비하면 내가 겪는 불편은 고통이라고 내세울 만한 수준도 못 된다, 고작 이 정도 괴로움을 핑계로 다른 사람에게 도와달라고 손을 내밀어서는 안 된다, 그런 생각이었습니다. 겉으로는 밝고 활기찬 모습이었지만 속으로는 그런 고민이 있었습니다. 그때 에반게리온은 '네가 겪는 고통은 특별해'라고 말해주는 것 같았습니다. 어머니가 없고, 아버지로부터 인정받지 못하고, 타인과 잘 소통하지 못하는 정도의 괴로움이 세계의 존망과 이어질 수도 있는 거였어요. 그건 중요한 문제였어요. 그런데 저는 어렸을 때부터 그런 아픔이 중요하지 않은 문제인 척 연기하는 데 너무 익숙해져 있었고, 그런 가면을 영원히 벗어던질 수 있을 것 같지 않았습니다. 미사토가 '진짜 나는 언제나 울고 있어'라고 말했을 때 저는 누구보다도 그 말뜻을 잘 알 수 있었습니다."

3. 이럴 땐 어떤 표정을 지어야 할지 모르겠어

「사도신생」

"정말 굉장했어. 거평프레야 13층을 통째로 빌렸다니까. 〈뉴타입〉 홍보 부스에서 막 캐릭터 머그컵을 나눠주고, 나중에는 사람들이 대형 TV 앞에서 다 같이 〈달빛의 전설〉[1]을 따라 불렀어."

변경희는 침을 튀기며 부실에 모인 '베들램' 회원들에게 전날 본 장관을 설명하고 있었다. 그녀는 박종현의 1년 선배였고, 베들램의 창립 멤버였다. 베들램은 크레이지 패밀리 같은 족보 없는 모임이 아니라 지도교사도 있고 부실도 갖춘, 제대로 된 동호회였다. 정식 명칭은 만화연구부였으나, 베들램이라는 이름

---

1 〈미소녀 전사 세일러 문〉의 오프닝곡.

의 회지를 냈고 부원들끼리는 모임과 그 구성원을 각각 베들램, 베들래머라고 불렀다.

경희는 A고교의 유명 인사였다. 종현은 "베르단디²랑 똑같이 생긴 여자 선배가 있어"라는 친구의 말을 듣고 경희를 보러 2학년 교실에 갔다가 충격을 받았다. 그는 곁에 있던 친구에게 "병신아, 저건 아야나미 레이잖아!"라고 소리칠 뻔했다. 머리가 길고 까맣고 곱슬곱슬하고, 숱이 지나치게 많고, 그래서 헤어스타일이 베르단디 같은 아야나미 레이.

일본 만화 속 미소녀들이 대개 눈이 크고 코가 작고 피부가 희고 깡마른 얼굴인 것까지는 비슷비슷하고, 헤어스타일로 개성을 구분하는 경우가 대부분이니 베르단디나 레이나 그게 그거라고 할 수도 있겠지만…… 그래도 변경희는 아야나미 레이였다. 머리가 길고, 표정이 풍부하고, 성격은 왈가닥인 레이. 표정이나 성격은 팬들이 '식빵 레이'라고 부르는 레이에 가까웠다. 〈신세기 에반게리온〉 제26화에서, 신지의 꿈속에 식빵을 입에 문 채로 나타났던 귀여운 레이.

아무튼 이 소녀는 소문난 만화 오덕이었고, 교내 만화광들을 규합해 만화동호회를 만든 뒤 이듬해 이를 정식 특별활동 부서로까지 승격시켰다. 사실은 변경희가 좋아하는 만화는 김진, 강

2 〈오 나의 여신님〉의 여주인공.

경옥, 천계영류의 국내 순정만화였지만(종현은 순정만화는 거들떠보지도 않았다), 종현에게는 '만화를 좋아한다'는 사실로 충분했다. 그녀와 자신 사이에 어떤 운명적인 끈이 있다는 망상에 빠지기까지 몇 시간 걸리지도 않았다.

불행히도 그녀에게는 이미 남자 친구가 있었다. 베들램의 창립 멤버이자, 그녀와 함께 공동 부장을 맡고 있는 2학년 선배였다. 만화연구부의 초대 부장 2인은 온 교내에 공인된 커플이었다. 그 사실이 종현을 절망적인 좌절로까지 몰고 가지는 않았으나, 입술은 몇 번 깨물게 했다. 남의 애인을 가로챈다는 건 종현에게 '썩 바람직하지는 않지만 필요한 상황에서는 그럴 수도 있는 일'이었다. 그러나 아무래도 그 나이에 1년 선배라는 존재는 상당한 장벽이었다. 그런 도전이 물리적인 위기 상황으로 이어질 공산도 충분했다.

종현은 입술을 깨물며 만화연구부에 들지 않은 3월 초의 선택을 뼈저리게 후회했다. 만화연구부라는 부가 있다는 사실은 알고 있었다. 그러나 이 부는 프로를 지향하며 G펜과 스크린톤을 들고 제대로 만화를 그리는 열혈 동호회였고, 종현은 특별활동 수업에 그렇게 열심이고 싶지 않았다. 그는 그냥 다른 크레이지 패밀리 멤버의 권유대로 볼링부에 들었다. 볼링부의 좋은 점은, 특활 시간이 되면 합법적으로 학교를 나가 동네 볼링장으로 간다는 점이었다. 물론 볼링장으로 가는 길에 절반 이상의 학생이 실종되었다.

종현의 경우, 변경희를 알게 된 뒤로 특활이 있는 날에는 아예 볼링장으로 향하는 대열에 끼지조차 않고 만화연구부 부실로 직행했다.

베들래머들은 특활이 없는 날에도 부실에 자주 모였다. 사실 그들은 방과 후에 거의 매일 모였다. 이해찬 덕분에 야간자율학습이 철저히 금지되어 있었다.

종현은 공식적으로는 부원도 아니면서 특유의 존재감을 적절히 활용해 다른 1학년 부원보다 오히려 더 인정받는 베들래머가 되었다. 그는 자신이 운영하는 비밀 유통망 풀에 베들래머들이 이미 보유한 비디오테이프들을 더해 양쪽 모두에게 이익이 가도록 운영했다. 그는 스푼펜의 사용법을 익혔다. 다른 부원들이 만화 작업을 할 때 종현은 〈아즈망가 대왕〉 스타일의 4컷 만화를 그렸다. 그는 선배들로부터 '작화는 아직 멀었지만 어쨌든 뭔가 기묘하게 웃기긴 하다'는 평가를 받았다.

그러나 더 유능한 일본 애니 딜러가 되는 것도, 4컷 만화가가 되는 것도 그의 관심사는 아니었다. 종현은 틈만 나면 변경희를 빤히 쳐다보았다. 새침했던 초등학교 4학년 부반장과 얽혔을 때 어머니가 박음질을 하며 가르쳐줬던 기술이었다. '응시'의 기술.

"그냥 빤히 쳐다보기만 해도 여자들은 다 알아차린단다. 여자들이 그런 데 민감하거든. 괜히 앞에서 폼 잡거나 강한 척 굴 필요가 전혀 없단다."

변경희는 종현의 시선을 알아차렸지만, 모르는 척했다. 그녀가 자신을 눈여겨보면서도 관심 없는 척 행동한다는 걸 종현은 알았고, 자신이 상대의 마음을 간파했다는 걸 상대방이 알아차렸다는 사실도 알았다. 그들은 결투에 앞서 말없이 눈빛을 교환하는 무림 고수들처럼 팽팽하게 신경전을 벌였다. 종현을 무시하는 것은 부자연스러운 일이었다. 그 무렵 그는 이미 위아래로 다섯 살 범위 이내에 있는 여성들의 시선을 받는 데 익숙해져 있었다.

그렇게 한 달(고등학교에서 한 달은 어른 기준으로는 반년 정도에 해당한다)이 지났다. 어느 날엔가 변경희는 이례적으로 늦은 시각까지 부실에 남아 있었다. 다른 학생들이 퇴실하기를 기다리는 게 틀림없었다. 경희의 굳은 표정을 보고 종현은 드디어 결전의 때가 왔다는 것을 직감했다.

"뭘 그렇게 빤히 봐?"

경희가 스크린톤 작업을 하다 말고 종현을 쳐다보며 물었다.

"선배요."

"그거, 사람 기분 되게 이상하게 하는 거 알아?"

"알아요."

"그러면 왜 자꾸 그렇게 쳐다보는 거야?"

"선배가 너무 예뻐서요."

경희는 당돌한 후배를 쏘아보려 했으나, 감정을 충분히 자제하지 못하고 어느 순간 홍조를 띠며 수줍음과 만족감을 얼굴에 드러내고 말았다. 그녀는 짧고 히스테릭하게 웃음을 터뜨렸고, 그 바람에 침이 한 방울 튀었다.

훗날, 그 두 사람이 스스럼없는 관계가 되었을 때 경희는 말했다.

"나는 웃기만 하면 왜 이렇게 침이 자주 튀는지 모르겠어. 내 별명이 히드라[3]야. 아무래도 덧니 때문인 것 같아. 그래서 크게 웃지 않으려고 해."

종현은 침방울 따위는 아무래도 상관없다고 생각했고, 경희의 덧니는 그녀의 여러 매력 중에서도 단연 두드러지는 포인트라고 여겼다. 어쩌면 아야나미 레이도 덧니가 있을지 모른다. 극중에서 레이는 늘 조용하고, 크게 웃는 법이 한 번도 없다. 아무도 아야나미 레이의 입안을 들여다보지 못했다.

"3백 명쯤 되는 사람들이 〈달빛의 전설〉을 합창했다니까. 정

---

3 스타크래프트에서 저그 종족의 유닛 중 하나. 가시뼈를 발사하는 모습이 침을 뱉는 것처럼 보인다.

말 감동이었어. 엄청났어."

변경희는 입에서 침이 튀어 나간 것이 무안한 듯 딴청을 피우다 슬쩍 손수건을 꺼내 입술을 닦고 다시 한번 전날의 장관을 강조했다. 아야나미 레이 실사판 소녀가 말한 장관은 1999년 5월 1일 서울 동대문운동장 거평프레야에서 열린 '제1회 서울코믹월드'의 풍경이었다. 2013년 말 현재까지 120회가 넘게 열린 이 대한민국 최대의 아마추어 만화 컨벤션의 역사적인 첫 행사가 그때, 거기서 열렸다.

서울 학여울역이나 양재의 숲[4] 인근, 또는 부산 벡스코 근처에 사는 친지들에게 물어보거나, 아니면 네이버 검색창에 '코믹월드' 또는 '서울코믹월드'를 입력해보면 금방 안다. 어느 주말 서울에서 지하철 3호선을 탔는데 만화나 게임에 나오는 복장을 하고 시시덕거리는 중고생들이 보인다면 틀림없다. 그날이 서울코믹월드가 열리는 날이다. 그날 행사장 근처를 지나가는 사람들은 자신들이 순간 이동을 해서 일본에 온 게 아닌지 헷갈려 한다. 지역 주민들은 구청과 시청에 행사를 막아달라고 민원을 넣고 넣다 포기해버렸다. 주최 측도 참가자들을 제대로 통제하지 못한다.

오덕들의 축제이자 동인지와 캐릭터 상품을 판매하는 시장,

---

4 서울코믹월드는 최근 SETEC과 aT센터에서 번갈아 열린다.

코스프레를 뽐내고 만화 주제가로 노래자랑을 벌이며 각종 전시회와 콘테스트가 열리는 행사인 코믹월드는 일본, 한국, 홍콩, 대만에서 각각 열린다. 한 번 열릴 때 오덕 수만 명이 모인다. 그나마 요즘에는 행사가 자주 열리기 때문에 초기보다 열기가 식은 게 그 정도다. 1990년대 내내 코미케[5]를 부러워하던 한국의 오덕들은 1999년에 이르러서야 전국 단위의 동인 행사를 열 수 있었고, 처음 몇 년간 반응은 폭발적이었다.

"이건 아마추어가 아니잖아. 그림도, 스토리도 진짜 뛰어나."

경희가 1회 코믹월드에서 사 온 동인 회지들을 보며 남자 부장이 감탄해서 중얼거렸다.

"2회가 7월 31일에 열려. 7월 31일부터 8월 1일까지 이틀 동안 여의도 전시장에서. 우리도 거기 나가자."

"우리가? 여기에? 그때까지 회지 못 만들어."

남자 부장이 고개를 저었다.

"회지를 내자는 게 아냐. 가서 코스프레를 하자. 방학이잖아. 시간은 충분해. 염색도 할 수 있고."

경희의 말에 다들 입을 쩍 벌렸다. 그런 멋진 생각에 반박할 수 있는 사람은 아무도 없었다.

"저, 코스프레 해본 적 있어요. 중학교 때. 친구들이랑 같이

---

5 일본의 동인지 판매 행사. 참가자가 수십만 명에 이른다.

스타크래프트 캐릭터 코스프레를 했어요."

눈치가 빠른 종현은 향후 코스프레 대책회의에서 발언권을 높이기 위해 발 빠르게 경희의 말을 받았다. 물론 후드 티를 둘러쓰고 입을 수건으로 가린 채 다크 템플러[6]라고 우겼던 당시 스타크래프트 코스프레의 질에 대해서는 설명하지 않았다.

'어떤 작품으로 코스프레를 할 것인가'를 놓고 그들은 격론을 벌였다. 팀을 이뤄 다 같이 한 작품의 등장인물로 꾸미자는 데에는 다들 동의했지만, '그 작품'을 어떤 작품으로 할지에 대해서는 의견이 저마다 달랐다. 처음에 "에반게리온 해요, 에반게리온!" 하고 종현이 외쳤을 때에는 아무도 그의 말에 귀 기울이지 않았다.

당시 가장 인기가 있던 〈원피스〉나 〈나루토〉는 금방 탈락했다. 남학생들은 미적지근한 반응이었던 반면("원래 오덕들은 남들이 다 좋아하는 인기 작품은 괜히 싫어하는 척하잖아요"라고 종현은 설명했다) 여학생들 사이에서는 반대 의견이 높았다. 변경희는 "나는 나미[7]는 절대로 안해"라고 말했다. 남자들도 '하긴, 경희가 나미의 가슴을 소화할 수는 없을 테지'라고 속으로 생각했다. "에반게리온 해요, 에반게리온!" 하고 종현이 외

---

6 스타크래프트의 유닛 이름.

7 〈원피스〉의 여주인공으로 가슴이 비현실적으로 크다.

쳤지만 이때까지도 사람들은 그의 말에 신경 쓰지 않았다.

우리가 한국 고등학생이고, 첫 코스프레 참가니까 한국 작품으로 하자는 의견이 있었다. 변경희가 낸 의견이었는데, 다들 아무래도 그녀가 천계영의 〈오디션〉이나 〈언플러그드 보이〉 코스프레를 하고 싶어서 그런 의견을 냈을 거라고 생각했다. "한국 만화? 그러면 〈아일랜드〉로 하자"라고 어느 2학년생이 말했을 때 경희는 "〈아일랜드〉 따위가 한국 만화를 대표할 수 있다고 생각해?"라며 심하게 면박을 주었다. 이때 "에반게리온 해요, 에반게리온!" 하고 종현이 외치자 경희의 남자 친구인 베들래머 공동 부장은 "하긴, 에반게리온 하면 제일중학교[8] 교복이랑 우리 학교 하복이 비슷하니 편하긴 하겠다"라고 말했다.

마침내 변경희의 고집에 따라 〈오디션〉 코스프레를 하기로 합의를 보았는데, 방학이 되자 베들래머 두 명이 스파르타식 합숙 학원으로 가게 되었다. 그해에는 중고등학교에서 방학 보충수업이 금지되었기 때문에 그런 학원이 유행이었다. 1학년생 한 명은 뉴질랜드로 어학연수를 떠났고, 다른 한 명은 1학기가 끝나기 전에 서울로 전학을 가게 되었다. 막판에 겁을 집어먹거나 뚱뚱한 몸매로 코스프레를 하느니 차라리 안하겠다고 포기한 학생을 제외하면 끝까지 남은 베들래머는 공동 부장 두 명과

---

8 에반게리온 주인공들이 다니는 학교.

여학생 한 명, 그리고 종현, 그렇게 넷뿐이었다.

그들은 한 달 정도 〈오디션〉 코스프레를 준비하다 결국 포기했다. 남자 두 명, 여자 두 명으로 남성 4인조인 '재활용 밴드'[9] 흉내를 내기가 어려워서였다. 게다가 경희는 실제로 그들이 노래자랑 도전 무대에서 재활용 밴드처럼 무대에 올라 직접 음악을 연주하길 원했는데 그게 잘되지 않았다.

일단, 그네들 중 악기를 다룰 줄 아는 사람이 한 명도 없었다. "기초고 뭐고, 한 곡을 정해서 그 곡만 두 달 동안 열심히 연습하면 될 거야"라고 경희는 주장했다. 물론 잘되지 않았다. 이때부터 베들래머들은 "에반게리온 해요, 에반게리온!"이라는 종현의 굽힐 줄 모르는 주장에 관심을 기울이기 시작했다.

"하긴 〈잔혹한 천사의 테제〉[10]를 모르는 사람은 아무도 없을 테니……"

"그 노래는 노래방에도 있어요. 노래방에서 연습할 수도 있다고요."

"한다면 엄청나게 잘해야 돼. 아주 완벽하게 말이야."

경희도 여기까지 물러났다.

"제가 아이디어가 하나 있는데……" 하며 종현은 베들래머

---

9 〈오디션〉 주인공들의 밴드.
10 〈신세기 에반게리온〉의 오프닝곡.

의 두 부장에게 자기 생각을 설명했다. 베들래머들은 고개를 갸웃하며 그에게 "노래방에서 한번 시범을 보여봐"라고 요구했다.

변경희가 아야나미 레이를 맡기로 했다! 나머지 사람들이야 누구를 맡든 종현에게는 큰 상관이 없었다. 다른 여자 회원은 아스카와 미사토 중 미사토를 골랐다. 베들래머의 남자 부장은 이카리 신지나 카지 료지 중 한 명을 원했으나 결국엔 스즈하라 토우지[11]를 맡기로 했다. 신지나 카지는 모두 평범한 셔츠에 바지 차림이니 분장을 해도 별 임팩트가 없다는 지적 때문이었다. 종현은 이카리 겐도를 맡았다.

경희는 "하려면 제대로 할래, 그냥 교복 입은 레이는 싫어"라며 안대와 붕대, 붉은색 컬러렌즈, 패션 가발을 사 왔다. 〈신세기 에반게리온〉 3화에서 다쳐서 머리와 팔, 눈에 붕대를 감은 레이를 재현하고 싶다는 것이었다. 미사토를 맡은 아이와 남자 부장은 동대문에서 검고 짧은 원피스, 붉은 재킷, 십자가 목걸이, 목이 짧은 여성용 부츠, 그리고 토우지가 늘 입고 다니는 것과 비슷하게 생긴 트레이닝복을 구해 왔다. 그들은 서울의 대형마트에 찾아가 에비스[12]를 사려 했으나 미성년자라는 이유로 거부

---

11 아카리 신지의 같은 반 친구.
12 미사토가 항상 마시는 맥주.

당했다. 마트 직원에게 "코스프레 소품으로 쓸 용도이며 빈 캔이라도 좋다"라고 사정했지만 먹히지 않았다.

종현은 동대문에서 흰 장갑과 선글라스, 붉은색 터틀넥 셔츠를, 파티용품점에서 가짜 턱수염을 샀다. 그는 아예 코스프레 숍에 겐도의 사령관 의복을 주문했다. 15만 원이나 들었지만 제값은 했다.

그들은 종현의 집에 모여 옷을 수선했다. 재봉틀이 두 대 있었고, 종현이 기본적인 오버로크 문양을 만들거나 붙일 줄 알았다. 종현의 형은 대학에 입학하면서 서울의 고모 집에서 살고 있었고, 아버지는 인쇄소 골목에 나가 잡일을 해주고 돈을 받거나 술을 마시느라 낮에는 집에 없었다. 종현이 네르프의 로고와 레이의 교복에 붙일 멜빵과 리본을 만드는 동안 경희는 자기 머리에 붕대를 열심히 감았다. 그들은 춤과 노래를 백 번 이상 연습했다. 종현과 남자 부장은 대회 이틀 전에 같이 미용실에 가서 각각 겐도와 토우지와 같은 헤어스타일로 머리를 짧게 잘랐다.

대회 전날, 경희가 종현의 집에 다시 찾아왔다.

"안녕. 들어가도 되지?"

종현이 당황해서 제대로 대꾸도 못하고 있을 때 경희 옆에서 또 다른 소녀가 모습을 드러냈다. 화장을 하고, 앞머리 몇 가닥을 녹색으로 염색하고, 귓바퀴에 별 모양의 귀걸이를 여러 개

박은 여자아이였다.

"내 친구야. S특성화고 미용과에 다녀."

"안녕. 네가 종현이니? 진짜 귀엽게 생겼다."

"안녕하세요."

종현의 집에 들어온 소녀들은 염색약과 탈색약, 트레이닝복을 꺼냈다.

"패션 가발이 영 마음에 안 들어서 말이야. 잘 말아지지가 않아. 그냥 직접 염색하려고. 집에서 할 수가 없어서 마땅한 장소를 찾다가 이리 왔어."

경희가 설명했다. 그녀는 머리를 만화 주인공처럼 하늘색으로 바꾼 뒤 모자를 쓰고 집에 늦게 들어갔다가 다음 날 아침 일찍 집을 나와 대회장으로 갈 계획이라고 덧붙였다.

"그 머리를 하려면 기본적으로 탈색을 세 번 해야 해. 네다섯 시간 정도 걸릴 텐데, 괜찮을까?"

예비 미용사 소녀가 물었다. 그 시간이면 아버지가 돌아올 즈음이 되겠지만, 큰 상관은 없을 것 같았다.

"괜찮긴 하지만…… 선배는 괜찮아요? 나중에 집에서 혼나는 거 아니에요?"

"그건 나중 일이고."

경희는 그런 여자였다. 아야나미 레이의 외모에, 소류 아스카 랑그레이의 성격. '좋은 부분만 모인 거지'라고 종현은 생각했다.

여자아이들은 "여기 보지 마"라고 말한 뒤 화장실에 들어가 옷을 갈아입고 작업을 개시했다. 탈색약을 바르고 머리카락의 색이 빠지기를 기다리는 동안에는 종현이 밖에 나가 사 온 과자를 먹으면서 TV를 보거나, 집에 널린 만화책을 읽거나 잡담을 했다. 미용과 학생은 종현이 마음에 들었던지 노골적으로 들이댔다. 옆에 앉아 수다를 떨다가 조금이라도 재미있는 이야기가 나오면 종현의 어깨나 무릎을 치면서 깔깔 웃었다. 경희는 그 광경을 보고도 무시하는 척했다.

"겐도 머리도 아주 까맣진 않잖아. 너도 염색 좀 할래? 모발이 두껍고 건강해서 염색이 잘 먹힐 것 같아."

미용과 학생이 종현에게 물었다. 종현은 대답하는 대신 경희를 쳐다보았다. 경희는 "그것도 괜찮겠네"라고 냉랭하게 말했다. 자기 친구가 염색약을 사러 쏜살같이 나가자 경희는 "뭐가 그렇게 재미있어?"라고 힐문했다.

특성화고 소녀는 정성껏 종현의 머리를 매만졌다. 거의 애무나 다름없었다. 그녀가 탈색약을 바르고 염색을 하는 내내(특히 귀에 묻은 염색약을 닦아낼 때) 종현은 터질 것같이 발기한 성기를 들키지 않게 감추느라 애를 먹었다. 경희는 이제 진짜 아야나미 레이 같은 얼굴로, 인형 같은 무표정한 얼굴로 애써 시선을 다른 곳으로 돌렸다. 미용과 여자아이도 나쁘지 않은 용모였고, 남성 호르몬이 너무 많이 분출되어 거의 돌아버리기 직전이었지만, 종현은 최후의 분별력은 잃지 않았다.

저녁이 되자 미용과 학생이 술이 마시고 싶다고 말했다. "치킨을 시키면서 맥주도 같이 시키면 돼"라고 그녀는 방법까지 제시했다. 그들은 그렇게 했다. 그들은 경희가 만들어 온 컴필레이션 CD를 오디오에 걸고, 음악을 들으며 치킨을 먹고 맥주를 마시다 차례로 화장실에 들어가 머리를 감았다.

"그런데, 너희들은 왜 코스프레를 하려는 거야? 쪽팔리지 않아?"

특성화고에 다니는 여자아이가 물었다.

"재미있잖아요."

종현이 대답했다.

"재미? 그게 전부? 얻는 재미에 비해 들이는 노력이 너무 크다."

"만화 속 세상이 훨씬 더 멋있고 신나잖아. 코스프레를 하면 그 세상 안에 있는 기분이 들 것 같거든. 그러니까 현실에서 잘나가는 사람들은 굳이 코스프레를 할 필요가 없는 거야. 우리 같은 어린애들이나, 아니면 현실부적응자만 하는 거지."

아야나미 레이화(化)한 경희가 말했다.

"뭐야, 결국 현실도피네."

"가끔 현실도피 좀 할 수도 있는 거 아냐? 꼭 이 현실 속에서만 살아야 해? 나는 이 현실이 마음에 안 들어."

아무래도 경희는 그날 속이 단단히 뒤틀린 모양이었다. 어쩌면 술이 약한 체질일지도 모른다. 종현은 맥주를 홀짝홀짝 마시면서 두 소녀의 대화를 흥미롭게 들었다. 경희가 계속 말을 이었다.

"내 말은, 우리가 선택한 것도 아닌데 이 현실에 적응하라고 하는 말이 고깝다는 거야. 어떤 사람은 지금도 아프리카에서 태어나서 평생 굶주리며 살고, 어떤 사람은 전쟁 중에 태어나서 비참한 꼴만 보면서 살잖아. 그런데 거기서 태어나는 아이들한테도 현실에서 도망치지 마라, 현실을 직시해라, 세상은 지옥이다, 그렇게 말해줘야 할까?"

"하긴."

"지금 대한민국 현실도 엄청나게 잘못돼 있는 것일 수 있어. 조선 시대도 양반으로 태어나는 사람한테는 좋은 시대였어. 한 백 년쯤 뒤에 우리 후손들은 1999년 언저리를 돌아보면서 진짜 한심한 시대였다, 공부 잘하고 만화 싫어하는 사람들한테나 어울리는 시대였다, 이렇게 평가할 수도 있겠지. 난 이 현실이 싫어. 공부도 못하고 만화만 좋아하니까. 그런데 우리는 여기서 태어났고 어쩔 수 없이 이 안에서 살아야 하니까…… 코스프레라도 하는 거지. 그런 사람들끼리 모여서 서로 위로도 해주고……"

그때 종현의 아버지가 집에 들어왔다. 아버지는 하늘색 머리를 한 소녀와 맥주가 담긴 페트병과 맥주잔을 보았지만 아무 말 않고 안방으로 들어갔다. 소녀들은 황급히 짐을 챙겨 소년의 집을 나섰다.

"괜히 흥분해서 미안해."

아야나미 레이의 머리색을 한 소녀가 나가며 말했다.

"아니에요. 선배 얘기 멋있었어요."

종현이 대답했다.

"내일 늦지 말고 와. 여의도역에서 보자."

"네."

"또 봐!"

미용사의 꿈을 품은 소녀가 소년에게 열렬히 손을 흔들며 인사했고, 경희의 얼굴은 다시 냉담해졌다.

종현이 거실로 돌아와 뒷정리를 할 때 아버지가 나와서 "술 마셨냐?"라고 물었다. 종현은 뭐라고 대답해야 할지 몰라 망설이다가 "예"라고 짧게 대꾸했다. 아버지는 유령 같은 표정을 지으며 방으로 사라졌다.

여의도역에는 사람이 엄청나게 많았다! 빨갛고 파랗고 노란 머리를 한 오덕들이 주말 오전 여의도역 지하를 가득 메우고 있었다. 베들래머들은 어안이 벙벙해져 연신 주변을 두리번거렸다. 그들은 만화에나 나오는 감탄사를 연발했다. 우아, 우아, 우오오! 오오, 저것은 남두백로권의 슈우[13]! 오오, 하만 칸[14]을 저 정도 퀄리티로 구현했단 말인가? 우아, 저 팀은 〈헌터×헌터〉 그 자체다!

묘한 호승심에 사로잡혀 지하철역에서부터 벌써 칼이니 요술 봉 따위를 들고 코스프레 자세를 취하는 팀들도 있었다. "전시장에 탈의실이 있다고 했는데 왜 여기서부터 벌써들 옷을 갈아입고 있는 거야"라며 미사토 역을 맡은 선배가 미사토 같은 말투로 투덜거렸다. 베틀래머들은 코스어[15]들을 뚫고 여의도 전시장으로 향했다. 가는 길을 물어볼 필요도 없었다. 엄청난 수의 사람들이 한 방향으로 걷고 있었으니까.

"1회 행사에서는 코스프레 하는 사람이 별로 없었다며?"

미사토가 물었다.

"그랬지."

경희가 한숨을 쉬며 대답했다.

그러나 여의도 중소기업종합전시장이 가까워질수록 그들은 애니메이션 주제곡 콘테스트에 대한 걱정을 잊고 점점 흥분하게 되었다. 애벌레 모양을 한 전시장에 들어간 그들은 누가 먼

---

13 만화 〈북두의 권〉의 등장인물.
14 〈기동전사 Z건담〉과 〈기동전사 건담 ZZ〉에 등장하는 카리스마 넘치는 여성 캐릭터.
15 코스프레를 하는 사람.

저랄 것도 없이 외쳤다. 우아, 우아, 우오오!

전시장은 천장이 굉장히 높았고, 동인지와 직접 만든 팬시 상품, 캐릭터 상품을 판매하는 동호회들의 부스 수백 개가 빽빽이 들어차 있었다. 코스어들이 삼삼오오 모여 포즈를 취하고 있으면 그 주변으로 카메라를 든 오덕들이 정신없이 사진을 찍어 댔다. 만화영화 주제가 영상이 끊임없이 나오는 대형 전광판 앞에는 수백 명이 앉아 손을 추켜올리거나 노래를 따라 부르며 환호했다. 벽에는 팬들의 자작 일러스트가 빈틈없이 붙어 있었고, 그림 아래 스티커를 붙여 표를 주는 즉석 투표가 진행 중이었다.

베들래머들은 처음에는 함께 움직이며 전시장 안을 돌아다녔으나, 몇 분 지나지 않아 개별 행동을 하는 게 낫겠다는 데 잽싸게 의견을 모았다. 시간을 보내고 싶은 부스가 저마다 달랐으니까. 그들은 시간을 정해놓고 탈의실 앞에서 모이기로 하고, 회지며 일러스트 북이며 핸드폰 액세서리며 책갈피며 마우스패드며 책받침 같은 것을 각자 한 아름씩 안고 두 시간 뒤에 다시 나타났다.

옷을 갈아입고 본격적으로 노래자랑 대회를 준비하려 할 때 베들래머들은 왜 사람들이 여의도역에서부터 코스프레 복장으로 전시장까지 왔는지를 알아차렸다. 탈의실은 물론이고 화장실까지, 발 디딜 틈조차 없을 정도로 붐볐다. 남자들은 그냥 전시장 구석에서 옷을 갈아입기로 했다. 경희는 레이가 입고 다니는 제일중학교 교복으로 개조한 하복을 집에서부터 입고 나왔기 때문에 괜찮았는데 문제는 미사토였다. 미사토를 맡은 선배는 울상이 되어 여자 화장실로 들어가서는 간신히 옷을 갈아입고 혼이 반쯤 나간 표정으로 돌아왔다.

애니메이션 주제가 콘테스트는 이날 행사의 클라이맥스였다. 콘테스트는 시작부터 열광의 도가니였다. 몇몇 참가자들의 퍼포먼스가 너무 훌륭해 베들래머들은 기가 싹 질렸다. 남자 부장은 "그냥 참가했다는 데 의의를 두자"고 말했으며, 경희는 벌벌 떨면서 "연습 때처럼만 하자고"라고 중얼거렸다. 벅차오르는 감격을 즐기는 건 종현뿐이었다.

그들은 무대에 올라갔다. 참가 팀이 워낙 많았기에 마음을 가다듬고 자시고 할 시간도 주어지지 않았다. 베들래머들이 무대에 일렬로 서자마자 바로 〈잔혹한 천사의 테제〉 전주가 흘러나왔다. 관중들 몇이 괴성을 지르며 박수를 쳤는데, 사실 어떤 팀이든 무대에 오르면 그런 환호성과 함께 노래를 시작했다. 주최 측에서 가장 열심히 응원을 한 사람을 뽑아 다음 서울코믹월드 무료입장권을 상품으로 줬기 때문이다.

변경희는 깜짝 놀랄 정도로 노래를 잘 불렀다. 그녀가 노래방에서 춤을 추며 노래를 불렀을 때, 종현은 '이 세상에 태어나길 잘했다'고 생각했다. 남자 부장도 노래를 잘 불렀다. 그의 노래를 들었을 때 종현은 질투심을 감출 수 없었다. 미사토로 분장한 여자 선배의 노래는 허스키한 목소리와 리듬감이 일품이었다. 하지만 종현은 노래만큼은 죽어라 못했다. 목소리는 나쁘지 않았는데도. 대신 그는 크레이지 패밀리를 운영하고 군무 콘서트를 몇 번 열며 어떻게 하면 우스꽝스러운 안무를 짤 수 있는지, 어린 관중들이 언제 포복절도하는지를 잘 알았고, 천부적인 유머 감각도 있었다.

'무대에 바보들이 올라왔나'라고 생각하며 15초 정도 어리둥절하던 관중들은 16초째부터 미친 듯이 웃음을 터뜨리고 괴성을 지르기 시작했다. 특히 근엄한 표정을 조금도 흐트리지 않은 채 엉덩이를 실룩이며 춤을 추는 이카리 겐도가 최고 인기였다. 처음에는 얼어 있던 다른 베들래머들도 관객들의 함성에 힘입어 곧 무대를 장악하기 시작했다. 겐도가 방귀를 뀌는 흉내를 내면 다른 사람들이 비틀거리는 안무는 연습할 때만 해도 멤버들로부터 '너무 유치하다'며 원성을 샀지만, 실제 상황에서는 효과가 엄청났다. 관객들은 다들 자지러지고 난리였다. 경희는 막판에 붕대와 안대를 멋들어지게 풀고 고음을 소화하며 엄청난 카리스마를 뽐냈다(침이 좀 튀기는 했지만). 이카리 겐도는 노래 마지막에 "난 여중생이 좋아!"라고 외쳐 관객들로부터 우레와 같은 박수를 받았다.

그들은 장려상을 받았다. 대상은 걸그룹 저리 가라 할 정도의 군무와 엄청나게 비싸 보이는 의상을 착용한 여성 팀이 차지했다. 우수상은 베틀래머들보다 더 웃긴 퍼포먼스를 보인 남학생들이 탔다. 그들은 〈멋지다 마사루〉를 코스프레하고 섹시코만도[16]를 선보였다. 대상과 우수상을 받은 팀의 공연은 모두 블록버스터였다. 베틀래머는 인디 부문 1등상을 받은 거나 다름없었다.

장려상 상품은 3회 서울코믹월드 무료입장권 네 장이었다. 베틀래머들은 감격과 환희에 빠졌다. 그들은 옷을 갈아입을 생각도 않고 미친 사람들처럼 여의도역까지 한달음에 달려갔다.

그 뒤로는 내리막이었다. 남양주로 돌아오는 길에 지하철 안에서 60대 노인들과 시비가 붙었다. 어느 노인 하나가 정신 나간 년 어쩌고 하면서 정말로 세게 경희의 머리를 때렸다. 베틀래머 모두가 눈이 벌게져서 "나잇살 처먹었으면 나잇값 좀 하라고"라고 외치며 그 노인네 패거리에게 대들었다.

그리고 그들은 다음 날 9시 뉴스에 대상을 수상한 팀과 함께 TV에 나왔다. 일본 문화에 빠진 청소년들에 대한 꼭지였다. 얼굴에 모자이크 처리도 되어 있지 않았다. 특히 교복을 개조해서 입고 나간 경희 때문에 그들이 A고교 학생들임을 숨길 수가 없었다. 서울코믹월드가 끝나고 쓰레기 산이 되어버린 여의도 전시장과, 탈의 공간이 부족해 전시장 구석에서 옷을 갈아입는 여

---

16 〈멋지다 마사루〉에 나오는 황당한 무술.

자아이의 모습도 함께 나왔다.

베들래머들은 방학 중인데도 학교로 불려 나갔다. 교장이 친히 그들을 교장실로 불러 호되게 야단쳤다. 사람의 정신을 썩게 만드는 일본 퇴폐문화가 어쩌고, 어린 소년들을 가미가제 특공대로 만들었던 일본의 사무라이 문화가 어쩌고 하는 얘기였다.

베들래머들은 만화연구부 담당 교사와 함께 고개를 푹 숙이고 꾸지람을 들었다. 변경희의 머리카락은 다시 검은색으로 돌아와 있었다. 부자연스러울 정도로 짙은 검은색이었다. 어머니가 사 온 새치용 염색약 색이었기 때문이다.

"네가 술집 나가는 여자냐? 술집 나가는 여자야? 복장이 그게 뭐야? 빤쓰가 다 보이게 하고, 학교 망신을 시켜도 유분수지! 그리고 너, 누가 그렇게 교복 짧게 줄여 입으래? 엉? 위안부 할머니들이 이 옷을 보면 뭐라고 하실 것 같으냐? 엉?"

종현은 똥 씹은 표정으로 꾸지람을 듣다가 교장이 미사토 선배와 경희에게 그렇게 호통을 쳤을 때 참지 못하고 끼어들었다.

"교복 줄여 입는 거랑 위안부 할머니가 무슨 상관입니까?"

"뭐?"

옆에 서 있던 만화연구부 담당 교사의 얼굴이 새파랗게 질렸다. 교장이 떡 벌린 입을 다물고 종현 앞으로 걸어왔다.

"너 지금 뭐라고 그랬어?"

"이 정도 고쳤다고 옷에서 왜색이 난다면 그건 원래 우리 학교 교복이 일본풍이어서 그런 거 아니에요?"

"뭐 이 새끼야?"

그 순간 교장에게 뺨을 맞았기 때문에 종현은 입을 잠시 다물 수밖에 없었다.

"아이, 씨발······"

만화연구부 담당 교사가 황급히 종현의 입을 틀어막으려 했지만 다소 늦었다.

"그 할머니들은 씨발 우리 신경 안 써! 우리 신경 안 쓴다고!"

종현은 끌려 나가며 외쳤다.

베들래머들은 사이좋게 정학 처분을 받았다. 종현을 제외한 세 명은 일주일 유기정학, 종현은 무기정학이었다.

무기정학 중이니까, 라고 마음을 편히 먹고 개학 뒤에도 학교에 나가지 않았다. '학교에 나와달라고 선생들이 찾아와서 싹싹 빌 때까지는 가지 않을 테다'라는 오기도 있었다. 집으로 전화가 여러 통 걸려 왔지만 받지 않았다. 새벽에 신문을 돌리고, 아침에 좀 자다가, 아버지가 자고 있으면 계속 자고, 일어나는 것 같으면 등교하는 척하며 아르바이트를 하는 중국집으로 갔다. 점심때 중국집에 가서 밥을 얻어먹고, 배달을 하고, 오후에는 멍하니 TV를 보거나 담배를 피우며 시간을 보냈다. 그렇게 보름가량을 지냈다. 자식이 보름 동안 학교에 나가지 않는데 아버지가 그걸 눈치채지 못했다는 게 지금 생각해도 신기하다.

집으로 찾아온 사람은 담임이 아니라 경희였다.

"학교, 왜 안 와?"

저녁 시간이었고, 아버지는 집에 없었다. 거실에 들어와 모자를 벗는 경희를 보고 종현은 그만 말문이 막혀버렸다. 경희는 머리를 시네드 오코너처럼 빡빡 민 상태였다. 새치용 염색약으로 만든 검은 머리가 마음에 안 들기도 하고, 탈색과 염색을 반복하느라 머리카락이 툭툭 끊어질 지경이어서 그냥 머리를 밀었다고 했다("지금 생각해보면 개도 어지간히 또라이였어요"라고 종현은 말했다).

빡빡머리 소녀가 말했다.

"정학이라도 학교에는 나와야 하는 거야. 화장실 청소도 하고, 반성문도 쓰고, 설교도 듣고…… 할 일 많아."

"난 잘못한 일 없어요."

종현이 볼멘소리로 고집을 피웠다.

"만화연구부는 해체됐어. 난 꽃꽂이부에 들어갔어."

경희가 딴소리를 했다.

"왜 보지도 않고 덮어놓고 저질이래? 자기들이 정신대 끌려갔다 왔나, 아니면 에반게리온 그린 사람들이 정신대를 운영했나. 난 일본에 가본 적도 없고 일본 사람을 만난 적도 없어. 내가 왜 알지도 못하는 사람들을 덮어놓고 미워해야 해요? 어디 있는지도 모르는 위안부 할머니를 존중해야 한다면서 왜 앞에 있는 우리더러는 커서 룸살롱에 갈 거라는 둥 짜장면이나 배달하며 인생을 보낼 거라는 둥 험담을 해요? 내가 좋아서 좋아하는 대로 입고 좋아하는 걸 하겠다는데 왜 뭐라고 해?"

"네 말이 다 맞아. 그래도 난 네가 학교에 다시 나왔으면 해."

"왜요?"

"너를 자주 보고 싶으니까."

소녀가 소년을 바라보며 말했다. 빡빡머리 여자아이는 남자아이 쪽으로 한 걸음 다가왔다. 베이비로션 냄새가 났다.

"왜……?"

"나, 남자 친구랑 헤어졌어."

종현은 뭐라고 말을 해야 할지 몰라 그냥 멍하니 서 있었다. 경희가 말했다.

"이럴 땐 어떤 표정을 지어야 할지 모르겠어."

하지만 에반게리온 최고의 명대사를 읊는 그녀는 이미 희미하게 웃고 있었다. 종현은 신지처럼 "웃으면 된다고 생각해"라고 대답하지 않았다. 그는 대답하는 대신 소녀에게 걸어가 키스했다. 입을 맞추는 동안 소녀의 덧니가 소년의 입술을 알알하게 자극했다.

"그다음엔 어떻게 되었나요? 그 선배랑 사귀었나요?"

나는 받아 적는 것도 잊고 종현에게 물었다.

"네. 일 년 반 정도. 그러다 경희는 대학에 갔고, 저는 고3이 됐고. 그래서 서로 연락을 못하게 됐고. 뭐, 그런 커플 오래 못 가잖아요."

"그렇죠."

"또 경희가 워낙 예뻤으니까…… 대학에서도 동기들이나 선배들이 가만히 놔두질 않았겠죠. 사실 제가 연락을 못한 것도 잘못이고, 경희도 대학에 들어가기 전에는 저한테 진심이었다고 믿어요. 자기가 세종대 만화애니메이션과에 간다고, 저더러 다음 해에 따라오라고 했어요. 세종대 만화애니메이션과가 우리나라에서는 애니메이션 쪽으로 최고의 과거든요. 저는 정말 경희를 따라갈 생각이었고, 그래서 수능도 예체능 계열로 봤어요."

"세종대 만화애니메이션과가 예체능인가 보죠?"

"네. 만화대전이나 애니메이션 페스티벌에서 입상한 사람을 특기생으로 뽑고, 나머지는 수능이랑 실기, 내신으로 봐요. 실기 비중이 60퍼센트던가 그랬어요. 저는 어느 쪽이냐 하면 딱히 진로에 대해서는 고등학교 2학년이 될 때까지 별로 생각을 안했고 그냥 경희랑 놀러 다니거나 아니면 다른 친구들이랑 미친 짓 하고 돌아다니는 걸 좋아했는데, 경희 때문에 애니메이션을 배워야겠다, 아니면 적어도 디자인을 공부해봐야겠다,

그런 생각이 들었어요. 좀 늦긴 했지만, 고3 때부터 미술학원에 다녔죠."

"상대방이 연락을 안해도 한번 이쪽에서 먼저 연락을 해보시지 그러셨어요. 자존심 때문에 그랬나요?"

"자존심 탓도 좀 있었지만…… 사실 그때 저한테 세컨드 임팩트가 찾아왔거든요. 그거에 비하면 무기정학은 그냥 에피소드 한 편에 불과했죠. 그건 좀 긴 이야기인데, 다음번에 만났을 때 말씀드리면 안 될까요?"

종현이 말했다.

4. 뭐라고 해봐요! 대답해요!

『신세기 에반게리온』 제19화

〈신세기 에반게리온〉과 〈엔드 오브 에반게리온〉에서 세컨드 임팩트는 2000년에, 서드 임팩트는 2015년에 각각 일어난다. 종현의 인생에서 세컨드 임팩트는 2001년에, 서드 임팩트는 2007년에 찾아왔다.

2001년 여름에 형이 집으로 돌아왔다. 그때까지 형은 서울의 고모 집에 하숙하면서, 학원 강사로 생활비를 벌며 대학에 다니고 있었다. 형은 수능을 다시 치겠다고 했다. (한 번도 다른 가족에게 밝힌 적이 없었지만 원래 마음먹었던 대로) 의대에 가고 싶다고 했다. 이게 세컨드 임팩트의 전조였다.

그때까지 종현은 자신이 대학에 갈 때 형은 군대에 갈 거라고 예상했다. 그러면 집에서 대학 등록금을 부담해야 하는 자식은 계속 한 명이게 된다. 하지만 돌이켜 보면 형은 한 번도 2002년에 입대한다는 이야기를 한 적이 없었다. 이제 와서 약속 위반이라고 항의할 수는 없는 노릇이었다.

종현의 형은 말 없는 남자였다. 여전히 인상은 병약했지만, 실제로는 집념도 강하고 강단도 있었다. 그해 여름, 형은 도서관이나 독서실에 가지 않고, 인터넷 강의도 듣지 않고 방에 틀어박혀서 공부만 했다. 돈을 아끼기 위해서였을 것이다. 학원 강사로 모은 돈은 어느 정도는 고모 댁에 드렸고, 나머지는 재수를 위해 모았다고 형은 설명했다. 종현은 술도 마시지 않고 데이트도 하지 않고 코스프레도 하지 않으면서, 동네 꼬마들을 참으며 재수 비용을 모으는 형의 모습을 쉽게 상상할 수 있었다. 그런데 형이 재수 비용뿐 아니라 대학 입학금과 등록금도 마련했을까?

그는 아버지와 형에게 각각 두 번씩 "우리 집, 등록금은 댈 수 있는 건가?"라고 지나가는 듯한 말투로 물어본 적이 있었다. 아버지는 한번은 "산 입에 거미줄 치겠냐"라고 말했고(누가 먹을거리 물어봤냐고), 또 한번은 "그런 얘기는 공부부터 하고서 해라"라고 대답했다. 형은 한번은 뚱한 표정으로 그를 노려보기만 했고, 또 한번은 "글쎄, 너나 나나 일단은 장학금을 노려봐야 할 거 같다"라고 말했다.

형은 편의점 삼각김밥과 편의점 도시락, 편의점 김밥, 편의점

샌드위치, 편의점 빵으로 끼니를 때웠다. 세 부자는 함께 식사하지 않았다. 형은 아침에 늦게까지 자는 대신 밤을 거의 새우는 듯했고, 배가 고플 때 그때그때 편의점에 가서 끼니거리를 사 오거나 먹고 왔다. 종현은 아침에 밥을 지어서 도시락을 싸 갔고, 그 밥으로 저녁도 먹었다. 형은 종현에게 도움을 청하지 않았다. 대신 형이 동생에게 뭔가를 사주는 일도 없었다.

집에 세 남자가 모여 있으면 사람 미치게 하는 침묵과 긴장이 공기 중에 차곡차곡 쌓이는 게 눈에 보일 정도였다. 대개는 종현이 그 분위기를 못 참고 먼저 집을 뛰쳐나왔다. 종현은 공부는 설렁설렁 했지만 미술학원은 열심히 다녔다. 경희로부터는 연락이 뜸해졌지만 여전히 세종대 만화애니메이션학과에 관심이 있었다. 국민대 시각디자인학과도 염두에 뒀다.

"1학년 때부터 제가 공부를 열심히 하는 모습을 보였더라면 아버지도 저를 도와야 한다는 의무감을 느꼈을라나요? 모르겠네요. 당시에는 그냥 원망만 했어요."

종현은 말했다. 아버지가 한 지붕 아래 살고 있는 둘째 아들의 꿈이나 고민을 이해했을까? 아닐 것이다. 그 역시 아버지의 두려움과 고민에 대해서는 손톱만큼도 알지 못했다.

종현은 형과 함께 수능을 쳤다. 엄청나게 어려운 시험이어서 난이도 조절에 실패했다는 비판 기사가 많이 나왔고, '이해찬 세대'라는 말도 이때 처음 나왔다. 형은 자연 계열로, 종현은 예체능 계열로 시험을 쳤다. 시험이 전반적으로 어려웠던 것이 오히려 종현에게는 유리했다. 수능 성적만 놓고 보면 세종대 만화애니메이션학과든 국민대 시각디자인학과든 무난히 지망할 수 있는 수준이었다. 문제는 실기 공부였다.

"예체능 계열이라는 게 뭔가요? 제가 수능 세대가 아니라서……"

내 질문에 종현은 다소 놀라서 "아, 수능에 인문 계열, 자연 계열, 예체능 계열, 이렇게 세 종류가 있어요"라고 대답했다. 내가 여전히 이해가 안 간다는 표정을 짓자 그는 머리를 긁적이며 설명을 보충했다.

"시험 보기 전부터 난 인문 계열로 시험을 치겠다, 아니면 나는 자연 계열이나 예체능 계열로 시험을 치겠다, 이렇게 신청을 해놓고 해당 종류 시험을 보는 거예요. 대학도 어느 과에 가려면 어느 계열로 시험을 쳐야 한다는 게 정해져 있고요. 세종대 만화애니메이션학과와 국민대 시각디자인학과는 예체능 계열이에요. 시험 과목 중에 수리탐구 I 이라고, 수학 시험을 그렇게 부르는데, 이게 자연 계열로 치면 문제가 어렵게 나오고 예체능으로 치면 쉽게 나왔습니다."

즉, 일단 예체능 계열로 시험을 치면 그해에 다른 대학의 일반 학과에 지원할 수 있는 길은 막히는 셈이었다.

종현은 그 전해 경희가 시험 치는 모습을 지켜봤기 때문에 수능 이후 미대 지망생들의 생활이 어떠한지를 잘 알고 있었다. 수능 마지막 교시가 끝났음을 알리는 종이 치는 순간, 다른 학생들은 입시에서 해방되지만 예체능 계열 학생들에게는 지옥이 펼쳐진다. 실기시험 전까지 쌓아야 할 실력을 100으로 봤을 때 수능 전까지 쌓아야 하는 실력이 50이고 나머지 50은 수능을 친 뒤에 다진다고 보면 된다.

세종대 만화애니메이션학과든 국민대 시각디자인학과든 미술은 실기가 중요하다. 이건 독학이나 학교 수업으로 어떻게 해결할 수 있는 문제가 아니다. 두 달 이상 하루 종일 학원에서 그림 그리는 기계가 되다시피 하는 특강을 받아야 한다. 수능 가채점 결과를 보고 목표 대학을 정한 뒤, 그 대학의 실기시험이 소묘에 중점을 두면 소묘, 흔히 '발상과 표현'이라고 부르는 디자인 구상 쪽이면 거기에 맞춰 하루에 그림을 30장, 40장씩 그리는 거다. "만화애니메이션 전공 교수들일수록 일본 만화체 그림을 경멸한다고. 눈 크고 헐벗은 여자애 그림 같은 걸 그려서 냈다간 바로 광탈[1]이야"라고 경희는 설명했다.

무조건 입시전문 대형학원에 등록해야 한다. 소묘면 소묘, 구상이면 구상, 공식이 정해져 있다. '핸드폰 충전기와 사과'라든

---

1 광속탈락.

가 '외계인과 국내 정치' 같은 주제가 디자인 시험 소재로 나와도 5분 안에 아이디어 스케치를 마치고 본 작업에 착수할 수 있을 정도가 되어야 한다.

경희는 서울로 가서 홍대 인근의 고시원을 잡았다. 입시 전문 대형 프랜차이즈 미술학원들은 홍대와 강남, 노량진에 몰려 있었다. 11월이면 전국에서 미대 입시 수험생들이 몰려오기 때문에 고시원비부터 재료값까지 그 일대 물가가 갑자기 배로 뛴다. 하루 네 시간씩 세 타임으로 진행되는 특강 코스는 한 달 수강료가 2백만 원 가까이 된다. 아예 학원에서 먹고 자며 합숙 훈련을 받는 학생들도 있다. 그런 학원에는 샤워실과 쪽잠을 잘 수 있는 수면실이 있다. 두 달 치 학원비에 하숙비나 고시원비, 재료값, 밥값과 약간의 용돈을 합하면 5백만 원을 훌쩍 넘는다.

1년 전 종현은 밤에 경희의 고시원을 찾아갔다가 "손가락에 연필가루가 배어서 빠지질 않아"라고 우는 소녀를 한참 달래줬다. 그는 그때 '나는 이렇게 지독해질 수 있을까'라며 속으로 불안에 떨었다. '나도 이렇게 입시미술 공부를 하고 싶다'고 바라게 될 줄은 꿈에도 몰랐다.

"학원비를 내줄 수 없다"는 말을, 아버지는 심지어 종현에게 직접 하지도 않았다. 아버지의 말을 전해준 것은 형이었다. 이제 아버지는 이카리 겐도와 닮아 보였다. 아들에게 할 이야기를 직접 하지 않고 다른 사람을 통해 한다는 점에서.

"딱 너하고 나 등록금 할 돈만 있다신다. 학원비를 대줄 수는 없대."

처음에 종현은 아버지와 형이 자신을 믿지 못해서 거짓말을 하는 거라고 생각했다. '고액의 학원비를 달라고 해놓고 중간에 삥땅을 치려는 게 아니냐'는 의심을 받는 거라고 여겼다. 그러나 정말로 그의 아버지가 빈털터리임이 곧 드러났다.

"이런 게 어디 있어? 내가 돈이 없어서 자식새끼 대학 안 보내준다는 부모는 듣다 듣다 처음 들어."

"그렇게 큰돈이 필요한 일이었으면 진작 이야기를 했어야지, 이렇게 갑작스럽게 돈 내놓으라고 하면 어떻게 해? 우리 집 형편 몰랐어?"

"정 돈이 없으면 집이라도 팔든가!"

종현은 터무니없는 투정을 부렸다. 그 말에 형은 "이 집, 우리 집 아니야"라고 대꾸했다.

"뭔 말이야?"

"우리 지금 여기에 전세로 살고 있는 거야. 아버지가 이미 이 집 팔았다고. 사업하시는 친구한테 돈 빌려주셨다더라."

인터뷰 중에 "황당하죠?"라며 종현은 웃었다. "자식들 학원비는 못 주겠다면서 친구 사업 자금 빌려주려고 집을 파는 사람이 세상에 있어요"라고 그는 덧붙였다.

탈탈 털어도 돈이 없다는 사실은 명확했고, 종현은 매사에 실제적인 성격이었으므로, 미술 실기시험을 재빨리 포기했다. 그는 실기시험을 치지 않아도 지원할 수 있는 예체능 계열 대학들을 알아보았다. 학교 교사들은 도움이 되지 않았다. 그들은 이런 경우를 겪어본 일이 없었다.

　　체육학과와 사진학과들은 실기시험을 치지 않아도 되는 곳이 많았으나, 그 분야를 전공으로 삼고 싶지는 않았다. 지방으로 내려갈 생각도 없었다. 마지막으로 서울 B대 의상학과와 C대 실내디자인학과가 남았고, 그는 그 두 곳에 다 지원했다. 그리고 분을 삭이며 합격 발표를 기다렸다.

　　"참 웃긴 게, 재수를 해야겠다는 생각은 못했어요. 교장에게 들이대고 무기정학을 받고 망나니처럼 학교를 다녔는데, 재수를 하겠다는 배짱은 없었어요. 제가 그 정도 인간이었던 거죠. 고3 생활이 너무 지긋지긋해서, 빨리 그걸 마치고 도망칠 궁리만 했어요."

　　종현이 말했다.

　　처음 며칠 동안은 형이 죽이고 싶을 정도로 미웠지만 점점 그 미움이 아버지를 향하게 되었다. 그는 어떤 사과를 원했다. 아버지가 "애비가 정말 못난 놈이다. 미안하다"라고 자식 앞에 무릎을 꿇고 빌기를 원했다. 아버지는 그러지 않았다. 시간이 지나면서 나중에는 아버지가 이 사태에 대해 침묵을 지키는 대신 아무 말이라도 해주길 바라게 되었다. "무기정학 받고 학교도 안 나가던 놈이 왜 애비 탓을 해?"라는 말이라도 듣고 싶었다. 그러나 아버지는 죄지은 얼굴로 종현을 피하고 눈길을 돌릴 뿐이었다.

그는 끝내 아버지로부터 아무런 변명도, 사죄도, 꾸지람도 듣지 못했다. 대신 형과는 한판 크게 싸웠다. 합격자 발표를 기다리며 초조하게 시간을 보내던 때였다. 드물게도 세 부자가 한 밥상에 앉은 날이었다. 형이 자기 돈으로 치킨을 배달시켰고, 종현에게도 맥주를 권했다.

"길게 보면 잘된 건지도 몰라. 난 솔직히 만화를 전공으로 한다는 거에 처음부터 부정적인 생각이었어. 말은 안했지만. 사람 인생이 어떻게 될지 모르더라."

위로랍시고 형이 말했다.

"형 인생은 확실히 이렇게 될 줄 몰랐겠지. 동생이랑 수능을 같이 칠 줄 알고 있었어?"

"몰랐어. 미안하다."

"미안하긴 뭐가 미안해. 그냥 동생 앞길 가로막은 것뿐인데."

"내가 여러 번 미안하다고 했잖아. 나도 어쩔 수 없었어. 내가 뭘 더 하면 만족하겠냐."

"형은 어쩔 수 없고 나는 어쩔 수 있는 거지. 형 꿈이 내 꿈보다 더 중요하니까."

"의사 한다는 거랑 만화 그리겠다는 거랑 같으냐?"

형이 포크를 식탁에 딱 소리 나게 내려놓으며 물었다.

"뭐가 다른데?"

종현도 포크를 내려놓으며 되물었다.

"너 정말 만화애니메이션학과 갔더라면 대학에 들어간 뒤에 후회하지 않을 거라고 장담할 수 있어? 여자 친구 때문에 간다는 거 아니었어? 철 좀 들어, 인마. 돈 없는 집 애들은 철이라도 빨리 들어야 해."

"철? 야 씨발, 난 네가 놀이터에서 다방구 하고 놀 때부터 집에서 미싱질 했어. 네가 엠티 가서 여대생들 앞에서 주접떨 때 난 짱깨집에서 짬뽕 그릇에 크린랩 씌우고 있었다. 등록금 2천만 원 엄한 데 갖다 바치고 수능 다시 본 새끼가 어디서 훈장질이야?"

그때 형이 포크를 종현에게 던졌다. 별로 멀지도 않은 거리인데 포크가 종현을 맞히지 못하고 뒤쪽 벽에 날아가 쨍그렁 소리를 내며 떨어졌다. 형에게는 처음부터 종현을 맞힐 의도는 없던 듯했다. 그러나 종현은 정확히 형의 이마를 겨냥해 포크를 던졌다. 이번에 날아간 포크는 과녁에 적중했다.

그들은 자리에서 일어나 주먹을 서로 두세 대씩 주고받았다. 형제는 바닥에 떨어진 닭튀김들을 아버지가 털어서 식탁 위로 올려놓는 모습을 보고서야 겨우 싸움을 멈추었다. 치킨 조각들

을 상 위에 올려놓은 아버지는 조용히 안방으로 들어갔다. 형제
는 서로를 노려보며 자리에 앉아 땅에 떨어졌던 닭다리를 하나
씩 들고 뜯어 먹었다. 종현의 눈에서는 눈물이 줄줄 흘러내렸다.
형은 눈물을 보이지는 않았지만 그 역시 분을 못 이기고 씩씩대
고 있었다.

"나 엠티 안 갔어."

닭을 다 먹어갈 때쯤 형이 말했다. 종현은 대꾸하지 않았다.
형이 덧붙였다.

"의사가 되면 아버지는 내가 책임질게."

"2학기부터는 등록금도 네가 벌어서 내."

종현이 울면서 말했다.

형은 의대에 합격했다(종현의 은밀한 바람과 달리). 종현도
B대 의상학과와 C대 실내디자인학과에 모두 붙었다. 그는 의
상학과를 선택했다. 옷에는 전부터 관심이 있었고, 코스프레도
해봤고, 어려서부터 재봉틀 만지던 가닥도 있었으니까. 실내디
자인을 공부하면 평생을 공사판에서 살지도 모른다는 점이 마
뜩지 않기도 했다.

그리고 뜻밖의 인물이 종현의 입학금을 내주었다. 어머니였다.

5. 난 혼자 살 수 있어

『신세기 에반게리온』 제25화

어머니는 서울에서 작은 고깃집을 하는 남자와 동거 중이었다. 쇠고기도 팔고 삼겹살도 파는, 흔한 동네 식당. 손님은 최대 스무 명까지 받을 수 있고, 조선족 아주머니를 한 분 쓰고, 사장도 어머니도 아주머니도 다 같이 일하는 가게였다. 가게 뒤편에 2층 주택이 있어서 거기서 사장과 어머니가 함께 살았다. 조선족 아주머니는 출퇴근을 했다.

사장은 결혼한 적이 없는 홀아비였다. 나이가 정확히 몇 살인지는 알 수 없지만, 겉보기로는 어머니보다 젊어 보이진 않았다. 종현은 '여자는 역시 얼굴이 예쁘고 볼 일'이라고 생각했다.

종현은 3월부터 그 집에서 먹고 자며 식당에서 일을 했다. "네 등록금을 그냥 달라고 하기는 좀 그래"라고 어머니는 말했다.

어머니의 동거남이 운영하는 가게에서 근로장학금을 받는 셈이었다. 식당 일이 큰 부담은 아니었다. 종현은 걸핏하면 학교 수업이나 조별 과제 평계를 대고 가게 일에서 빠졌고, 그에 대해 '새아버지'나 어머니는 아무 말도 하지 않았다.

일을 할 때에는 사장이 주방에서 고기를 썰고, 어머니는 계산대를 지켰으며, 종현과 조선족 아주머니가 서빙을 하고 테이블을 정리하고 설거지와 청소를 했다. 특별히 어려운 일은 아니었으나 아이들이 와서 시끄럽게 뛰어놀면 좀 짜증이 났고, '내가 그만두고 싶을 때 그만두지 못한다'는 사실이 다소 부담이 되었다.

사장과는 딱히 불편하지는 않은 관계로 지냈다. 차마 아버지라고 부를 수는 없어서 '있잖아요'라든가 '저기요' 같은 애매한 호칭을 사용했다. 사장은 다른 사람들 앞에서는 종현을 아들이라고 불렀으나, 그 역시 단둘이 있거나 어머니와 함께 있을 때에는 '어'라든가 '저기야'라는 말을 썼다.

종현은 어머니에게 왜 갑자기 집을 나갔는지, 그동안 어떻게 지냈는지, 왜 자신들에게 연락을 하지 않았는지, 동거남은 언제 만났고 어떤 관계인지, 아버지와는 정식 이혼을 한 건지, 그리고 앞으로 어떻게 할 건지에 대해 묻지 않았다. 어쩐지 그게 뒷바라지를 해주는 어머니와 고깃집 사장에 대한 예의라는 생각이 들었다.

B대 의상학과의 한 학년 정원은 서른 명이었는데 그 중 네 명이 남자, 나머지 스물여섯 명이 여자였다. 대학 수업은 그저 그랬다. 전공 수업은 하품이 나왔고, 교수나 현장 전문가들의 이야기를 들을 때면 '가식 떨고 있네'라는 반발심을 누르기 힘들었다. 패션업계는 애니메이션 오덕들의 세상과 닮은 듯하면서도 묘하게 달랐다.

"기본적으로 두 세계 모두 오덕이 많은 동네거든요. 뭔가 젊은 사람들을 끌어들이는 힘이 있는 거죠. 저야 사정이 있어서 의상학과에 왔지만 그 과에는 정말로 '세계적인 패션 디자이너가 되겠다'며 진지한 꿈을 품고 온 학생들이 있었어요."

종현이 말했다.

"주로 여학생들이었겠네요?"

"남학생 중에도 그런 사람이 있었습니다. 그런 아이들은 정말 열심이었어요. 학업에 관심 없는 애들은 그런 애들대로 놀거나 재수 준비하기 바빴지만."

종현은 잠깐 대학 시절을 회상하는 듯 고개를 들고 천장을 쳐다보다가 말을 이었다.

"패션업계 종사자들과 애니메이션 오덕들의 공통점은 허세를 심하게 부린다는 거죠. 두 영역 모두 허세와 자뻑[1]이 넘쳐 나

---

1 나르시시즘.

는 땅이에요. 그런데 패션업계와 애니메이션업계의 허세는 좀 방향이 다릅니다. 서로 섞일 수가 없죠."

패션업계 종사자들의 허세는 기본적으로 '내가 남들보다 쿨하다'는 우월 의식에서 비롯된 욕망이었다. 그들에게 쿨하다는 것은 눈길을 끈다는 의미였다. '남들이 나에게 눈길을 주고 있고, 나 자신도 그 사실을 알지만, 그건 너무 자연스러운 일이기 때문에 나는 굳이 그 사실을 아는 척하지 않으며, 남들에게 눈길을 주지 않는다'는 것. 그래서 이 바닥의 애송이들은 너나없이 애나 윈투어[2]처럼 무표정하고 싸가지없는 태도로 말하고 행동하려 애쓴다. 그 대상이 타인의 시선이라는 점을 제외하면 돈이나 권력을 향한 욕망과 다를 바 없다. 게다가 눈길이라는 것은 돈이나 권력에 비하면 훨씬 보관하기 어려운 재화라서, 눈길을 추구하는 행위는 기본적으로 매우 단기적이며 근시안적이 될 수밖에 없다. 그런 점들이 종현에게는 경멸받아 마땅한 일로 비쳤다.

이와 달리, 일본 애니메이션에서의 허세는 남이 아닌 자신을 향한다. '나는 특별하다, 남들은 알지 못하는 비밀을 알고 있다' 그런 종류의 자의식 과잉이다. 이렇기에 애니 오덕들은 골방에 틀어박힐 수 있지만 패션 오덕들은 그러지 못한다.

──────────

2 패션 잡지 『보그』의 편집장.

소년만화는 별 대수롭지도 않은 사건에 세계의 멸망이라든가, 구원이라든가, 진심의 전달이라든가 하는 거대한 의미를 억지로 불어넣는다. 이 세계에서는 단순한 일상이 우주적 의미를 가진 이벤트로 탈바꿈한다. 주인공의 각성이나 다른 인물과의 운명적인 만남이 세계의 종말로 이어지는 내용의 애니메이션이 얼마나 많은가. 그 대표적인 작품이 바로 에반게리온이다.

그런 거대 서사 속에서 남들의 시선을 누가 더 오래 누리느냐 따위의 문제는 그야말로 사소한 지엽말단에 불과하다. 에반게리온만 봐도 그렇다. 이 만화에 등장하는 미사토나 아카기 리츠코[3]나 이부키 마야[4] 같은 여성들은 엄청나게 섹시한 용모의 소유자들이다. 그러나 그네들은 자신들의 외모에 전적으로 무관심하다. 그들은 무서운 프로페셔널들이다. 매일 똑같은 옷을 입은 채, 시시각각 변칙적으로 다가오는 세계의 종말을 지켜보며 "있을 수 없어!"라든가 "설마!"와 같은 대사를 읊기 바쁘다.

그나마 패션조형실습이라거나 컴퓨터패턴디자인 같은 실습과목들은 비교적 재미있는 편이었다. 아무래도 그는 손으로 직접 뭔가를 만지고 결과물을 눈으로 확인하는 일을 해야 하는 모

---

3 에반게리온 담당 과학자.
4 네르프 소속의 오퍼레이터.

양이었다. B대학은 '실무에 강한 교육' '취업 잘되는 교육'을 표방하고 있었다. 그래서 실습실이 많았다. '의복제작실험실'이니 '의복재료실험실'이니 이름은 다소 거창했지만. 3, 4학년들이 캐드(CAD)로 패턴을 디자인하는 모습은 인상적이었고, 그는 장래 직업으로 컴퓨터 패턴사를 고려해보았다.

1학년을 마친 뒤 입대했다. 군대가 고등학교보다는 더 나았던 것 같다. 고등학교에서는 시스템이 온몸으로 "너희들은 뻔한 놈들이야"라고 주장했지만, 군대에서는 "다들 사정이 있는 건 알지만 여기 있는 동안에는 뻔하게 있다 가라"라고 말하는 차이가 있었다고나 할까.

고등학교 선생들은 정말로 자기들이 스승이고 인격자이고 마음의 어버이이고 학생들로부터 존경을 받아야 한다고 믿었다. 최소한 선임병들은 더 거칠긴 했어도 그런 위선은 부리지 않았다. 아무리 멍청하고 고약한 인간이라 하더라도 내무실 안에서의 위계가 제대한 뒤에도 이어질 거라고 믿지는 않았다. 종현은 말년 병장 무렵에 후임병에게 기타와 코드이론 기초를(정말 기초의 기초의 기초를) 배웠는데, 이것은 나중에 〈열광금지, 에바로드〉의 오리지널 사운드트랙을 작곡할 때 큰 도움이 되었다.

그가 군대에 있는 동안 어머니와 동거남이 운영하던 고깃집이 망했다. 두 분은 안산으로 내려가서 새로 식당을 열었는데, 종현이 제대 뒤에 가서 보니 도우미 아주머니도 없었고 도우미 아주머니가 있을 필요도 없는 작은 밥집이었다. 종현이 도울 일은 없었고 머물 방도 없었다. 어머니가 봉투에 30만 원을 넣어 주었다.

아버지는 남양주시 안에서 더 작은 집으로 이사했다. 형은 거의 학교에서 먹고 잔다고 했다. 종현은 늙은 원숭이처럼 작고 빼빼 마른 아버지를 보고 충격을 받았다. 집에 쌓인 공병을 마트에 팔고 돈을 받은 뒤 아버지에게 "술 좀 그만 드시고, 운동을 하세요!"라고 소리치고 집을 나왔다.

등록금이 없었기 때문에 당장 학교로 돌아갈 수도 없는 처지였다. 과 선배로부터 동대문 도매시장의 야간 아르바이트를 소개받았다. 동대문 새벽시장에서 지방 의류점 사장이나 사입자[5] 들이 옷을 떼어 갈 때 물건을 나르고 차에 짐을 실어주는 일이었다. 의상학과다 보니 그런 아르바이트 거리에 연이 닿는 선배들이 있었다.

월급으로 130만 원을 받고 저녁 8시에 출근해서 새벽 6시에 퇴근했다. 잠은 근처 고시원에서 잤다. 저녁 10시에서 새벽 1시까지는 정말 화장실 갈 틈도 없이 바빴다. 처음 며칠은 시차와 상가의 환한 조명, 귀가 멍해질 정도의 소음, 말을 붙이기조차 어려울 정도로 서슬 퍼런 밤시장 '누님들'의 기운에 다리가 후

---

5 지방 소매상들의 구매 대행인.

들후들 떨릴 정도로 힘들었다.

그러나 새벽시장의 정신 나간 활기와 도매시장 이모, 누나 들의 거칠고 단순한 성정에 마음이 끌렸던 것도 사실이다. 복잡한 생각이나 고민에 빠질 것 없이 온몸을 써서 일하고, 내키는 대로 말하고, 배고플 때 먹고, 웃고, 떠들고, 다시 일하다 보면 어느덧 퇴근 시간이 되었다. 상가 건물을 나설 때 맡는 새벽 공기 냄새는 상쾌하기 그지없었다. 아무런 위선도 가식도 없었다.

대봉[6]이니 고미[7]니 하는 은어들을 어색하지 않게 말하게 되고, 누나들이 "시장 사람 다 됐네"라든가 "적응 빠른데" 어쩌고 하면서 그에게 농을 칠 때쯤 종현은 판매직으로 업종을 바꿨다. 새벽에 사장이 자리를 비울 때 몇 번 가게를 봐주고 물건을 팔거나 반품을 받아줬는데 그 일을 생각보다 썩 잘해내자 사장이 아예 매장을 맡겼다. 같은 층에서 힘쓰는 일이 아니라 판매를 하는 남자는 그가 유일했다.

"수입 의류와 잡화를 파는 곳이었어요. 보통 부스 하나를 한 칸이라고 하는데, 제가 일했던 곳은 한 칸 반짜리였어요. 큰 곳이라고 할 수는 없죠. 여러 칸을 이어서 하루에도 매출을 몇천

---

6 큰 비닐봉지.
7 사이즈별 묶음.

만 원 단위로 올리는 준기업도 있었으니까요. 한 도매시장 안에서도 규모가 천차만별입니다. 그런 큰 가게를 다섯 곳씩 가진 사장님도 있고 그랬어요."

종현이 말했다.

새로 맡은 임무는 사장이 일본이나 홍콩, 이탈리아에서 들여온 옷을 다시 지방 상인이나 사입자들에게 파는 것이었다. 신용카드 없이 모든 거래를 현금으로 하고, 규모가 큰 외상 거래도 더러 있었기에 기본적으로 성실하고 꼼꼼해야 했다. 그러나 그것만으로는 충분치 않다. 물건을 잘 추천하고 지방 상인들을 꾈 수 있어야 한다. 사람들이 자기들이 고른 옷만 사 가게 하지 않고, "이것도 가져가세요. 이거 잘 팔려요. 이것도, 이것도" 하고 말해서 다른 옷을 쳐다보게 만들어야 했다. 그럴 때 종현의 존재감은 상당한 도움이 되었다.

일은 재미있고 보람찼다. 기본급 130만 원에 매출에 따라 인센티브를 받았는데, 그는 수완이 좋아 매달 평균 200만 원가량을 벌었다.

"새벽 두세 시쯤 아주머니들이 머리 위에 뚝배기를 산더미처럼 이고 오시거든요. 그렇게 먹는 순두부니 김치찌개니 하는 야참이 정말 꿀맛이죠. 배불리 먹은 뒤에 자리에 앉아서 시장 구석구석을 둘러보다 보면 온몸 핏줄 끝에까지 활력이 가득 차는 것 같아요. 몸이 뭔가에 묶여 있다가 막 풀려나는 기분이죠. 담배를 피우러 올라가서 디자이너클럽이니 두타니 하는 건물의 네온사인을 보고 있으면 마음이 뭉클해져요. 고향 보름달을 본다는 게 이런 기분이겠구나 싶어요."

그는 자신이 소질도 있고 일이 적성에도 맞는다고 생각했다. 판매 업무에 나선 지 불과 몇 달 뒤에는 창피함이고 뭐고 싹 다 잊고 어엿한 동대문 상인이 되어 있었다.

동대문 새벽시장 상인들의 느슨한 공동체는 그때까지 종현이 경험했던 세상 중 가장 가족에 가까운 집단이었다. 밥값은 언제나 다른 누님이나 이모가 내주었고, 여자들은 종현에게 백화점에서 사 온 빵이나 우유 같은 것을 선물로 주었다. 조금 젊은 여자들은 종현과 담배를 같이 피우며 짓궂은 농담을 던지거나 자기 다리를 주물러달라고 했다.

"서로 싸울 때는 그렇게 사나울 수 없는데, 그러면서 또 새우깡 한 봉지도 다 같이 나눠 먹는 곳이에요. 저는 막내인 데다 남자라서 귀여움을 많이 받았죠."

동대문의 누나들에 대해 설명할 때 종현은 얼굴이 약간 달아올랐다.

"담배 끊은 사람이랑은 상종하지 말라는 말이 있잖아요. 그런데 동대문에는 새벽시장 10년 된 여자는 상종하지 말라는 말이 있어요. 맞서서 절대 이길 수가 없거든요. 누나들이 다 기가 엄청나게 세요. 물건 사 가는 사람들이 산전수전 다 겪은 자영업자들인데, 그런 자영업자들을 상대해야 하니까요."

불경기가 온지라 싸움은 거의 매일이라고 해도 좋을 정도로 심심치 않게 일어났다. 말싸움이 격해지면 여자들끼리 서로 따귀를 때리거나 침을 뱉거나 주먹을 날렸다. 싸우다 잡은 머리채를 양쪽 모두 놓지 않아 관리인이 내려와 뜯어말리는 경우도 있었다.

싸우는 이유는 주로 반품 때문이었다. 지방 상인들은 "이거 진짜 못 팔겠어. 진짜 안 나가. 이건 제품에 문제가 있는 거야"라며 환불을 요구했고 동대문 상인들은 "아이고 언니, 우리 이거 끝난 지가 언젠데 이걸 지금 갖고 와서 뭘 어떻게 해"라며 맞섰다. 진상 소매상인은 일부러 옷을 찢거나 단추를 뗀 뒤 "불량품이었다"고 우기기도 했다. 동대문 상인들 간에도 간혹 싸움이 벌어졌는데 이런 싸움은 물건이 겹치거나 어느 가게가 같은 아이템으로 덤핑 공세를 할 때 일어났다.

그러나 이런 싸움을 목격하더라도 동대문 누님들에 대한 종현의 평가가 달라지지는 않았다. 오히려 존경심이나 애정이 더 깊어지는 계기가 되었다. 세상물정 모르는 교사들이 학생에게 허세나 부리던 학교나, 모든 사람들이 될 대로 되라는 심정으로 시간을 죽이고 있던 군대와 달리 이곳은 진짜 살아 있는 세계였다. 동대문의 왈가닥들은 우아하지는 않았지만 강하고 멋진 여성들이었다. 뱃사람들처럼. 그녀들은 숨기는 일 없이 밑바닥을 당당하게 드러냈다. 종현이 은밀히 관찰할 여지 따위는 없었다. 종현의 유치한 '인간 조종술'에 호락호락 넘어갈 사람들도 아니었다.

주말에 누나들과 어울려 영화를 보러 가거나 등산을 하기도 했다. 밤시장을 마치고 다 같이 찜질방에 간 날도 있었다. "아유, 종현이 저거 언제 보쌈해서 집에 데려가야 할 텐데"라며 웃는 누님도 있었다.

진짜 선수는 그런 농담을 던지는 대신 조용히 있다가 따로 종현을 불러냈다. 어느 날 "다들 모여서 술 마시고 있으니 너도 와"라는 문자메시지를 받고 나갔는데, 술집에는 옆집에서 가게를 하던 누나 한 명밖에 없었다. 둘이서 신나게 술을 마시고 노래방에 가서 노래를 한참 불렀다. 옆 가게 누나가 "우리 이때쯤에 키스라도 해야 하는 거 아니야?"라고 말했고 그들은 서로 몸을 더듬으며 혀를 섞었다. 키스를 하는 동안 상대는 종현의 물건을 움켜쥐었다 놓길 반복했다. 노래방에서 나와서는 종로3가 뒷골목에 있는 허름한 모텔 방에서 관계를 가졌다. '떡을 쳤다'는 표현이 더 적당할, 그런 섹스였다.

"동대문에서 일한 시간이 2년 좀 넘어요. 사실 거기서 제대로 일을 해볼까 하는 마음이 있었어요. 시장이 어떻게 돌아가는지도 알 것 같고, 나름대로 안목도 있는 편이라고 생각했으니까 사입자부터 시작해서 차곡차곡 바닥을 다져가면 어떨까……
그런데 학교에서 더 휴학 처리가 안 된다, 이제 복학해야 한다
고 연락이 왔고, 또 그때 사실 동대문이 망해가고 있었거든요.
온라인쇼핑몰 때문에. 지방 가게들이 손님이 끊기니까 도매시
장도 매상이 줄고…… 요즘 동대문은 완전히 죽었죠. 그 뒤로
회복을 못해서. 인터넷이라는 게 신기해요. 저희 아버지 인쇄소
가 망한 것도 인터넷 때문이고, 동대문이 그 모양이 된 것도 인
터넷 때문이고. 그때부터 희미하게 '아, 이제 밥 벌어먹고 살려
면 뭘 해도 인터넷과 연관이 있는 걸 해야 한다'는 생각을 했던
것 같아요."

그는 그게 당치도 않은 생각이었다는 듯이 살짝 웃고는 덧붙
였다.

"동대문에서 모은 돈으로 어머니에게 귀걸이를 사드렸고,
아버지한테는 뭘 드렸더라? 아무튼 뭔가 사드렸어요. 이제 고
시원 벗어나도 되겠다 싶어서 학교 근처에 친구 녀석 하나와 같
이 자취방을 얻었고요. 그런데 학교에서는 서드 임팩트가 저를
기다리고 있었죠."

6. 나는 비겁하고, 겁쟁이고, 교활하고, 나약하고……

"복학을 한 다음에는 정말 딴사람이 된 것처럼 공부를 열심히 했습니다. 한 학기 정도 버틸 생활비는 있었고, 생각을 해보니 아르바이트를 하면서 학교를 다니는 게 잘못된 전략 같더라고요. 학과 전체 1등을 하면 전액 장학금을 준다는데 그걸 타자, 싶었어요."

오로지 장학금에 대한 일념 하나로 우스꽝스러울 정도로 열심히 공부했다. 얼마나 지독했던가 하면, '남성용 상의 포켓을 만들어 제출하라'는 실습 과제에 남들은 포켓 하나를 만들어내는 일도 버거워할 때 그는 주머니를 종류별로 하나씩 만들어낼 정도였다. 평가하는 교수님 기분 좋으시라고 향수까지 뿌려서 냈다. 과에 패션 오덕들이 많이 있지만, 제아무리 오덕이라도 돈독 오른 놈은 못 이긴다는 게 종현의 지론이었다.

전액 장학금을 탈 수 있는 사람은 한 학년에 한 명이 아니라 학과 전체에 한 명이었다. 선배고 후배고 간에 의상학과 모든 학생들이 그에게는 다 경쟁자인 셈이었다. 그런 경쟁심을 숨기지도 않고 학업에 충실했던 결과, 다른 학생들의 눈총을 한 몸에 샀다. 대신 모범생들과는 약간 친해졌다. 그러나 그네들이 관심 있게 살펴보는 패션업계 트렌드나 패션위크 현장에는 별 흥미가 일지 않았고 패션지도 거의 읽지 않았다.

"형은 특이해요."

"뭐가?"

"어떤 때에는 엄청 냉정한 사람 같고 그게 어떤 형만의 철학이나 스타일인가 싶어서 보면, 다른 때에는 패션을 그저 책으로 배우려는 사람처럼 보이기도 하고."

그즈음 종현은 시간이 날 때면 실습실에서 살다시피 했는데, 거기에서 패션 오덕인 남자 후배 한 명과 친하게 되었다. 그 후배는 학번은 종현보다 늦지만 학년은 하나 위였다. 그래서 수업 내용 중 이해하기 힘들었던 사항을 물어보거나 교수들의 성향을 파악하는 데 큰 도움이 되었다. 사실 그 후배는 장학금 경쟁에서 가장 강력한 라이벌이었다. 종현은 내심 경계심을 품고 있었는데 정작 당사자는 순수한 호의로 종현을 돕는 것 같아 어떤 때에는 다소 미안해졌다.

"음, 솔직히 말하면 개뿔 아무 철학도 없어. 난 지금 장학금 따려고 공부하는 거야. 전액 장학금을 받지 못하면 생활이 어려워지거든."

"아아…… 그렇군요."

종현의 고백에 후배는 뭐라 대꾸해야 할지 잘 모르겠는 모양이었다. 틀림없이 돈 걱정이라고는 해본 일이 없으리라. 학교를 졸업하면 프랑스로 유학을 가고 싶다는 녀석이었다.

"그렇게 당황할 필요 없어. 내가 돈 없는 게 네 탓도 아닌데 뭐. 그리고 아까 좀 위악적으로 말하긴 한 건데, 등록금 걱정이 없어진다고 옷에 메시지를 불어넣고 그런 고민을 내가 할 거 같진 않아."

어쩌면 이런 내 자세가 이미 하나의 철학인지도 모르지, 라고 종현은 생각했다. 별것도 아닌 얘기를 오리지널리티니 미니멀리즘이니 하고 포장하기 좋아하는 바닥이니까, 내 태도에도 프래그머틱 네오니힐리즘 같은 용어를 붙일 수 있지 않을까.

"와, 이거 굉장하네요. 선배처럼 말하는 사람은 처음 봤어요. 하긴 저도 이 바닥에 연예인병 걸린 사람들이 많다고는 생각해요. 하지만 저는 사람의 몸과 옷이 어울려 만들어내는 아름다움이 분명히 있다고 생각하거든요."

종현은 '응, 그렇구나'라는 얼굴로 고개를 몇 번 주억거린 뒤에 앞에 있는 무봉제 기계로 눈을 돌렸다. 캐드로 만든 도면을 입력하고 실을 연결해주면 몇 분 안에 박음질 없는 옷을 만들 수 있는 기계로, 종현은 나중에 무봉제 옷을 졸업 작품으로 낼 생각이었다. 무봉제 옷은 원단이 중복되는 부분이 없기 때문에 얇고 가벼우며, 입었을 때 옷매가 잘 산다.

"제가 생각하는 아름다움이 뭐냐든가, 이런 거 안 물어봐요?"

후배가 옆에서 그를 보며 물었다.

"응?"

"제가 뭔가 거창한 이야기를 했잖아요. 그러면 무안하지 않게 질문으로 받아주셔야죠. 아무리 관심이 없어도."

종현과 후배는 팀별 과제가 많은 실습 수업에서 2인 1조로 한 팀을 구성하면서 친해졌다. 후배는 종현의 사정을 듣고 난 뒤 다음 학기에 장학금을 신청하지 않을 거라고 말해 그를 놀라게 했다.

"휴학을 하고 어학연수를 가볼까 생각 중이거든요. 나중에 유학 가려면 프랑스어를 미리부터 해놔야 하니까. 그리고 매년 장학금을 타왔기 때문에 미안하기도 하고…… 저희 집은 형편이 넉넉하니 걱정 없어요."

후배는 말했다.

그들은 이상적인 짝이었다.

"으레 팀별 과제를 하면 착취하는 사람과 착취당하는 사람이

나오잖아요. 그래서 학기 말이 되면 험악한 관계가 되기 마련
이죠. 그런데 저랑 후배는 기본적으로 둘 다 일을 성실히 하는
사람들이었어요. 후배는 헌신적으로 제 몫을 해냈고, 저도 어
머니한테서 배운 '마토메(마무리) 정신'을 발휘해 저희 작품을
더 돋보이게 했고요. 다른 애들이 저희더러 농반진반으로 '우리
과에서 가장 생산적인 커플'이라고 말했어요. 저희는 성격도 잘
맞는 편이었어요. 걔는 내성적이고 나긋나긋하고, 저는 이죽거
리기 좋아하고 겉보기에는 사교적이고."

후배와 졸업 후 진로에 대해 이야기하다가 에반게리온 얘기
가 나왔다. 종현이 후배에게 무대의상 고증에 관심이 있다고
말했다. 이유를 캐묻는 후배에게 종현은 청소년 시절 코스프레
경험을 이야기해주고 에반게리온 TV 시리즈와 극장판 두 편이
담긴 USB 메모리스틱을 후배에게 건넸다. 후배는 "저는 아스
카랑 닮았고, 선배는 카오루 같아요"라고 말하며 메모리스틱을
돌려주었다.

"카오루는 너지. 나보다는 네가 훨씬 더 게이 같아."

종현이 대꾸했다.

그즈음 에반게리온 신극장판이 개봉했고, 종현은 〈에반게리
온: 서〉를 보러 부산에 내려갔다. 〈서〉가 부산국제영화제 폐막
작이었다. 전국에서 오덕들이 몰려와 그와 함께 신극장판을 보
았다. 개중에는 40대로 보이는 사람들도 많았다.

신극장판이 기존 TV 시리즈 필름을 짜깁기한 재탕일 거라고 생각했던 종현은 새로운 작화와 달라진 내용에 충격을 받았다. 가장 좋았던 건 우타다 히카루가 부른 엔딩 송 〈뷰티풀 월드〉였다. 열성적인 에반게리온 팬인 우타다 히카루가 "에반게리온에 밟혀 죽어도 좋다"며 만든 노래라고 했다.

종현은 그때부터 이미 자신이 후배에게 적잖이 짓궂었다고 회고했다. 내성적인 후배는 호들갑을 잘 떨었고, 종현의 눈치를 살살 살폈다. 작은 버튼을 살짝 누르면 요란한 소리를 내며 춤을 추는 장난감이나, 공을 던져주면 환희에 빠져 달려가는 강아지를 연상케 했다. 그런 반응에 대한 순수한 즐거움도 있었고, 마음 밑바닥에는 후배의 유복한 배경에 대한 시기와 질시도 있었다. 성격이 강한 사람들이 그렇지 못한 사람들 앞에서 종종 가학적인 태도가 되곤 하는데 종현도 예외는 아니었다. 그는 종종 후배를 못살게 굴다가 아무 일도 없었던 척 잘해주거나, 친한 척 굴다가 갑자기 냉담해지며 상대의 행동을 관찰하곤 했다.

그러다 후배 앞에서 크게 망신을 당했다. 2학기가 거의 끝나갈 무렵 그들은 캔맥주를 마시며 실습실에서 농담을 따먹고 있었다.

"그래서, 장학금은 딸 수 있을 것 같아요?"

후배가 물었다.

"딸 수 있을 것 같아. 전 과목 A는 당연하고, 어쩌면 전 과목 A플러스를 받을지도 몰라. 과제 점수는 전부 만점이야. 역시 향수를 뿌려서 내길 잘했어."

종현이 자신만만한 어조로 대답했다.

"우리가 워낙 잘 만들어 냈어요. 겨드랑이 땀냄새가 났어도 우리가 1등을 했을 거예요."

"학년 전체 수석이라니, 난 뭔가에서 1등을 해본 적이 한 번도 없어. 야, 수석을 하면 기분이 어때? 만점자가 두 명 나오면 어떻게 되는 거니? 두 명 모두에게 장학금을 주는 건가, 아니면 반반씩 나눠주는 건가?"

"글쎄요, 학점도 똑같고 토익 성적도 똑같다면 뭐 저학년에게 준다거나 고학년에게 준다거나 하는 기준이 있지 않을까요?"

"토익 성적?"

종현이 무슨 소리냐는 듯한 얼굴로 후배를 바라보았다.

"토익 성적이요."

"무슨 토익 성적?"

종현은 여전히 멍한 표정이었다.

"장학금 조건이 학점 70퍼센트, 토익 성적 30퍼센트예요. 형, 설마 토익 시험 안 친 건 아니죠?"

종현은 입을 딱 벌렸다.

"제가 좀 허당끼가 있어서, 뭔가 하겠다 하고 목표를 정하면 그리 돌진하는 건 잘하는데, 제대로 안 알아보고 그럴 때가 있어요."

인터뷰 중에 웃음을 터뜨린 내게 종현이 머리를 긁적이며 말했다.

"그래서 어떻게 했어요?"

"장학금 신청 마감이 다음 해 1월까지인가 그렇더라고요. 당장 가서 시험 접수하고 벼락치기로 토익 공부를 했는데, 몇 년 만에 하는 영어 공부가 잘될 리가 있나요. 후배는 압구정동에 가면 단기속성 토익반이 있는 학원이 있다고, 거기 가라고 했는데 보니까 그 학원비가 한 달에 150만 원이더라고요. 그거 한 달 다닌다고 토익 성적이 높게 나올 것 같지도 않고, 그 돈 들여서 토익 친 다음 장학금 받는 것도 말이 안 되는 일이고 해서 혼자 책을 보고 공부했어요. 뭐 시험은 엄청 망했어요. 딱 제 신발 사이즈랑 똑같은 성적이 나왔어요."

웃음을 참으려 했지만 잘되지 않아서 나는 헛기침을 몇 번 하고 물었다.

"그게 서드 임팩트인가요? 장학금을 놓친 게?"

"아니요. 이건 그냥 서드 임팩트 오기 전의 한 에피소드예요. 서드 임팩트는 그 후배랑 상관이 있었어요."

종현은 그 후배의 실명은 말하기 싫다고 했다.

"그러면 가명으로 하지요. 뭐라고 할까요, 아담[1]?"

"아담…… 보다는 타브리스[2]라고 하면 어떨까요."

종현이 말했다.

우여곡절 끝에 2학기가 끝나고 종강 파티를 하는 날이 왔다. 2, 3학년 남학생들이 한 테이블을 차지하고 앉아 술을 마시다 "여학생들 사이에서 콩가루로 살았는데, 남자들끼리 한번 뭉쳐보자"라고 뜻을 모았다. 실은 그날 그들이 그렇게 화기애애했던 데에는 종현의 역할도 컸다. 장학금 타려고 몸부림치다 떨어진 인기를 만회하고자 다른 애들의 비위를 맞추며 온 힘을 다해 술자리 흥을 돋웠던 것이다.

1차 자리가 파하자 남학생들은 여학생들로부터 몰래 도망쳐 근처의 다른 술집에 따로 모였다. 이 자리에서 엄청나게 술을 마셨는데, 한 시간쯤 지나자 "너는 (우리 과 여학생들 중에) 누가 좋아?"라는 질문이 다른 화제를 다 압도해버렸고, 저마다 자리에 없는 여학생들에 대해 한두 마디씩 품평을 늘어놓기 시작했다. 급기야는 한 녀석이 "늦었다고 생각할 때가 가장 **빠른 때**"라고 우기면서 자리에서 일어났다. 어느 여학생에게 고백을 해야겠다는 것이었다.

---

1 첫번째 사도인 아담은 세컨드 임팩트를 불러오는 원인이기도 하다.
2 나기사 카오루의 다른 이름. 마지막 사도.

그때까지만 해도 다들 미친 새끼, 또라이 새끼 어쩌고 하면서 웃는 분위기였다. 그런데 30분쯤 뒤에 그 또라이가 종현에게 전화를 걸어왔다. 자신이 어디에 있는지 모르겠다며 찾으러 와 달라고 횡설수설이었다. 꽃을 사러 꽃집을 찾아다녔는데 아무리 가도 편의점과 술집밖에 안 나온다나.

평소 같으면 모른 척 넘겼을지도 모르는 상황이나, 이날은 아이들의 환심을 사려 작정한 날이었으므로 종현은 술집을 나섰다. 타브리스도 지하에서 술만 마셨더니 머리가 어지럽다며 종현을 따라왔다. 두 젊은이는 늦었다고 생각했을 때가 결국 늦은 때였던 또라이 녀석에게 위치를 물었지만 상대가 제대로 답을 못했다. 인사불성이 되어 거의 말이 안 통하는 상태였다. 전화기 배터리가 다 되어서 통화를 할 수 없었을 때에는 다행이라는 심정이 들 정도였다.

"술도 다 깨버렸네. 너 집에 가는 버스 아직 안 끊겼어?"

"끊겼어요. 게임방에나 가서 밤을 새울까 싶은데요."

타브리스가 대답했다.

"그러느니 차라리 우리 집에 가서 한잔 더 하지 않을래? 룸메이트가 고향으로 내려가서 나 혼자 있거든."

"그러죠 뭐."

타브리스는 어쩐지 기뻐하는 눈치였다. 타브리스는 편의점에 가서 칫솔과 베이비로션을 샀다. 종현은 소주와 맥주, 그리고 안줏거리가 될 과자와 컵라면을 골랐다.

타브리스가 들고 다니던 MP3 플레이어를 종현의 집에 있는 스피커에 연결하자 재즈 음악이 흘러나왔다. 두 사람은 편의점에서 사 온 과자 봉지를 뜯어서 작은 밥상에 올려놓고 그 상 양쪽에 나란히 앉았다. 마루에 엉덩이를 깔고 소파에 등과 머리를 기대 다리를 쭉 펴고 홀짝홀짝 술을 마시거나 담배를 피우거나 했다.

"라디오 듣는 건 참 오랜만이네. 어렸을 때 엄마랑 미싱 하면서 많이 들었는데."

마음이 가라앉은 종현이 방 천장을 보며 중얼거렸다. 탁하지만 부드러운 색소폰 연주를 듣다 보니 '올 한 해도 참 버라이어티했다'는 생각이 들면서 썩 감상적인 기분이 되었다.

"그런데 형은 왜 아까 가만히 있었어요? 괜찮은 여학생 이야기할 때?"

타브리스가 물었다.

"응, 난 널 좋아하잖아."

종현이 대답했다.

"에이, 농담 말고요. 마음에 드는 여자 선배나 후배 없어요?"

"없어. 없는 거 같아. 난 여자들은 아무나 마음에 드는 사람이 있으면 쉽게 사귈 수 있어."

"그래요?"

"하지만 내 마음속에는 오로지 너뿐이기 때문에 그러지 않는 거지."

종현은 소반 너머로 팔을 뻗어 타브리스의 손을 슬그머니 잡았다. 타브리스가 화들짝 놀라며 질색을 하는 바람에 장난기가 생겼다.

"뭘 앙탈을 부리고 그래. 너도 원하고 있잖아."

종현은 타브리스의 뺨을 잡고 입술을 갖다 대며 손을 슬그머니 상대의 허벅지 안쪽으로 가져갔다. 그는 상대가 꽥 소리를 지르며 물러나길 기대했다. 중학생 시절 자주 하던 놀이였다.

그러나 타브리스는 꽥 소리를 지르지도 않았고 물러나지도 않았다.

그 바람에 두 사람의 입술이 맞닿았다. 상대방의 얼굴에서 묘한 열기를 느낀 종현은 섬뜩한 기분이 들어 뒤로 물러났다. 아직 손은 상대의 허벅지 위에 올려놓은 상태였다. 타브리스가 슬그머니 그 손을 자신의 사타구니로 가져갔다.

종현은 꽥 소리를 지르며 물러났다. 타브리스가 번들거리는 눈빛으로 자신을 바라보고 있었다.

"형, 저 좋아해요?"

종현은 충격으로 아무 대답도 하지 못했다.

"형, 저 좋아해요?"

타브리스가 다시 물었을 때 종현은 겨우 "저리 꺼져, 이 새끼야"라고 대답할 수 있었다. 타브리스는 소반을 치우고 종현에게 달려들었다. 종현은 타브리스가 자신에게 주먹질을 할 거라고 생각했는데 그 예상은 틀렸다. 타브리스는 종현의 입술을 노리고 덤벼들었다. 상대의 힘이 놀랍도록 억세서, 종현은 겁탈을 당하는 자세로 바닥에 쓰러졌다. 타브리스는 종현에게 거칠게 키스했다. 타브리스는 자신의 혀를 종현의 입에 밀어 넣으려 했다. 타브리스가 종현의 손을 잡고 다시 한번 자신의 사타구니로 가져갔다. 종현은 딱딱한 남자의 성기를 만지고 나서야 정신을 번쩍 차리고 사력을 다해 타브리스를 밀어냈다. 그는 주먹으로 타브리스의 얼굴을 정통으로 쳤다.

"저리 꺼져, 이 호모 새끼야!"

타브리스는 코가 깨져 코피를 흘렸다. 두 청년은 거친 숨을 몰아쉬면서 서로를 노려보고 있었다. 타브리스는 한 손으로 피가 떨어지는 코를 가린 채 다른 손으로 땀에 젖은 머리카락을 뒤로 넘겼는데 그 모습이 묘하게 야해 보였다.

"미안해요."

타브리스는 종현의 옆을 지나쳐 화장실로 들어갔다. 수도꼭지를 틀고 얼굴을 씻는 소리와 두루마리 휴지를 푸는 소리, 킁킁대며 코로 핏물을 들이마시는 소리가 들렸다. 대문이 열렸다 닫히는 소리가 날 때까지 종현은 뒤를 돌아보지 않았다.

다음 날 아침 정신을 차린 뒤에야 자신이 무슨 일을 저지른 것인지 깨달았다.

타브리스에게 전화를 걸었다.

받지 않았다.

다시 걸었다.

여전히 받지 않았다.

그는 길고 두서없는 사과의 말들을 문자메시지와 음성 녹음으로 남겼다.

전화를 열 번쯤 걸었더니 그다음부터는 전화기의 전원이 꺼져 있다는 안내가 나왔다. 그날은 그렇게 하루를 보냈다. 그는 매 시간 타브리스에게 전화를 걸었고, 거실과 방을 수백 번 왔다 갔다 하며 전날 일을 후회했고, 자기 머리나 뺨을 스스로 때리기도 했다. 타브리스와 다시 이야기를 할 수 있다면 그와 키스 정도는 수십 번이라도 할 수 있을 것 같은 기분이었다. 솔직히 한번 자줄 수도 있겠다는 생각마저 들었다. 그런 뜻을 타브리스의 음성사서함에 남길까 하는 생각까지 했다.

망상들. 종현은 타브리스가 집에 들어가 라면으로 해장을 하고 한숨 자다가 전화가 자꾸 걸려오는 바람에 귀찮아서 배터리를 빼고 잠을 자는 모습을 머리로 그려보았다. 그러나 아무리 생생하게 그런 광경을 상상해보려 해도 잘되지 않았다. 방학이 지난 뒤 비록 종현과는 인사도 하지 않는 사이가 되더라도, 아무 일 없었던 것처럼 타브리스가 학교에 나와 수업을 듣는 모습은 더 상상이 가지 않았다. 재능이 있는지 없는지는 모르겠지만, 타브리스는 예술가였다. 종현은 타브리스가 밤에 한강 다리에서 몸을 던지거나 수면제를 한 주먹 삼키거나 방에서 연탄가스를 피우는 장면을 마음에 떠올렸다가 필사적으로 그 이미지를 지웠다.

사흘째 되던 날에 종현은 타브리스의 집에 찾아가보아야겠다고 생각했다. 신촌의 어느 오피스텔에서 자취를 한다고 듣긴 했는데 정확한 주소는 알지 못했다. 타브리스는 3, 4학년 여학생들과 친하게 다녔다. 그네들이라면 타브리스의 집을 알지도 몰랐다. 타브리스는 그중에 왕언니 행세를 하던 편입생과 특히 친했다. 종현은 왕언니에게 전화를 걸었고, 타브리스가 전날 집에서 손목을 그어 지금 신촌 세브란스병원 응급실에 있다는 이야기를 들었다.

왕언니는 그 와중에도 은근히 자신의 기민한 판단력과 통솔력을 자랑했다.

"어젯밤에 타브리스한테서 전화가 왔거든. 그런데 타브리스 말하는 투가, 기분이 너무 이상한 거야. 그래서 미현이한테 타브리스 집에 가보라고 했지. 그랬더니 아니나 다를까……"

왕언니는 친구들과 강릉에 놀러 갔다가 타브리스와 통화를 하게 되었다고 했다. 지금 서울로 올라오는 중이라고 했다.

종현과 왕언니는 청량리역에서 만났다. 왕언니는 미현으로부터 전해들은 타브리스의 상태를 택시 안에서 종현에게 자세히 설명해주었다. 다행히 타브리스가 손목을 그은 이유는 모르는 눈치였다.

"응급실에 손목 그은 사람들이 그렇게 많이 온대. 그러면 대부분 그냥 반창고를 붙여준다는 거야. 그런데 타브리스는 달랐대. 의사가 '이건 좀 위험했다'고 인정하더래. 상처가 하도 깊어서 뼈가 보일 정도였다나. 서른여덟 바늘이나 꿰맸대."

병원이 가까워지자 종현의 호흡이 점점 가빠졌다. 타브리스를 만나면 뭐라고 말해야 하지? 내가 모습을 비추는 게 타브리스에게 과연 좋은 일일까? 왕언니와 잠시 떨어져 대학 문구점에 잠깐 들르는 게 어떨까? 거기서 편지지를 사서 진심을 담은 사과를 적어 전하는 거야. 여기 문구점이 어디에 있지?

그런 궁리를 하는 사이에 택시가 응급실 앞에 섰다. 택시에서 내릴 때 종현은 숨이 차 헐떡이고 있었다. 가슴이 왜 이리 아프지…… 라고 생각하면서. 카운터를 지나 응급실 안에 들어서고, 왕언니가 "저기 있다!"라고 소리쳤을 때 종현은 정신을 잃고 바닥에 쓰러졌다.

정신을 차려보니 자신이 응급실 병상에 붙은 의자에 앉아 있었다. 병원 응급실에는 병상이 너무 부족해 그에게 하나를 내줄 수가 없었다.

"과호흡증후군이라고 하더라고요. 그런 증세를 보이는 응급실 방문객이 꽤 많대요. 혈액검사 받다가 실신하는 사람도 많고. 간호사가 저한테 '혹시 피를 무서워하시느냐, 채혈해본 적 있느냐'고 묻더라고요."

종현이 설명했다.

"컨디션이 안 좋으면 링거액을 맞겠느냐"는 간호사의 제안에 종현은 손을 저으며 괜찮다고 대답했다. 왕언니가 떠밀다시피 해서 종현을 응급실 건물 밖으로 내몰았다. 왼팔에 붕대를 감고 링거액을 맞고 있는 타브리스가 종현에게 와서 "몸 잘 살피세요, 형"이라고 말했다. 타브리스는 차분하고 약간 지친 표정이었다. 그의 눈빛에는 어딘가 단호한 데가 있었다. 종현은 타브리스가 조만간 또다시 자살을 시도할 것 같다는 예감에 사로잡혔다. 그는 응급실을 나가며 타브리스에게 "제발 죽지 마라, 부탁이다"라고 말했다. 왕언니가 "너는 병문안을 와서 병문안을 받고 가는구나"라고 핀잔을 주었다. 종현은 뭐라고 제대로 대꾸도 하지 못했다.

그는 병원 정문 근처에서 담배를 몇 대 피우고 한참 서성이다가 택시를 타고 집으로 돌아왔다. 담배 연기가 몸에 들어가자 머리가 핑 돌았다.

집에 들어와서 미친 사람처럼 방 안에서 돌아다니다가 그는 다시는 사람 마음을 가지고 놀지 않겠다고 다짐했다. 그리고 학교로 돌아가지도 않겠다고 결심했다. 학교로는, 도저히 돌아갈 수가 없었다. 그때는 그렇게 생각되었다. 남의 꿈과 인생을 재미로 망칠 뻔한, 어쩌면 이미 망쳐버린 자신과 같은 사람이 멀쩡한 얼굴을 하고 그 사람이 있는 일상에 돌아가서는 안 되는 일이었다. 어디로든 도망치고 싶었다. 가능하면 한국이 아닌 다른 나라로. 그를 알아보는 사람이 아무도 없는 곳으로.

"손목을 그어서 죽을 수 있는 사람은 거의 없대요. 그 후배분도 진짜로 자살할 생각은 없지 않았을까요? 손목을 긋고 나서 여자 선배한테 전화를 걸었다는 점도 그렇고요."

카페베네 연신내역점 흡연실에서 담배를 피우는 그에게 내가 말했다.

"그 생각도 해봤어요. 그랬더니 어떤 느낌이 들었는지 아세요? 너무 고맙다는 거였습니다. 타브리스가 그날 아파트 옥상에서 몸을 던졌다거나 목을 맸다면 아마 저는 지금 이 자리에 있지 못할 거예요. 타브리스가 그러지 않고 손목을 그어서 얼마나 다행인지 모릅니다."

종현은 담배를 끄고 잠시 생각에 잠긴 듯한 표정이었다.

"어쩌면 손목을 그은 것은 에반게리온 오타쿠인 저한테 보내는 신호였는지도 모릅니다. 등장인물들이 저마다 살기 싫다고 아우성치는 에반게리온이지만, 정말로 극중에서 자살을 시도

하는 사람은 한 사람밖에 없어요. 아스카 랑그레이. 아카기 나오코[3]와 제플린 쿄코[4]는 극이 시작하기 전에 이미 자살한 상태고, 전투를 위해 어쩔 수 없이 자폭한 레이나 서드 임팩트를 막기 위해 자기를 죽여달라고 한 카오루의 죽음은 자살이라고 보기 어렵죠. 그러니까 회상 신이 아닌 극중의 시간에서 자살을 시도한 사람은 아스카가 유일하죠. 그런데 아스카는 손목을 긋습니다. 타브리스로부터 달아난 다음에 저는 가끔 생각했어요. 타브리스가 아니라, 아스카에 대해서요. 아스카는 왜 하고많은 자살 방법을 두고 손목을 그었을까, 하고요. 똑똑하고 똑 부러지고 매사에 자신감 넘치는 아스카가 왜 그렇게 불확실한 자살 방법을 택했을까. 여자아이니까, 얼굴을 망가뜨리지 않으면서 죽으려고 했던 걸까. 아니면 다가오는 죽음을 충분히 맛보고 싶어서였을까. 그런데 우리가 그 이유를 알 수 없다는 게 에반게리온이 주는 교훈이 아닐까 하는 생각이 들더라고요. 아스카의 진심을 알고 싶다면 아스카의 A.T. 필드 안으로 들어가야 하죠. 〈엔드 오브 에반게리온〉에서 신지는 결국 모든 인류의 A.T.필드를 무너뜨리고 아스카의 마음속을 들여다보잖아요. 그리고 그건 인간이 할 짓이 아니었죠. 우리 모두에겐 A.T. 필드가 있다,

3 리츠코의 어머니.
4 아스카의 어머니.

그 장벽 때문에 외롭고 슬프지만 그 벽이 사라지면 우리는 인간이 아니게 된다. 에반게리온 전체의 메시지는 이것 아닐까요? 타브리스가 왜 다른 자살 방법을 놔두고 손목을 그었는지 저는 몰라요. 자살할 정도로 절망한 사람이 무슨 생각을 하는지 제가 어떻게 알겠어요. 저는 영원히 알 수 없습니다. '손목을 긋는 건 죽을 마음이 없었다는 뜻'이라는 해석은 굉장히 무례한 거라고 저는 생각해요. 남의 자살 방법에 대해서 그렇게 쉽게 말할 수 있는 사람은 남의 이유에 대해서도 금방 쉽게 말할 수 있게 됩니다. '짝사랑을 거절당하고 게이라는 사실이 들통 난다고 그게 뭐 죽을 이유까지 된다는 말인가. 세상에는 살아야 할 이유가 더 많다' 하고 말이죠. 거기에서 더 나아가면 남의 삶과 죽음의 가치까지 제멋대로 정해버리게 됩니다. '죽을 용기가 있으면 그 힘으로 살아라' 하는 식으로요. 저는 그렇게 말하는 사람에게 '그런 참견을 할 시간이 있으면 네 일에나 신경 써라'거나 '그렇게 오지랖을 부리는 걸 보면 관계의존증이 틀림없어'라고 되받아칠 수도 있다고 생각합니다. 피차 근거 없는 추측이긴 마찬가지 아닌가요? 타브리스는 학교를 그만뒀어요. 지금은 벨기에에 있는 앤트워프왕립학교라고, 패션 쪽에서 아주 유명한 학교에 다닌다고 들었습니다. 그러나 그때의 사건이 전화위복이 됐다고 해서 제 잘못이 줄어드는 건 아니겠지요. 지금도 타브리스를 만나게 된다면 그때의 일을 사과하고 싶습니다. 네 마음에 상처를 줘서 미안하다고. 내가 너무 어렸고 다른 사람의 마음을 우습게 생각했었다고요."

7. 그건 꿈이 아냐. 그냥 현실도피야

가장 빨리 해외로 나갈 수 있는 방법은 '일본 IT 취업'이라는 게 중론이었다.

"단군 이래 한국 사람이 이렇게 선진국에 쉽게 취업할 수 있는 때는 없었어. 중동에서 노가다 삽질하던 거랑은 비교도 안 되지. 일본어는 배우기도 쉽잖아."

사람들은 그렇게 얘기했다.

일본에서는 가뜩이나 청년 인구가 줄어드는데 그 청년들 사이에 '컴퓨터 관련 일자리는 폼이 안 난다'는 인식이 퍼져 있어서 IT 기업들이 구인난을 겪고 있었다. 정보통신 분야에서 뒤처져서는 안 된다고 판단한 일본 정부는 'e-저팬'이라는 초대형 프로젝트를 발표하고 중국과 한국, 인도에서 IT 인력 수만 명을 수입하기로 했다.

　사람이 필요한 분야는 주로 소프트웨어 개발과 네트워크 관리이고, 그중에서도 자바 프로그래밍 기술자가 특히 취업이 쉽다고 했다. 연봉은 280만 엔에서 340만 엔 정도. 기술비자는 보름에서 한 달이면 나온다고 했다.

　"대학이나 지자체 취업센터, 노동부 산하기관, 각종 취업학원에 그런 과정들이 있어요. 일본의 구인업체들이랑 협약을 맺고 일본 IT 취업을 위한 맞춤형 교육을 하는 거죠. 과정 이름이 무슨무슨 코리아니 무슨무슨 저팬, 이래요. 하루에 여덟 시간에서 열 시간씩 집중적으로 일본어와 자바 프로그래밍을 배웁니다. 그리고 '일본 IT 산업과 일본 취업의 이해' '자기소개서 작성법' 같은 특강 몇 번 듣고 일본 IT 회사를 알선 받는 거죠."

　그중 가장 교육 기간이 짧고, 가장 수강료가 싼 학원은 신설동역 옆에 있는 정부 지원 기관이었다. 학원 홈페이지에는 A등급 최우수 해외취업 기관, 재일 한국인 IT협회 공식연수 기관, 일본어 면접 시뮬레이션 제공이라는 문구가 굵은 글씨로 써 있었다. 물론 가장 와 닿는 말은 '취업률 100％'라는 두 단어였다. 교육 기간 7개월, 수강료는 국비지원금을 제외하고 310만 원. 하루 열 시간씩 자바와 일본어 집중 강습. 그러나 일본 현지 교육은 안함.

　그는 학원비를 빌리러 차례로 어머니와 형, 아버지를 찾아갔다. 어머니의 동거남이 안산에 새로 연 식당은 파리를 날리고 있었고, 어머니는 동거남과 헤어지기 일보 직전이었다. 처음부터 '새아버지'라고 부를 필요는 없었던 사람이었던 게다. 어머니는 봉투에 26만 원을 넣어주었다. 20만 원도 30만 원도 아니고 25만 원도 아닌 26만 원이었다.

도움을 얻을 수 있을 거라고는 기대하지 않았지만, 사소한 가능성이라도 포기하고 싶지는 않았기에 형도 찾아갔다. 그러나 형의 얼굴을 보자마자 단돈 260원도 그에게서 받을 수 없을 거라는 사실을 알았다.

"그게 네가 하고 싶은 거냐?"

형의 질문은 늘 그런 식이었다. '만화애니메이션을 공부하면 후회하지 않을 거라고 장담할 수 있냐?' 따위의 의문문을 자주 쓰는 화법. 질문을 던져서 자기 본심을 숨기고, 상대의 약점을 공격한다.

"글쎄, 일본에는 늘 관심이 있었어. IT에도 그랬고. 만화도 좋아하고, 일본 문화도 좋아하고."

종현은 대답했다.

"내 말은, 그게 네가 하고 싶은 거냐고."

"형은 어때? 의사가 하고 싶어서 공부하는 거야? 내 말은, 앞으로 의사들이 전부 공무원이 된다든가 해서 돈을 많이 벌 수 없다고 해도 의사를 할 거야?"

형의 말투를 흉내 내 비꼰 뒤 바로 후회했다. 타브리스 사건이 있고 나서 그는 남에게 모진 말을 하지 않으려 애쓰고 있었다. 종현은 형이 뭐라고 반박하기 전에 "아버지는 어떻게 지내셔?"라고 물으며 화제를 돌렸다. 형은 아버지의 새 주소를 가르쳐주었다.

"집을 또 옮기셨나?"

"응. 이사를 몇 번을 더 하시려고 그러시는지. 아주 지겹다, 지겨워."

형이 넌더리를 내며 말했다.

"같이…… 가볼래? 아버지한테."

종현이 말했다.

남양주에 형과 같이 간 이유는 혼자서 아버지를 대할 자신이 없어서였다. 그즈음 아버지는 석 달에 한 번도 찾아가지 않았지만, 만날 때마다 두려운 마음이 들었다. 집만 작아지는 게 아니라 아버지의 몸도 점점 마르고 키까지 작아지고 있었다. 그대로 가다가 소금에 닿은 민달팽이처럼 형체가 사라지는 게 아닐까 싶은 생각이 들 정도였다. 아버지를 싫어하기는 했지만, 돌아가시기를 바라진 않았다.

형과 함께 만난 아버지는 해탈한 듯이 부드러운 미소에 편안한 태도여서 오히려 더 무서웠다.

"그래, 좀 힘내보자. 너희들이나 나나."

그 말씀만 반복하니 그 앞에서 본과 4학년에 과외를 하는 사람은 자기밖에 없다는 둥, 아버지가 자식들에게 해준 게 뭐냐는 둥 호통을 친 형이 무안해질 정도였다.

"앞으로 아프지 마세요. 아버지 병원비도 없으니까. 제가 학자금 대출 다 갚을 때까지는 술도 좀 끊으세요."

형이 말했다.

할말이 없어진 세 부자는 짜장면과 짬뽕을 시켜 먹었다. 아버지는 냉장고에서 소주를 꺼내 마시고 싶어 하는 기색이 역력했다. 종현도 술을 마시고 싶었으나 참았다. 식사를 마친 뒤 형제가 집안을 청소하던 중 형이 "악!" 하고 비명을 질렀다. 부들부들 떨면서 방에서 나온 형의 손에는 아버지가 1,500만 원을 친구에게 빌려줬다는 내용의 차용증서가 들려 있었다.

"정말 이러고 싶어요? 이러고 싶으냐고요. 이 사람이 누구에요? 150만 원도 아니고 1,500만 원이라니, 미쳤어요?"

"갚을 거다. 갚을 거다. 너무 걱정하지 마라. 형편이 너무 안좋은 사람이야. 곧 갚을 거다."

아버지는 중죄를 들킨 사람치고는 크게 놀라지도 않는 기색이었다. 종현은 '아버지가 오랜 알코올 중독으로 현실감각을 잃어버린 게 아닐까'라고 생각했다. 형이 하도 살기가 등등해서 종현은 끼어들 틈도 없었다.

"내가 과외를 몇 개나……"

거기까지 말하고 형이 주저앉아 문자 그대로 통곡하기 시작했다. 몇 분간 방바닥을 때리며 울던 형은 일어나서 아버지에게 "이 새끼 전화번호 뭐예요? 내가 좀 만나봐야겠어"라고 다그쳤다.

아버지가 "갚을 거다, 그 친구가. 너무 걱정하지 마라"라고 되풀이해서 말하자 형은 아버지의 전화기를 들고 와 저장되어 있는 전화번호를 검색해 채무자를 찾아냈다. 채무자가 전화를 받지 않자 형은 "이 씹새끼, 돈 빌려간 새끼가 왜 전화를 안 받아?"라고 들으라는 듯 중얼거렸다. 마침내 상대방은 "어이, 성근이"라며 반갑게 전화를 받았으나 형이 "돈은 언제 갚을 거냐"고 따지자 목소리 톤이 확 달라졌다.

"차용증에 언제까지 갚겠다고 안 써 있소? 젊은 사람이 빚쟁이질 참 오지게 하네그래."

"아저씨, 아저씨가 누구인지 모르겠는데, 이 돈 안 갚으면 가만히 안 놔둘 겁니다. 저희 형제가 지구 끝까지라도 쫓아갈 거예요."

"그렇게 겁주면 돈 빌려간 사람이 잘도 갚겠소. 어디 도망가버리지."

형은 전화를 끊은 다음에도 한참 씩씩거리더니 다시 비명을 지르며 "이자 얼마 받겠다는 얘기는 하나도 안 써 있는 차용증이 세상에 어디 있어!"라고 고함을 쳤다. 아버지는 차분하게 "미안하구나"라고 말했다. 형은 "미안하면, 어? 뭐?"라고 되지도 않게 소리를 지르더니 말문이 막혀서인지 집을 뛰쳐나갔다. 종현이 형을 따라나섰다.

빌라 계단 앞에서 형은 씩씩대다가 종현을 보고는 멋쩍은 웃음을 지었다.

"연기였어, 연기. 알지?"

종현은 고개를 끄덕였지만 그게 연기가 아니었음은 그도, 형도 잘 알고 있었다. 종현이 담배를 입에 물자 형이 "나도 한 대 줘봐"라고 하더니 한 개비 받아 가서 콜록대며 피웠다.

감정을 추스른 형은 집에 들어가서 "아버지, 정말 마지막으로 부탁드리는 거예요"라며 다시는 다른 사람에게 돈을 빌려주지 말라고 신신당부했다. 그리고 지금이라도 제발 일자리를 찾으시라고 부탁했다.

"그래. 나도 앞으로 경비원으로 일해볼 생각이다."

아버지가 너무 쉽게 말하는 바람에 믿음이 가지 않았다.

"경비원으로 일하실 거면 먼저 술을 끊고, 운동을 좀 하세요."

형이 말했다. 아버지는 부처님처럼 웃으며 고개를 끄덕였다. 종현은 이미 아버지가 저세상에 한발 내디딘 것 아닌가 하는 오싹한 생각이 들었다.

"아버지, 이렇게 계속 다른 사람들한테 돈 빌려주시고 그러면 앞으로 우리는 같이 못 살아요. 지금이야 어떻든 간에 나중엔 꼭 다 같이 살아야죠."

종현이 다급하게 말했다.

"종현아, 우리는 앞으로 같이 못 산다."

아버지가 다시 부처님처럼 웃으며 말했다.

일본 IT 취업학원에서 보낸 7개월은 박종현의 인생에서 가장 암울한 암흑기였다.

일단은 돈이 문제였다. 동대문에서 모은 돈으로 학원 수강비는 낼 수 있었다. 처음 넉 달 치 생활비도 있었다. 한 달에 28만 원짜리 신설동역 인근 고시원에 들어가 만 원으로 하루 식사와 잡비를 해결한다면. 그러나 나머지 석 달을 버틸 돈이 없었다.

아르바이트를 해야 했다. 동묘 평화시장에 있는 봉투가게에서 봉투를 배달하는 아르바이트를 구했다. 오후 8시부터 자정까지 일하고 30만 원을 받는 일거리였다. 그 근처에서 학원을 마치고 할 수 있는 일이 그것밖에 없었다. 동대문 새벽시장에 다시 나가볼까 생각했으나 잠은 자야 했고, 알아보니 이제는 동대문에도 일감이 없었다.

그해 겨울은 무지하게 추웠다. 파카를 입고 뛰어다녀도 코와 입 주변이 떨어져 나갈 정도로 시렸다. 점심은 편의점에서 컵라면으로 때웠고, 저녁은 창신동에서 2,500원짜리 콩나물밥을 사

먹었다. 된장국은 꼭 리필했고, 밥에 무제한으로 퍼 담을 수 있는 무생채는 최대한 많이 먹었다. 콩나물밥 일반 2,500원, 곱빼기 3,000원. 메뉴가 두 가지뿐인 그 식당 주변에는 제정신이 아닌 아저씨들, 노숙자나 다름없어 보이는 상태의 노인들이 엄청나게 많았다. 할렘가가 따로 없구나, 라고 종현은 생각했다. 그 역시 도쿄나 오사카의 도시빈민이 되기를 꿈꾸는 서울 동대문의 도시빈민 중 하나였고.

그러나 돈 문제는 공부의 어려움에 비하면 훨씬 전망이 밝았다. 적어도 돈 문제는, 계산기를 두드리는 동안에는 해결책이 있었다. 콩나물밥을 먹고, 컵라면을 먹고, 가끔 편의점에서 삼각김밥이나 포켓몬빵을 사 먹고, 봉투를 배달해서 한 달에 30만 원을 벌고, 그중에서 28만 원을 고시원비로 내고, 어쨌든 그런 계산 속에서는 적자가 나지 않았다.

공부는 달랐다. 그 학원의 교육 과정이 다른 기관보다 두어 달 짧은 데에는 이유가 있었다. 말이 안 되는 무지막지한 커리큘럼이었다. 한 기수에 수강생이 스무 명이었는데, 유급하지 않고 한 학기에 과정을 마치는 사람은 거의 없었다. 재수강을 하는 게 당연한 일이었다. 게다가 일본어도 자바 개발도, 종현 같은 초짜는 아무도 없었다. 대부분 컴퓨터 전공자거나 일본으로 어학연수를 갔다 왔다거나 하는 정도의 기본 배경은 있었다.

정말이지 이를 악물고 공부에 몰두했다. 모든 사람과 연락을 끊었다. 가족, 학교 친구들, 애니메이션 동호회 사람들, 군대 고참이나 후임병 등 가끔 만나 어울리던 사람들과 연결되어 있는 끈을 한데 모은 뒤 단칼에 썩둑 잘라낸 느낌이었다. 전화기는 낮 시간 내내 거의 켜지 않았고, 밤에 고시원에 돌아와서야 그날 온 문자메시지와 부재중통화를 확인했다. 그에게 중요한 용건이 있는 사람은 아무도 없었다. 스팸 문자를 지운 뒤에는 아야나미 레이와 초호기 피규어 아래에서 지쳐 쓰러져 눈을 붙였다. 그 피규어들도 수중의 돈이 떨어지면 중고 시장에 내놔야 했다.

오전에 들어오는 일본어 강사는 "일본의 IT 수준은 한국보다 5년쯤 뒤처져 있고, 회사 생활은 개발 능력보다 일본어 실력에 훨씬 더 좌지우지됩니다"라고 주장했다. 오후에 들어오는 자바와 닷넷 수업 강사는 "여러분이 일본 회사에서 하게 될 말은 절반이 프로그래밍 언어입니다. 프로그래밍을 잘하면 일본어 회화도 잘하게 된다는 뜻이죠"라고 반박했다. 종현은 한국어는 이제 잊어버려도 좋다고 생각하며 두 외국어에 몰두했다. 어떻게든 다음 해 6월에 일본에 가 있어야 했다.

어둑어둑한 평화시장 골목에서 봉투가 가득 든 대봉을 나르거나, 콩나물밥집에서 콩나물밥에 무생채를 넣을 때, 그는 쉴 새 없이 자바 함수나 일본어 인사말을 입으로 중얼거렸다. 두 외국어에는 모두 욕설이 없었다. 한 언어는 비인간적으로 깔끔

하고 냉정했으며, 한 언어는 가식적으로 느껴질 만큼 부드럽고 사근사근했다. 그 두 언어는 화자의 감정을 드러내는 데 적합한 말이 아니었다. 종현은 자신이 욕을 할 수 없는 인조인간이 되어가고 있다고 생각했다. 안드로이드처럼 속마음이 없거나, 일본인처럼 혼네(속마음)를 드러내지 않는 사람이 되어가고 있었다.

'이게 바로 인류보완계획이네'라고 그는 속으로 생각했다. 슬픔이니 외로움이니 마음의 장벽이니 하는 따위를 고민할 겨를이 없었다.

세계는 멸망해가고 있었다. 다만 그 멸망의 방식이 결정되지 않았을 따름이었다. 남은 수강 기간과 통장 계좌와 근육과 두뇌가 누가 먼저 닳아 없어질지를 경쟁하는 것 같았다. 통장 잔고가 먼저 바닥날 것인가, 단백질 없는 식사에 근육이 먼저 뻗을 것인가, 아니면 태어나서 처음으로 경험하는 강도 높은 두뇌 노동에 머리가 먼저 터져버릴 것인가.

그즈음 오락에 지출한 돈이라고는 국내에서 정식으로 개봉한 〈에반게리온: 서〉를 보러 극장을 찾은 게 전부였다. 일반 상영관에서 한 번, 아이맥스에서 한 번 보았다.

신극장판에서는 야시마 작전 묘사가 과거 TV 시리즈보다 훨씬 길어지고 자세해졌다. 신극장판에서 이카리 신지는 네르프 관계자뿐 아니라 일반인들이 모두 지켜보는 가운데 전투에 나선다. 친구들이 말하는 격려의 메시지를 네르프 홍보부가 녹음해서 신지에게 전해준다. 신지는 "일본의 모든 에너지와 우리의 바람, 인류의 미래, 살아남은 모든 생물의 생명을 너에게 맡길게"라는 거창한 말을 들으며 작전에 나선다.

'이 얼마나 나와는 다른가'라고 종현은 생각했다.

비루한 몸뚱이 외에 내게 맡겨진 게 대체 뭐란 말인가. 누가 나를 응원해준단 말인가.

아버지의 집에서 난리를 치고 나온 형은 편의점 앞에서 "맥주라도 한잔하고 가지 않을래?"라고 종현에게 물었다.

그들은 편의점 앞 파라솔에 앉아 새우깡과 꾸이맨을 놓고 맥주를 마셨다.

"전에 네가 물어봤던 거 있잖아. 의사가 하고 싶어서 공부하는 거냐는 말."

"응?"

"의사가 돈을 벌 수 없다고 해도 의사를 할 거냐고 물어봤던 거 말이야."

"어. 기억나."

종현이 어리둥절해하면서 대답했다.

"그러면 의사 안해."

"그래?"

"응. 난 의사가 꿈이 아니라, 돈 많이 버는 게 꿈이거든. 엄청나게 부자가 되겠다는 것도 아니야. 그냥 궁상 안 떨고, 남들 앞에서 떳떳하게 살고 싶어. 의사도 요즘은 옛날처럼 못 벌어. 그래도 의사가 되면 최소한 어디 가서 업신여김 당하지는 않겠지."

"무슨 꿈이 그래?"

"왜? 이게 꿈이면 안 돼? 대통령이 되겠다, 과학자가 되겠다, 그런 게 꿈이어야 하나? 어차피 뭘 하든 다 똑같아. 정말 좋아하는 건 일로 하지 말라며. 뭐든지 직업이 되면 다 힘들어. 너도 만화를 직업으로 삼으면 만화를 싫어하게 될 거야."

"자아실현이라든가 성취감이라든가 그런 건 없어?"

어이가 없어진 종현이 물었다.

"있지. 내가 생각하는 자아실현은 멋있는 레스토랑에 가서 메뉴판의 가격 같은 건 보지도 않고 순전히 그날 내가 뭘 먹고 싶은가, 평소 못 먹어보던 음식이 뭐가 있나, 맛있어 보이는 게 어떤 건가 하는 것만 생각하며 요리를 주문하는 거야. 그리고 가족들이랑 친구들한테도 같은 식으로 메뉴를 고르게 하는 거야. 제일 싼 메뉴가 뭔지 몰래 살피는 일에는 아주 진력이 났다. 그런 고급 식당에서 고급 요리를 먹으면 아주 뿌듯한 성취감이 들 거야. 그러기 위해서라면 낮에도 열심히 환자를 보고 진료를 할 힘이 날 거야. 이게 대통령이 되겠다는 소망보다 천박한 건가? 대통령이 되겠다는 말은, 자기가 왕이 되어서 남들을 지배하겠다는 말을 둘러 하는 것 아냐?"

그날따라 형은 말이 많았다. 종현은 조금 생각해보다가 "딱히 나쁠 건 없는 것 같네"라며 물러났다.

일본 IT 취업 준비반에서 중도 탈락자가 늘어나고 교육과정이 후반부로 들어갈수록 그날 형의 말이 종종 생각났다.

학원에는 화상면접실이라는 방이 따로 있어서 거기서 일본 기업의 인사 담당자와 교육 수강생이 화상통화로 예비 면접을 볼 수 있었다. 면접실 옆을 지나가다 보면 안에서 질문에 답하고 있는 구직자의 목소리가 들리기도 했다. 복도 의자에 앉아 미리 준비한 예상 답안을 중얼중얼 외우는 수강생의 모습도 볼 수 있었다. 어느 기업이고 간에 대개 첫 질문은 "왜 일본에서 일하려 하십니까?"였다. 그러면 대답도 거의 비슷했다. "저는 어렸을 때부터 일본 만화를 좋아했고 일본에서 일하는 게 꿈이었습니다……"

그런데 그런 말만 들으면 형이 생각났고, 뭔가 시비를 걸고 싶다는 마음이 일었다. 어렸을 때부터 일본에서 일하는 게 꿈인 사람도 있나? 그건 고급 식당에서 고급 요리를 마음껏 먹고 싶다는 꿈보다 더 이상했다. 어렸을 때부터 일본에서 일하는 게 꿈이었다면서 왜 일본어 실력이 그거밖에 안 되지? 만화가 좋았으면 만화를 그려야지 왜 소프트웨어 개발을 하는 건가? 그리고 아무리 일본이라지만 기업 면접관이 '만화가 좋아서 다른 나라에 나가 일하고 싶다는 어른'을 좋게 평가할까?

화상면접을 해야 할 시기가 다가오자 종현은 모범답안을 궁리했지만 그 역시 "어렸을 때부터 일본을 좋아하고 일본 만화를 사랑했습니다. 일본에서 일하는 게 제 꿈이었습니다"라고 시작하는 수밖에 없었다. 그게 그가 할 수 있는 설명 중 제일 진실에 근접한 말이었다. 그와 함께 과정에 들어온 수강생 중 남아 있는 사람은 종현을 포함해 세 사람밖에 없었다. 나머지는 다 재수강을 하는 이전 기수 학생들이었다. 종현의 동기생 두 명 중 한 명은 어린 시절을 일본에서 보내 일본어에 능통했고, 또 한 사람은 전산학과를 졸업한 컴퓨터 전공자였다. 완전 초보로 시작해 낙제하지 않고 7개월 만에 과정을 수료하는 사람은 종현밖에 없었다.

그러나 그에게는 화상면접을 할 기회조차 주어지지 않았다. 종현뿐 아니라 그해에 일본 IT 취업을 준비했던 사람들 모두가 그랬다.

리먼브라더스 사태가 터지고 금융위기가 세계로 퍼지면서 일본 기업들이 일제히 채용을 중지했던 것이다. 이전 기수 수료생들도 우수수 채용이 취소되었다. 학원 직원은 자신 없는 얼굴로 "일본에 IT 인력이 모자라는 건 엄연한 사실이니까요, 한 일 년 정도 기다렸다가 경기가 회복된 뒤에 다시 도전해보시면 틀림없이 문이 열릴 겁니다"라고 말했다.

8. 내가 내가 아닌 듯한 느낌

『신세기 에반게리온』 제14화

"억울해하거나 슬퍼할 겨를도 없었죠, 뭐. 당장 생활비가 없었으니까요. 어디에든 취직을 해야 했는데, 사실 IT 취직이 어려운 건 아니거든요. 그런데 제가 워낙 실력이 없었어요. 대학 졸업장도 없었고."

종현이 멋쩍게 웃으며 말했다. IT 일자리는 많았다. 그러나 아무리 작은 기업의 채용 공고에도 '대졸 또는 졸업예정자'라는 조건이 달려 있었다. 용케 그런 조건이 없는 회사에 면접을 보러 가면 담당자가 "학교는 어디 나오셨어요?"라고 물은 뒤 종현의 답을 듣고 어이가 없다는 표정을 지었다. 정작 그 상황에서 황당해하며 "자기소개서도 안 읽어보고 사람을 부른 건가요?"라고 따져야 할 건 종현이었는데 말이다. 중소기업들이 아무 기준도 없이 심심풀이로 사람을 부른다는 느낌을 받았다. 그런 면접을 위해 정장을 입고 화장을 하고 예쁘게 꾸미고 온 다른 여성 지원자들을 보면 가엾다는 생각마저 들었다.

"제가 대학에서 프로그래밍을 배웠다면 과 선배들을 통해서 취업을 할 수도 있었을 텐데, 이 학원은 그런 것도 없었죠. 졸업생들은 전부 일본에 있었으니까요. 그래도 그 학원의 강사 한 분이 회사를 한 곳 연결해주셨어요. '회사라고 하기도 민망한 수준이니까, 너무 오래 있지는 말고 상황 나아지면 다른 데 일자리 구하세요'라고 하면서 소개해주시더군요."

상봉 시외버스터미널 근처에 있는 오피스텔의 한 방을 사무실로 쓰는 작은 홈페이지 제작회사였다. 책상이 세 개 있고, 컴퓨터도 세 대 있고, 부엌이 있고, 화장실도 사무실 안에 있었다. 사장은 40대 초반 정도 되어 보이는 덩치였고, 종현 외에는 서른다섯 전후로 보이는 골초 노처녀가 한 명 더 있었다. 종현이 웹 개발 담당, 노처녀는 디자인 담당이었다. 영업을 맡은 사장은 누가 봐도 전직 조폭임이 틀림없었고, 그 회사가 하는 사업도 썩 깨끗하고 당당한 일은 아니었다.

"개인사업자나 시골에 있는 어르신들이 주고객이었거든요. 무슨 농장, 인테리어 업체, 수제 비누 만드는 사람…… 그런데 그런 분들이 정가를 잘 몰라요. 홈페이지 제작은 30만 원 정도 받고 했는데, 매달 호스팅 비용이다 도메인 비용이다 해서 3만

원, 4만 원씩 돈을 받았어요. 제대로 된 웹호스팅 업체였다면 월 3천 원이면 충분했을 텐데 말이죠. 그렇게 수백 곳에서 회비처럼 돈을 받았으니 제법 장사가 됐죠. 업그레이드 애프터서비스네 뭐네 하면서 디자인을 약간 고쳐주고 또 돈을 받고."

일은 특별히 어렵지 않았다. 그런 홈페이지들 대부분이 기능적으로 매우 단순했고 다들 엇비슷했기 때문에 코드를 베껴서 써먹을 수 있었다. 고객들의 주문도 주로 '이거 안 예쁘니까 더 예쁘게 해달라'는 것들이어서 대부분의 일거리는 웹 디자이너의 몫이었다. 화장이 짙은 노처녀 웹 디자이너는 끝도 없이 이어지는 그런 요청에 눈 하나 깜빡하지 않고 무덤덤하게 디자인을 수정했다.

사장은 영업을 위해 밖에 나가 있는 시간이 많았고, 사무실에 있을 때에는 주로 인터넷으로 고스톱을 치거나 다른 게임을 했다. 점심때면 사무실에서 다 같이 짜장면이나 김치찌개 따위를 시켜 먹었는데, 그럴 때 사장은 간혹 과거에 자신이 했던 일들을 허풍스레 떠벌렸다. 아파트 재건축 붐이 한창일 때 분양사무소에서 일하며 재미 좀 봤다든가, 그렇게 모은 돈으로 도박장을 운영했는데 바지사장 녀석이 돈을 들고 날랐다든가 하는 얘기였다.

처음에는 자신의 형편없는 실력을 숨길 수 있다는 데 안도했다. 그러나 시간이 지나면서 점점 일다운 일을 하고 싶다는 생각이 들었다. 어느 날 외근을 나간 사장이 현지에서 퇴근했을 때 종현은 웹 디자이너에게 딱히 약속이 없으면 저녁이나 같이 먹자고 청했다. 노처녀는 한쪽 눈썹을 치켜 올리더니 "오늘은 연습도 없으니까…… 그러지 뭐"라고 대답했다.

사무실 근처의 치킨집에 가서 맥주를 두어 잔씩 마셨더니 비로소 어색하던 분위기가 조금 풀리는 것 같았다. 종현은 웹 디자이너에게 "오늘은 연습이 없다는 게 무슨 말이에요?"라고 물었다. 화장 짙은 노처녀의 눈에는 괜한 말을 했다는 후회의 빛이 스쳤다. 그녀는 담배에 불을 붙인 뒤 대답했다.

"뮤지컬 연습. 나 뮤지컬 해."

"우아, 뮤지컬이요? 춤추고 노래하는 그 뮤지컬? 누나가 뮤지컬 배우예요?"

"그런 건 아니고…… 동호회야."

상대가 이 화제를 피하고 싶어한다는 게 분명했으나 종현은 궁금증을 참을 수가 없었다. 감정이 있기나 한 건지 의심스럽던 웹 디자이너가 아마추어 뮤지컬 배우라는 사실이 너무 놀랍고 신기했기 때문이다. 웹 디자이너도 거듭되는 종현의 질문에 질린 나머지 '차라리 솔직하고 자세하게 설명을 해주고 치워버리자'고 방침을 바꾼 듯했다.

"예전에 다니던 회사에서 잘린 다음에 취미 삼아 시작하게 됐어. 난생처음 구조조정을 당하고 났더니 마음의 상처가 너무 커서 사람도 만나기 싫고 계속 집 안에만 틀어박혀 있게 되더라고. 가족들이 동호회 활동이라도 하는 게 어떻겠냐고 하더라. 노래를 하면 화가 풀릴 것 같아서 나갔지. 노래라는 게 부르니까 늘더라. 난 내가 고음이 그렇게 높이 올라가는지도 미처 몰랐어. 지금 다니는 곳은 회원이 만 명 정도 되는 큰 동호회야. 동호회 안에 극단이 여러 개 있는데, 내가 속한 극단은 일 년에 두 번씩 워크숍 열고 극장 빌려서 공연도 해. 창작 작품도 만들어."

"와, 대단하네요. 누나 노래 잘 불러요? 우리 술 마시고 나서 노래방 갈까요?"

"아니. 안 가. 난 공사 구분이 분명하거든. 특별히 네가 싫어서 그런 건 아니야. 너든 누구든, 일로 만나는 사람이랑 얽히고 싶지 않아. 회사에서는 가능하면 내가 나라는 사실을 잊고 로봇처럼 일만 하고 싶어."

종현은 풀이 죽어서 "그렇군요"라고 말했다. 공사 구분이 분명한 웹 디자이너와 종현은 닭 한 마리를 시켜놓고 생맥주 6,000시시를 마셔대는 중이었다. 그녀는 고래처럼 꿀꺽꿀꺽 술잔을 비우고 담배를 피웠다. '저렇게 담배를 피우면 노래 부르는 데 지장이 있지 않나, 맥주는 같이 마실 수 있는데 노래방은 못 가겠다는 건 모순 아닌가' 하고 종현은 생각했다. 웹 디자이너가 말했다.

"너도 이 바닥 있어보면 알겠지만, 네가 너라는 걸 잊어버리고 일하는 게 나아. 시스템 개발자나 웹 디자이너는 노가다판의 잡부 같은 존재거든. 반 년짜리 교육 과정 마치고 나오는 인재들이 워낙 많아야 말이지(이 말에 종현은 억지 미소를 지었다). 하청의 하청의 하청의 하청의 제일 밑바닥에 있는 사람들이야. 프리랜서로 계약서를 쓰다 보면 정말로 내가 '무'나 '기'가 될 때도 있거든. 갑, 을, 병, 정 다음 무, 기. 무나 기한테 주관이나 고집 같은 게 있을 필요가 어디 있겠어."

웹 디자이너는 눈 깜짝할 사이에 500밀리리터들이 맥주잔을 하나 더 비운 뒤 말을 이었다. 약간 취한 말투였지만 얼굴 표정에는 전혀 변화가 없었다.

"뮤지컬에는 '아이-앰-송'이라는 노래와 '아이-원트-송'이라는 노래가 있어. '나는 어떤 사람이다'라고 외치는 게 아이-앰-송이고, '나는 이러저러한 걸 원한다, 이러저러한 걸 하겠다'고 노래하는 게 아이-원트-송이야. 유명한 뮤지컬 노래는 대부분 그 두 가지 중 하나야. 회사에서 내가 내가 아닌 것처럼 일을 하다가 주말이나 평일 저녁에 연습실에서 그런 노래들을 부르면 얼마나 스트레스가 풀리는지 몰라. 내가 다시 나로 돌아오는 느낌이 들지."

그녀가 뮤지컬 넘버를 열창하는 모습을 상상하려 해봤지만 잘되지 않았다.

"더 큰 회사로 옮기고 싶지는 않으세요? 누나는 실력도 좋고, 솔직히 우리 회사 좀 이상하잖아요. 사장님이 가져오는 일거리도 뭐가 정상은 아니고."

"너 우리 회사가 처음이랬지?"

"네."

"내가 계약직 일거리 찾아다니면서 면접 볼 때 제일 많이 물었던 질문이 뭔지 알아? '여기 한 달에 며칠이나 밤을 새나요?'랑 '월급은 안 밀리나요?'였어. 우리가 다니고 있는 이 회사, 되게 좋은 회사야. 정시 퇴근하고 월급 제때 나오잖아. 이런 IT 회사 없어."

이때만 해도 종현은 그런가 보다 하고 웹 디자이너의 말을 흘려들었다. 알딸딸하게 취한 종현은 치킨집에서 나와서는 차도와 인도 경계에 세운 쇠말뚝 위에 올라가 섰다. 그는 양팔을 벌리고 즉석에서 지어낸 멜로디와 되도 않는 가사로 노래를 부르며 뮤지컬 가수 흉내를 냈다.

"아-이 앰 어 개발자, 하지만 부자가 되고 싶다네, 싶다네, 싶다네, 디스 이즈 아이-앰-송 앤드 아이-원트-송."

웹 디자이너는 저능아를 보는 표정으로 종현을 바라보며 담배를 피웠다. 그녀는 '싶다네'라는 후렴구를 한번 따라 불렀다가 흠칫 놀라고 바로 입을 다물었다.

그날 웹 디자이너가 술에 취해 종현에게 지껄인 말들은 일종의 예언이었다.

어떤 포부를 품었고 어떤 개성이 있고 어떤 배경을 지녔건 간에, 한국 IT 생태계에서 잡부의 운명은 거의 정해져 있다. 이곳 저곳에서 품을 팔고, 밤샘과 임금 체불에 시달리며, '내가 내가 아닌 듯한 느낌'을 오래도록 맛보고, 마지막에는 다 때려치우고 치킨집이나 차릴까 고민하게 되는 운명 말이다. 리츠코나 마야와는 판이하게 처지가 다르다.

제때 월급 나오고, 저녁에 퇴근할 수 있었던 첫 회사는 웹 디자이너와 술을 마셨던 날 이후 얼마 못 가 그만두고 말았다. 사장이 어느 날 홈페이지 장사는 슬슬 한계에 온 것 같다며 종현에게 온라인 복권 사이트를 만들 수 있겠느냐고 물었다. 종현이 "그런 건 불법 아닌가요?"라고 묻자 사장은 "그러니까 아이피 추적이 안 되도록 게임방 가서 만들어야지"라고 대답했다. 처음에는 농담인 줄 알았으나 농담이 아니었고, 만들 수 있겠다고 대답하면 정말 게임방에 가서 온라인 복권 사이트를 만들고…… 가면 안 될 길을 가게 될 것 같았다. "실력이 달려서 복권 사이트는 못 만든다"고 말하고 도망치듯이 회사를 그만뒀다.

첫 회사가 완전히 낭비는 아니었다. 적어도 이력서에 '자바 개발, 웹 개발, 웹서버 관리, DB관리'라는 경력을 추가할 수는 있었으니까. IT 회사들의 채용 공고에 나온 어마어마한 스펙

조건이 실은 별거 아니라는 사실을 그즈음 터득했다. "JSP도 할 수 있고, PHP[1]도 할 수 있다"고 거짓말을 하고 회사에 들어가서 책을 보며 공부한 적도 있었다. 다들 그러는 분위기였다. "너 왜 회사에서 책 읽어"라며 혼이 난 적도 있었지만, 경력 날조가 문제가 된 게 아니라 단순히 '일하는 시간에 책을 읽는다'는 이유 때문이었다. 작은 회사들일수록 치사하게 구는 사장이나 관리자들이 있었다.

경력 날조가 큰 문제가 되지 않았던 또 다른 이유는, 자신을 고용한 회사의 다른 직원들과 볼 일이 거의 없었기 때문이다. 그는 주로 파견 근로자로 일했다. 면접날 회사에 가보고, 즉석에서 채용된 뒤 그 다음 날부터 파견 근무처로 출근하는 경우도 잦았다. 무슨무슨 평가원, 무슨무슨 기술원 등의 공기업 산하 기관이나 기업체 전산실에서 일했다. 그런 전산실에 가보면 종현 외에 다른 사람들도 다 파견 근로자였다. 전산실 직원이 저마다 다른 회사 출신인 경우도 흔했다.

회사를 자주 옮겼다. 처음에는 워낙 낮은 초봉으로 일을 시작하기도 했거니와, 직장을 옮길 때마다 새로운 공부를 할 수 있다고 생각해서 이직에 적극적이었다. 한 회사에 오래 있으면 실력이 모자란 걸로 보는 업계 분위기도 영향을 미쳤다. 몸

---

1 JSP와 PHP는 모두 웹애플리케이션 언어의 일종.

을 사리거나 험한 일을 가리지 않아서 개발 중인 프로젝트 중간에 투입되는 경우가 많았다. 자바 개발과 웹 개발을 가리지 않고 억척스럽게 일했고, 이력서 경력이 점점 길어졌다. 자바, ASP, JSP, PHP, C, C#, 자바스크립트, 파이썬, 루비, 아파치, MySQL……

그래픽 툴과 플래시 애니메이션, 동영상 편집 기초도 독학으로 또는 어깨너머로 배웠다. 포토샵, 마야, 3D 맥스, 제트브러쉬, 프리미어, 에디우스, 애프터이펙트. 공대 출신 프로그래머들이 대부분 기능만 신경 쓸 때 그는 결과가 예쁘게 나오게 하는 데에도 공을 들였다. 창이 하나 열릴 때에도 그냥 갑자기 뜨는 게 아니라 스르르 열리게 애니메이션 효과를 준다거나, 시스템 메뉴를 스마트폰에서처럼 예쁜 아이콘으로 표현하는 식이었다. 손이 빠른 편이고 디자인 감각이 있어서 남들과 같은 시간을 일해도 그런 효과를 구현할 수 있었다. 그는 이게 어머니가 강조한 '마토메 정신'이라고 생각했다. 동료들은 "그런 걸 왜 해?"라며 의아해했으나, 고객들은 종현의 결과물을 좋아했다.

성실한 태도와 깔끔한 마무리 덕분에 평판이 좋았고, 스카우트 제안을 자주 받았다. 그를 괜찮게 본 원청회사 직원들이 "종현 씨 이리로 갈아탈 생각 없어?"라고 물으면 거의 매번 그 자리에서 승낙했다. 직장을 구한 지 보름 만에 다른 곳으로 이직한 적도 있었다. 원래 다니던 회사의 상사들이 간혹 "프로젝트는 끝내놓고 가야지, 그런 식으로 회사를 옮기는 건 사람의 도리가 아니다"라며 그를 탓했지만 개의치 않았다. 주말 근무, 철야 근무를 아무렇지도 않게 시키고 개발비를 횡령하기 위해 가짜 영수증을 만들어 오게 한 상사들 역시 사람의 도리를 지키지 않은 건 마찬가지라고 생각했기 때문이다.

클라이언트들은 전산실의 다른 파견 개발자들이 종현의 깔끔한 일처리를 본받길 원했지만, 정작 동료들이 종현으로부터 배우려는 바는 따로 있었다. 밀린 월급을 한번에 받아내는 법이었다. 두 달, 석 달씩 월급을 못 받으면서도 사장한테 큰소리도 제대로 못 치는 개발자들에게 종현은 무슨 마법을 부리는 사람처럼 보였다. 종현의 비법이 소문나면서 하나둘씩 상담을 하러 오는 사람들조차 생겨났다.

"기자님이야 그런 일을 겪으시지 않을 테지만⋯⋯ 그래도 알아둬서 나쁠 건 없는 요령이 있어요. 회사 소유의 통장이 있거든요. 거기에 압류를 걸어버리면 됩니다. 사장 주민등록번호를 먼저 알아놔야 해요. 그런 다음에 근처 노동청에 가서 체불금품확인원이라는 서류를 받고, 그렇게 회사 계좌에 압류를 걸면 정말 하루도 안 되어서 사장한테 전화가 바로 와요. 보통 '내일 바로 월급 줄 테니 일단 압류 좀 풀어주라.' 이런 식으로 통사정을 해오는데 마음 독하게 먹고 '제 통장에 돈 찍히는 거 보고 풀어드리겠습니다'라고 대답해야 합니다."

"그런 요령은 어디서 배우셨나요?"

"고용지원센터에 민원을 내러 갔더니 거기 상담사 분이 '이렇게 하면 게임 끝이다, 너희 사장이 울면서 달려올 거다'라며 가르쳐주더라고요. 제가 다른 사람들한테 많이 전수해줬죠."

"회사가 돌려막기로 하루하루 버티고 있다, 정말 망할 지경이다"라며 읍소하는 사장들도 있었지만 종현은 매몰차게 거절했다. 4대 보험에 가입시키지 않는 건 참아도 월급이 밀리는 건 참을 수 없었다.

"직원한테 월급 주느라 망한 회사라면 망해야 할 회사 아닌가요? 미안한 마음이 들기는 했지만 워낙 IT 바닥이 그래서요. 회사 다시 차리기도 어렵지 않아요. 컴퓨터랑 사람만 있으면 되니까."

그런 와중에 사이버대학에 다니며 학사 학위를 취득했다. 학점은행제를 이용해 한 학기 만에 졸업했다.

"학점은행제가 뭡니까?"

내가 물었다.

"다른 대학이나 공인 학원에서 수업을 들은 거나 자격증을 따 온 것도 학점으로 인정해서 학사 학위를 주는 제도예요. 총 140학점인가를 받으면 됩니다. 이전에 B대학 의상학과 수업 들은 게 있었고, 나머지 모자라는 학점은 거의 다 자격증으로 메웠죠. 자격증에도 10학점짜리 자격증, 20학점짜리 자격증, 30 학점짜리 자격증이 있어요. 사이버대학에서 3학점짜리 수업을 들으려면 한 학기에 30만 원을 내야 하는데, 국내 자격증 같은 건 학원 안 다니고 혼자서 열심히 공부하면 응시료 2, 3만 원만 내면 되니까 훨씬 싸죠. IT 자격증들은 원래 하고 있는 일이니까 취득하는 게 그렇게 어렵지도 않았고요. 정보처리산업기사, 사무자동화산업기사, 유통관리사, 그렇게 국내 자격증은 세 개, 거기에 국제 자격증을 두 개 더 따서 학점을 거의 다 채우고 사이버 수업을 한 과목 들었어요. 그 한 과목 평점이 졸업 평점이 되더라고요. 그래서 제가 사이버대학 수석 졸업자가 됐습니다. 'UCC 기획-제작-편집'이라는 교양과목 한 과목을 들었는데 거기서 A플러스를 받았거든요. 회사 다니면서 어깨너머로 동영상 편집을 배운 가닥이 있어서 수업이 그다지 어렵지 않았어요. 또 수업 들으면서 주워들은 풍월이 나중에 〈열광금지, 에바로드〉 만들 때 꽤 도움이 됐으니까 저한테는 일석삼조였던 셈이네요. 저 같은 사람 때문에 나중에 제도가 바뀌었어요. 이제는 자격증은 세 개까지밖에 인정 안해주고 자격증으로 인정되는 학점도 많이 낮아졌어요. 저 때는 유통관리사 2급 같은, 30학점 짜리라서 무조건 따야 하는 자격증이 있었는데 지금은 없어요. 운이 좋았죠."

여가 시간이 없었으니 취미도 없었다. 동료들과 잘 어울리지도 않았다. 겨우 마련한 월세방에는 초고속 인터넷도 신청하지 않았다. 인터넷이야 낮에 사무실에서 실컷 이용할 수 있었으니까. 출근할 때 하드디스크를 사무실로 들고 가서 낮 동안 웹 하드나 P2P 사이트에서 이런저런 영화나 애니메이션을 내려받고, 밤에 집에서 돌려보는 게 유일한 취미였다.

IT 개발자 중에는 게임이나 애니메이션 오덕이 많았고, 그중 애니메이션 오덕들과 간혹 함께 만화영화를 돌려보기도 했다. 그러나 '요즘은 볼 만한 애니메이션이 없다'는 게 오덕들의 공통된 의견이었다. 그들의 머리가 굵어져서라기보다는, 실제로 일본 애니메이션 업계가 쇠퇴했기 때문이다. 일본 만화영화는 황금기였던 1980년대를 지나 1990년대 중반 이후 내내 내리막이었고, 마지막 불꽃을 태운 게 에반게리온이라는 평가를 받았다. 루리웹 애니 갤러리나 디씨인사이드의 재야 전문가들은 그 원인으로 경제 불황이나 인터넷의 등장, 시장 포화에서부터 세대론, 심지어 문명론에 이르기까지 다양한 이론을 펼쳤다.

종현은 경제 불황론에 대해서는 '역시 먹고사는 문제가 제일 중요하구나'라고 생각했고, DVD 시장을 망가뜨린 인터넷이 죽일 놈이라는 진단에 대해서는 '또 인터넷이냐'라고 한숨을 쉬었다. 살면서 인터넷으로 인해 얻은 이익(3D 직종의 일자리와 여러 가지 잡다하고 사소한 정보와 할인 혜택들)과 손해(아버지의 실직과 동대문의 몰락과 일본 애니메이션의 쇠퇴)를 따져보면…… 득이 실보다 컸다고 말할 수 있을까?

"20대를 그렇게 황량하게 보냈기 때문에 에반게리온 월드 스탬프 랠리 같은 황당한 이벤트에 도전할 수 있었던 것 같아요. 스물아홉이 됐고, 20대가 몇 달밖에 안 남았는데 남들 다 하는 연애도 못했고 해외여행 한 번 못 가봤으니까. 오로지 생존이 목표였으니까. 월드 스탬프 랠리에 참가할 때에는 나 자신에게 주는 선물이라는 생각이었습니다."

종현이 말했다.

5년 동안 극장에는 꼭 다섯 번 갔는데 그 다섯 번이 모두 〈에반게리온: 파〉 관람이었다.

〈파〉는 2009년 12월에 한국에서 개봉했는데, 개봉을 보름 앞두고 배급사가 홍보를 위해 '에바홀릭 데이'라는 이벤트를 메가박스 코엑스점에서 열었다. TV 시리즈와 〈서〉, 〈파〉의 영상을 섞어 만든 15분 분량의 편집 영상을 메가박스 매표소 앞 로비에서 공개하고, 이 공개 상영회에 온 관객 중 선착순 100명에게 〈파〉의 소장판 포스터를 나눠주는 이벤트였다. 이 자리에서 〈파〉의 영상 5분가량이 한국 최초로 공개될 예정이라고 했다.

에바홀릭 이벤트는 일요일에 열렸다. 종현은 토요일에 철야 근무를 마치고 회사 근처 사우나에서 잠시 눈을 붙인 뒤 오전 10시까지 코엑스로 갔다. 그때도 이미 50여 명이 줄을 선 상태였다. 공개 상영회가 시작하는 오후 3시까지, 그는 포스터를 나눠줄 때를 제외하고는 메가박스 로비의 대형 스크린 앞에 선 채로 내내 꾸벅꾸벅 졸았다. 편집 영상을 상영하기 전에 거의 30분 가까이 각종 광고가 나왔다. 이벤트 시작을 기다리며 〈아바타〉와 〈전우치〉 예고편을 외울 지경으로 보았다.

광고가 끝나고 화면에 커다란 숫자가 뜨자 스크린 앞에 모여든 사람들이 입을 모아 소리치는 바람에 종현은 눈을 번쩍 떴다.

"오! 사! 삼! 이! 일!"

15분짜리 영상, 그것도 새로운 분량은 5분밖에 안 되는 약간 긴 예고편을 보러 일요일 오후에 모여든 오덕들은 300명쯤이었다. 로비를 다 채우지는 못하는 인원이었다. 그 오덕들이 영상에서 〈잔혹한 천사의 테제〉가 나오자 노래를 따라 합창했다. 종현도 왠지 가슴이 뭉클해져서는 노래를 불렀다.

"잔혹한 천사처럼 소년이여 신화가 되어라!"

코엑스몰을 지나가던 사람들이 이게 무슨 일인가 하며 어리둥절해하는 표정으로 로비에 모인 오덕들을 쳐다보았다. 오덕들을 보던 한 커플 중 남자 쪽이 손가락을 머리 앞에서 빙빙 돌렸다. 그 모습을 본 종현은 스크린 앞으로 나가서 고교 시절 연습했던 춤을 출까 하는 생각을 잠깐 했다.

배급사 스태프들이 "사진 찍지 마세요"라고 목이 쉬어라 호소했지만 모두 슬쩍슬쩍 카메라를 들고 동영상을 촬영했다. 화면에 카오루가 나올 때에는 여자들이, 아스카가 나올 때에는 남자들이 환호했다. 종현은 레이가 나올 때 목청껏 비명을 질렀다.

짧은 편집 영상이 아닌 본 영화는 그로부터 2주일이 지난 뒤에 열린 전야제 행사에서 보았다. 전야제는 오후 11시에 시작했는데도 〈파〉를 보러 온 오덕들로 극장이 꽉 찼다.

유명한 엘리베이터 장면에서 아야나미 레이는 자신의 뺨을 때리려는 아스카의 손을 막아냈다.[2] "그 바보를 어떻게 생각해?"라고 묻는 아스카에게 레이가 "이카리 군과 함께 있으면 마음이 따끈따끈해"라고 대답했을 때 극장 안에 있는 많은 레이 팬들에게서 감격의 탄성이 터져 나왔다(아스카 팬들이 내뱉은 경악의 탄성도 거기에 섞여 있었을 것이다). 곧이어 레이가 "나도 이카리 군이 따끈따끈했으면 좋겠어"라고 말했을 때 종현은 자신의 몸이 극장 좌석에서 공중으로 30센티미터쯤 붕 뜨는 것 같은 기분이 들었다. 오랫동안 짝사랑하던 여인으로부터 10년 만에 고백을 받은 듯한 느낌이었다. 아니, 실제로 그런 상황이었다.

제10사도가 레이를 흡수했을 때 신지는 각성한다. TV 시리즈나 〈엔드 오브 에반게리온〉에 나왔던 비겁하고 찌질한 신지는 온데간데없다. 그는 "아야나미를 돌려줘!"라고 외치고 돌진

---

2 TV 시리즈에서는 그냥 얻어맞는다.

해 제10사도를 박살 내고 끝내 레이를 구출한다. 그리고 참으로 에반게리온답게도, 각성한 신지가 타고 있던 초호기와 사도에 흡수되었던 레이의 접촉으로 인해 서드 임팩트가 시작된다.

어떻게 몸부림을 쳐도 예정된 형태로 진행되는 운명. 그 운명 앞에서 서로의 진심을 확인한 어린 남녀. 종현은 극장 문을 나서며 '비록 세계가 끝장나더라도 이건 해피엔딩'이라고 생각했다. 에반게리온에서는 세계의 멸망이나 존속보다 다른 사람의 진심에 이르는 것이 더 중요하다. 종현은 격한 감정을 가라앉힐 수 없어 극장을 나온 다음에도 한참 동안 거리를 서성였다.

나중에 동영상을 인터넷에서 내려받았다. 그는 〈파〉의 엔딩 장면을 백 번쯤 반복해서 보았다. 어둡고 좁은 셋방에 쭈그려 앉아서도 "아야나미를 돌려줘!"라고 외치는 신지를 보다 보면 전율과 함께 비장한 각오가 일었다. 그는 고독했지만 비참하지는 않았다. 몸이 꿰뚫린 다음에도, 입에서 피를 토하면서도, 한쪽 팔이 잘리고 동력이 떨어진 상태에서도, 그리고 세상이 멸망하더라도, 나는……

치킨집에서 웹 디자이너가 했던 예언은 거의 다 들어맞았으나, 그중 가장 불길하고 무서운 예언은 아직 실현되지 않았다.

노처녀 디자이너가 말했다.

"너, 웹 마스터라는 직업 알아? 나 전산과 나왔어. 내가 졸업

할 때만 해도 회사들이 막 홈페이지 만들고 인터넷 담당자라는 걸 두던 시절이었어. 전산과 출신들 잘나갔지. 대기업 가고 싶은 애들은 삼성 SDS니 LG EDS니 하는 시스템 개발업체에 갔지. 창업한다고 몇 명이 모여서 회사 차렸다가 쫄딱 망한 애들도 있고. 그리고 대기업이 인기가 있기는 했지만 지금처럼 인기가 높진 않았어. 취직이 지금만큼 어렵지는 않았거든. 삼성전자, LG전자면 몰라도 SDS나 EDS라는 회사는 들어본 적이 없었고. 뭘 몰랐던 거지. 프로그래밍은 힘들고 어려워서 못하겠고, 창업은 무서웠던 나 같은 애들이 뭘 했느냐 하면 그 웹 마스터라는 걸 했어. 웹 디자인이니 홈페이지 운영 같은 게 무지 어려운 거라고 여기던 시절이었던 거야. 그래서 크지 않은 회사에도 나 같은 웹 마스터가 하나씩 있었어. 높은 자리 계신 분들이 웹 마스터가 인력 낭비인 걸 깨닫는 데 한 사오 년 걸렸지. 요즘은 그런 일은 외주도 안 줘. 인턴사원들이 해. 이것저것 자잘한 일거리가 늘어나서 고졸 계약직 비스무리한 처지가 되더니, 나중에는 탕비실 설거지까지 내 몫이 되더라. 삐삐나 시티폰 같은 인간이 된 거야. 결국에는 구조조정할 때 쳐내더라. 여자 나이 서른이 넘다 보니까 어디 신입으로 갈 데도 없고, 그렇다고 경력으로 가기에는 아는 것도 없고, 할 수 있는 일이 아무것도 없어. 식당 아줌마로 나서든지 술집에 나가든지 해야 하는 건가? 혼자 생각하기도 했지. 그 뒤로 정말 이 바닥에서 웹 디자인 관런해서는 안해본 게 없어. 계약직으로 안 되면 프리랜서로, 그것도 안 되면 아르바이트로. 그런데 내가 보기에는 개발자들도 조만간 이렇게 돼. 일단 사람이 너무 많고, 컴퓨터라는 게 나날이 발달하니까 예전에 알고 있던 게 계속 쓸모없어져. 노가다판에 나가도 '내가 이 바닥에서 몇 년 있었다'는 게 자랑거리인데, 개발자들은 10년차까지만 그래. 회사들도 10년차 이상은 뽑질 않아. 거기서 몇 년 더 일하다 보면 직접 회사를 차리든지 아니면 치킨집을 차리든지 선택해야 할 때가 와. 그리 머지않았어."

그런 때를 최대한 늦추기 위해 종현이 택한 길이 여러 가지 언어와 기술을 최대한 많이 배우는 것이었다.

"그러면 누나는 어떻게 할 건데요? 웹 디자이너는 계속 수요가 있는 거예요?"

"몰라. 몰라서 그저 베짱이처럼 노래만 부르고 있어. 다른 사람들도 비슷하지 않을까? 그게 먹고살 만한 직업이었으면 뮤지컬 배우가 됐을 거야. 일 년에 천오백만 원만 벌 수 있어도 그걸 했을 거야. 그런데 그게 안 돼. 웹 디자이너보다 더 전망 없는 게 뮤지컬 배우더라고. 그래서 계속 이 짓을 하고 있는 거지. 나중에 한파가 닥치고 내가 베짱이처럼 얼어 죽게 되면, 개미들이 말하겠지. 여유 있을 때 저축하지 않고 미리미리 어려움을 대비하지 않아서 저 꼴이 났다고 말이야. 하지만 말이야, 난 저

죽이고 뭐고 여기서 더 움직이질 못하겠어. 너무 힘들어. 너무 힘들고 무서워."

9. 뭔가 즐거운 걸 찾았니?

『신세기 에반게리온』 제17화

2011년 여름에 아버지가 돌아가셨다. 아버지는 비교적 신속하고 편안한 임종을 맞았다. 육체적으로는.

재정적으로는, 그의 죽음의 순간은 길고 초라하고 혼란스러웠다.

"아파트 경비원으로 취직하신 뒤에는 어떻게 어떻게 생활은 하셨는데, 돈이 쌓이지는 않았던 것 같아요. 그런 상황에서 누가 돈 빌려달라고 하면 또 자기가 돈을 빌려서 꿔주고. 전세담보대출 받아서 또 돈 빌려주고. 남양주에서도 집 빼서 구리시로 가셨죠. 돌아가시고 나서 보니까 카드빚도 있더라고요. 한 천만 원쯤. 돈 받아야 할 곳, 돈 줘야 할 곳이 하도 많아서 다 정리하는 데 일 년쯤 걸렸습니다. 하다못해 케이블 TV 수신료도 내고, 그 단말기까지 반납해야 했으니까요. 아버지가 입원하셨을 때 형이 대충 예감을 하더라고요. 이런 지경이면 몇 달 못 사신다. 이렇게 몇 번 입원하면 회복이 어렵다고. 간암은 아니고, 간경화랬어요. 아버지는 다음 날 바로 운명하셨습니다. 위출혈이 너무 심해서 그렇게 됐대요. 임종하실 때 저나 형이 옆에 있기는 했는데 유언 같은 건 없었어요. 제가 아버지를 엄청 원망하면서 컸고, 사실 지금도 썩 감정이 좋지는 않아요. 그래서 당신이 돌아가셔도 난 눈 하나 깜빡하지 않을 것 같다고 생각했거든요. 그런데 병상에 누워 있는 아버지 몸이 너무 작고, 돌아가셨다는 게 실감은 안 나는데 의사가 와서 '떠나셨다'고 하는 말을 들으니까 갑자기 감정을 추스르지를 못하겠더라고요. 막 다리가 후들후들 떨리고 눈물이 펑펑 쏟아지는데 가슴은 미어질 것 같고, 그래도 옆에서 보는 사람도 많은데 소리 내서 우는 건 너무 창피한 일 같아서 이를 악무니까 몸이 배배 꼬여서…… 왜 무슨 비행기 추락사고 난 다음에 유가족 대책본부 같은 데 보면 몸을 배배 꼬면서 우는 사람 있잖아요. 어쨌든 그렇게 울고 있는데 형이 제 어깨를 잡으면서 정신 차리라고 이야기하더라고요. 이제 우리 둘밖에 없다. 어머니는 우리 가족이 아니다. 우리가 여기서 무너지면 안 된다 라고요. 저희 형 정말 냉정하죠. 그때까지는 그렇게 생각한 적이 없었는데 갑자기 형이랑 저랑 나이 차이가 나는 게 실감이 나고, 형은 장남으로 자라서 그런가

하는 생각도 들고. 저는 정신이 멍해서 병원 복도에 앉아 있는데 형이 고모한테 전화를 하더니 아버지 돌아가셨다고 알렸어요. 그런데 고모 반응이 황당했어요. '너희 장례식은 할 거니? 돈은 있니?'라고 물으셨어요. 형도 그때는 벙 쪄서, 고모가 무슨 얘기를 하는 건지 말뜻을 이해하는 데 시간이 좀 걸렸죠. 사람이 죽었는데 장례를 안 치르는 경우도 있나 싶었죠. 저나 형이나. 고모 덕분에 형제가 아주 오기로 불타올랐습니다. 우리가 한 달 내내 밥을 굶는 한이 있어도 장례는 번듯하게 치러내고 만다, 그렇게."

관은 화장용 오동나무 0.6치 관(11만 원)으로, 수의는 5호 수의(수입산 13만 원)로, 분향실은 지하에 있는 13평짜리 공동실(40시간 기준 32만 원)로, 영정 사진은 흑백(43,000원)으로, 제수용품은 기본상 2번(10만 원)으로. 꽃은 영정 사진 옆에 조화 바구니를 두 개 놓는 것으로 대신했다.

뭐든지 최저가 옵션을 선택했는데, 문상객이 깜짝 놀랄 정도로 많이 왔다. 전혀 예상치 못한 일이었다. "덕분에 병원비를 해결하고도 돈이 꽤 많이 남았어요"라고 종현은 말했다. 형이 인턴으로 일하는 병원과 바로 얼마 전까지 공중보건의로 일했던 동네에서 사람들이 버스를 대절해 타고 왔다. 청송군 사람들을 대하는 형의 모습은 너무 따뜻하고 인간적이어서 다른 사람을 보는 것 같았다.

종현을 찾아온 조문객도 많았다. 별 감정 없이 대하던 직장 동료와 원청회사 직원들, 그가 거쳤던 회사의 동료들까지 찾아온 걸 보고 종현은 고맙고 미안한 마음이 들었고, '내가 헛살진 않았구나'라는 생각에 조금 뿌듯하기도 했다. 동기들 중에 첫 부친상이어서였는지 B대 의상학과 친구들이 거의 다 왔고, 선배와 후배들도 굉장히 많이 왔다. 대학 친구들을 만나는 게 갑자기 학교에서 도망쳐 나온 뒤로 몇 년 만에 처음이었다. 다들 종현을 보고 어떻게 지냈느냐, 아버지 일찍 돌아가셔서 어떻게 하느냐고 야단이었다. 타브리스가 벨기에로 갔다는 이야기도, B대 의상학과가 2년 전에 없어졌다는 얘기도 거기서 들었다. A고 만화연구부와 수많은 하청업체에 이어 종현이 몸담은 뒤 문을 닫은 조직이 하나 더 늘어난 셈이었다.

종현은 몇 년 만에 만난 친구들이 너무 반가워 내내 싱글벙글 웃다가 상주 같지 않다고 빈축을 샀다. 이 테이블 저 테이블로 불려 다니고 친구들과 대화하면서 종현은 그동안 자신이 얼마나 정에 굶주려 있었는지를 새삼 깨달았다. 그가 어떻게 지내는지, 그동안 뭘 했는지 궁금해하는 사람들이 많아서 종현은 몇 번씩이나 일본 IT 취업과 학점은행제, 그리고 IT 업계 이야기를 해줘야 했다. 한참 이야기를 하다 보면 대학 동기들은 망설이는 말투로 "그래서 지금은 얼마 벌어?"라고 물었고, 그러면 종현은 "그냥 중소기업 평균이지"라고 대답했다. 친구들은 다시 "3천은 넘어?"라고 물었고, 종현이 "그건 넘어"라고 대꾸하면 다들 입을 벌리고 "성공했네!"라고 소리쳤다.

"패션 쪽도 워낙 월급이 짜잖아요. 제 동기 중에는 아무도 3천만 원을 넘게 버는 애가 없었던 거예요"라고 종현은 설명했다.

어머니는 둘째 날 아침에 혼자 왔다. 사람이 없는 시간을 택해서 온 게 틀림없었다. 어머니가 빈소에 들어갈까 말까 망설이는 걸 알아챈 종현이 식당으로 잡아끌었다. 어머니는 형과 종현에게 "내가 염치가 없어서……"라며 면구한 기색으로 웃다가 "너희 아버지 참 좋은 분이었다"라고 말했다.

"사장님은 안 왔어요?"라며 동거남의 안부를 묻는 종현에게 어머니는 "응, 헤어진 지 좀 됐어"라고 대답했다.

"그럼 어머니, 이제 저희랑 같이 사시는 거 어때요? 늦었지만 저희도 다시 가족처럼 살면."

불쑥 형이 물었다.

"내가 요즘 만나는 사람이 있어서……"

한참 있다가 어머니가 고개를 돌리며 대답했다.

밥을 먹고 주스 캔을 한동안 만지작거리던 어머니는 "내가 이게 예의인지 아닌지 모르겠지만, 그래도 빈소에 가봐야겠다"라고 말했다. 형제들은 빈소로 돌아가 상주 자리에 섰다. 어머니는 두번째 절을 할 때 거의 5분 가까이 바닥에 머리를 댄 채

고개를 들지 않았다. 맞절을 할 때 종현은 어머니가 소리 없이 우는 모습을 보았다.

"저희 아버지 기일이 작년에 일요일이었어요. 형이 막 차를 뽑았을 때여서, 그 차를 타고 같이 추모공원에 갔습니다."

종현이 말했다.

"이 차 어떻게 샀어?"라고 묻는 그에게 형은 "고작 마티즈 한 대에 호들갑 떨지 마라. 빚 안 졌으니까"라고 대꾸했다. 그 래도 종현이 얼굴에서 의구심을 감추지 않자 형은 "공보의 하 면서 알바 좀 뛰었어"라고 설명했다.

추모공원으로 가는 길에 차가 막히기에 '일요일이라 사람들 이 교외로 놀러가나 보다' 했는데, 앞선 차들이 모두 납골당으 로 향했다. 종현은 형에게 "원래 이렇게 사람들이 납골당에 자 주 오나 보지?"라고 물었고 형도 영문을 모르겠다는 듯 "그런 가?"라고 중얼거렸다. 알고 보니 그날이 단오였다.

추모공원에 들어설 때 형이 뜻밖의 이야기를 했다.

"내가 생명보험에 들었거든. 수취인이 너로 돼 있어. 알아 둬라."

놀란 종현이 "왜?"라고 묻자 형이 "그냥……"이라고 얼버무 리려다 입맛을 다시고는 설명했다.

"아버지 돌아가시고 나니까 뭔가 좀, 허무하더라고. 사람 나고 죽는 게 별게 아니구나 싶어서. 병원에서도 많이 보긴 하지만 느낌이 달라. 그런데 내가 만약에 내일 갑자기 교통사고를 당해서 죽어버리면 말이야, 나도 남기고 가는 건 없을 거 같아. 나이가 서른둘인데 해놓은 것도 없고 모아놓은 돈도 없고 자식도 없어. 그리고 정말 억울할 거 같아. 어떻게든 살아보려고 발버둥을 쳐왔는데 여기서 갑자기 죽어버린다면 말이야. 그런데 만약 생명보험이라도 들어 있으면, 그래서 네가 보험금이라도 타면 좀 덜 억울하겠다 싶더라."

듣고 보니 형의 심정을 이해할 것도 같았으나 종현은 "무서운 소리 하지 마"라고만 대답했다. 형은 말을 이었다.

"사실 난 요즘 사는 거 괜찮아. 남들은 레지던트 생활 어렵다고 하는데 난 뭐 몸이 힘들지 마음은 이렇게 편해본 적이 또 없는 것 같다. 미안한 얘기지만, 아버지 돌아가시고 나니까 무거운 짐을 하나 내려놓은 기분이더라."

"그건 나도 그래. 바퀴벌레 안 나오는 집으로 이사도 했고."

종현이 대답했다. 그 역시 아버지가 돌아가신 뒤로 생활이 나아졌다. 월세를 벗어나 연신내역 근처에 전셋집을 구했고, 회사 동료들과도 전보다 훨씬 더 잘 어울렸다. 얼굴 밝아졌다는 말도 자주 들었다.

납골당에는 옥외 분향소가 두 곳 있기는 했는데 찾아온 사람들은 다들 그냥 항아리를 안치한 공간 옆 복도에 돗자리를 깔고 제사를 드렸다. 거의 모든 가족들이 들고 있는 휴대용 제기 세트는 마술 도구 같았다. 펼쳐서 열면 제사상이니 접시니 촛대니 술잔이 엄청나게 쏟아져 나왔다. 누구는 절을 하고 있고, 그 옆에서는 누가 배를 깎고 있고, 또 그 옆에서는 누가 소주를 마시고, 꼬마애 하나는 발가벗은 채로 두다다다 달리고, 어떤 애기는 아까부터 귀청이 찢어져라 울고, 어떤 남자는 팔이 온통 문신투성이이고, 어떤 가족은 애고 어른이고 전부 다 머리가 노랗고, 야단법석이었다.

종현과 형은 어이없어하며 자신들도 복도에 자리를 잡고 앉았다. 그런 난장판 속에 몇 분 있다 보니 자리에 있는 모든 사람이 한 식구인 것처럼 느껴졌다. 형도 같은 기분이었는지 납골당을 나올 때에는 형제가 모두 피식피식 웃고 있었다.

"좀 걷다 갈까?"

형이 말했고, 그들은 추모공원 안의 작은 조경 시설을 한 바퀴 돌았다. 형은 별말은 하지 않았지만 느긋해 보였고, 종현은 담배를 몇 대 피웠다. 뭔가…… '이제 하고 싶은 걸 하고 싶다'는 생각이 들었다. 해야 하는 일이 아니라, 하고 싶은 일.

그들은 서울로 돌아오는 차 안에서 가슴이 두근두근댈 정도로 카 오디오의 볼륨을 높여서 음악을 들었다.

집에 돌아와서 에반게리온 일본 홈페이지에 접속했더니 공지가 한 건 떠 있었다. 공지의 제목은 다음과 같았다.

'기네스북 등재 목표! 사상 최강 스탬프 랠리! 에반게리온 월드 스탬프 랠리 개최!'

8+2. 나는 왜 여기 있는 걸까?

보름 뒤, 종현은 인천국제공항에 있었다. 비 오는 날이었다. 공항버스에서 내려 담배를 한 대 피운 뒤 바로 촬영을 시작했다. 기기는 중고 소니 핸디캠 HDR-XR550. 풀 HD 동영상 촬영 가능, 돌비 디지털 5.1 채널 서라운드 마이크 탑재. 기본으로 광각렌즈가 장착되어 있지만 별도로 VCL-HGA07 광각렌즈를 주문했다(배송료 빼고 278,000원). 무선 마이크, 대용량 배터리, 듀얼 충전기도 함께 샀다.

"인천공항입니다. 사실 저는 유럽에 가보는 것도 처음이고, 해외여행을 가는 것도 처음이고, 비행기를 타는 것도 처음입니다. 어쩌다 보니 그렇게 됐습니다."

광각렌즈가 있으면 셀카를 찍어도 촬영자의 얼굴이 화면을 가득 채우지 않고 다른 사람이 찍어주는 것처럼 자연스럽게 나온다. 그래도 촬영은 손에 익지 않았고 카메라와 얼굴이 너무 가까웠던 게 아닌지 불안해 화면을 자꾸 확인하게 되었다.

아무래도 어색했다. 보름 동안 너무 바빠서 미처 대본이나 셀프 인터뷰 질문지를 만들 시간이 없었다. 대사 내용이 문제인 건지, 시선 처리가 어색한 건지 모르겠다. 한자리에 서서 말하는 게 너무 뻣뻣해 보이나? 걸어가면서 하는 게 나은가? 존댓말을 써서 이상한 건가? 이번에는 반말로 녹음을 해보았다.

"내 짐 좀 봐. 백팩 하나 메고 간다. 아침에 이 차림으로 출근해서 회사에서 바로 공항으로 온 거야. 이게 유럽 가는 사람 복장이라고 누가 믿겠어? 가방에 든 것도 없어. 옷은 속옷만 위아래로 한 벌씩 있고, 거기에 양말, 수첩이랑 볼펜, 프린트물, 그게 전부야. 프랑스를 1박 3일로 다녀온다는 사람도 나밖에 없을 거야."

인천공항에 금요일 저녁 9시 반까지 가서, 토요일 0시 40분에 이륙하는 에미레이트항공 비행기를 타고, 아부다비를 경유해 파리에 토요일 오후 2시 10분에 도착한다. 거기서 아스카 도장을 받고, 에펠탑과 개선문, 몽마르트르 언덕을 카메라에 담은 뒤 하루 자고, 일요일 오전 11시 35분발 비행기를 타고 아부다비를 거쳐 한국에는 월요일 낮 12시 15분에 도착한다. 회사에는 월요일 하루 월차를 쓰겠다고 얘기해놓았다.

"놀러 가는 김에 한 일주일 휴가를 내서 관광도 하지 그랬어요?"

내가 물었다.

"그게 그럴 수가 없었던 게, 일본에서 〈에반게리온: Q〉 개봉일이 11월 16일로 정해져 있었거든요. 그러니까 11월이 되기 전에 해외를 네 차례나 나가야 하는 거죠. 아니, 해외를 나가야 하는 게 네 번이 아니라 다섯 번이네요. 스탬프를 다 찍고 나면 마지막으로 일본에 가서 인증을 받아야 하니까요. 그때마다 휴가를 낼 순 없잖아요. 또 그렇게 다섯 차례 비행기 값에 체류비 생각하면 비용도 만만치 않죠. 돈 문제도 있었고, 후반 작업할 때 시간이 모자랄 테니 휴가는 그때 내야 한다는 생각이 있었습니다."

여행을 못한다는 게 그리 아쉽지는 않았다. 해외여행 경험을 특별히 부러워해본 적도 없었다. 종현은 삼사십 분 정도의 망상만으로 일상을 여러 번 탈출했다가 돌아올 수 있는 중증 오덕이었고, 그런 일은 달리는 교통수단 안에서보다는 방구석에서 하는 게 더 편하다.

한편으로 그는 〈열광금지, 에바로드〉가 일종의 '자아 찾기 여행'으로 평가받는 일에 대해 무척 불편한 기분을 느꼈는데, 그 이유도 여행에 대해 평소 품고 있던 부정적인 생각 때문이었다. 산티아고에서 순례자의 길을 걸었다거나, 인도를 무전여행하고 나서 진정한 자아를 발견했다는 유의 에세이들을 보면 '돈 낭비 참 여유롭게 하신다'는 생각만 들었다.

"에반게리온 월드 스탬프 랠리와 그런 여행은 어떤 점이 다른가요?"

내가 물었다.

"글쎄요, 큰 틀에서는 같습니다. 무의미하고, 시간 낭비라는 점에서요. 그래도 차이점이 있다면 일단 순례 여행을 떠나는 사람들은 그게 자아 찾기라고 포장한다는 점이겠죠. 저는 그러지 않았어요. 두번째 차이점은 결과물이죠. 저는 처음부터 다큐멘터리를 찍겠다는 마음을 먹고 가서 다큐멘터리를 찍고 왔어요. 워낙 손에 잡히는 일을 좋아하는 성격이라서요. 글쎄, 순례 여행을 떠난 사람들 중에서도 처음부터 여행서 출간이 목적이었던 분도 계시겠지만 그러면 자아를 찾기 위해 떠났다고 말씀하시면 안 되죠."

반말로 늘어놓은 상황 설명도 아주 마음에 드는 건 아니었다. 그러나 카메라를 바라보는 표정이나 어쩐지 쓸쓸한 듯한 분위기는 살리고 싶었는데, 잠시 뒤에 묘안이 생각났다. 한 팔로 카메라를 들고 움직이면서 자신을 찍을 때에는 존댓말을 쓰고, 미니삼각대를 세우고 카메라를 바라보며 말할 때에는 반말을 쓰자. 그렇게 해서 동적이고 공식적인 상황 설명과, 정적이고 비공식적인 독백을 구분 짓자는 아이디어였다.

독백의 경우 카메라를 멍하니 바라보고 있을 때 띄엄띄엄 할 말이 생각나는 경우가 많았으므로 저화질로 녹화하기로 했다. 사실 이 소니 핸디캠을 고른 이유 중 하나가 연속녹화 시간이 길다는 장점 때문이었다. '시나리오고 뭐고 일단 많이 찍어둔 뒤 나중에 편집하자'는 전략이었다.

저화질로 독백을 녹화했더니 화면이 다소 어두워지고 거친 입자가 섞이면서 오히려 묘한 질감이 살아났다. 공항 로비 벤치에 앉아서 카메라를 향해 진지한 얼굴로 회사 생활이나 월드 스탬프 랠리에 대해 이것저것 말하는 동안 다른 여행객들이 그를 흘끔흘끔 쳐다보고 지나갔다. 보딩 패스를 발급받은 뒤 그걸 카메라로 찍고("이게 비행기 표네요. 아랍에미리트에 들렀다 갑니다. 급하게 사느라 돈 많이 들었어요 엉엉"), 미리 인터넷으로 환전한 유로화를 지하 은행에서 수령한 뒤 그걸 카메라로 찍고("유로화는 태어나서 처음으로 만져봅니다. 사람 얼굴 대신 문화재가 그려져 있다는 게 특이하죠") 하다 보니 시간 여유가 별로 없었다. 출국심사대 앞에서 카메라를 켰다가 공항 보안요원에게 혼이 나기도 했다.

시나리오나 독백 대본을 미처 준비하지 못한 것은 게을러서가 아니라 보름 동안 준비해야 할 다른 일들이 많았기 때문이다. 여권은 서대문구청에서 제일 빨리 발급된다고 해서 점심시간에 연희동에 다녀왔다. 비행기 표를 샀고, 구글 맵을 보며 샤를드골 공항에서 저팬 엑스포가 열리는 파리 교외 노르 빌펭트 전시장으로 가는 동선을 연구했다.

전시장에서는 프랑스의 애니메이션 오덕들과, 또 에반게리온 부스에서 만날 각국의 월드 스탬프 랠리 참가자들을 인터뷰할 계획이었다. 그는 '왜 월드 스탬프 랠리에 참가하십니까?' '왜 에반게리온이 좋습니까?' '어떤 상품을 기대하십니까'와 같은 몇 가지 인터뷰용 질문들을 미리 만들어놓고 그걸 영어와 불어로 번역했다.

번역을 직접 할 실력은 안 됐으므로 루리웹과 디씨인사이드에 '능력자님들 번역 좀 부탁해요'라는 제목의 글을 올리고 질문들을 올렸다. '에반게리온 월드 스탬프 랠리에 참여하고, 그 과정을 다큐멘터리로 찍기 위해서'라는 설명도 함께 적었다. "그런 글을 올려서 물러날 길을 스스로 막아보고자 하는 의도도 있었습니다"라고 종현은 설명했다. 그 바람에 월드 스탬프 랠리를 마치기 전부터 루리웹에서는 이미 그에게 '용자'니 '근성 가이'니 하는 별명이 붙었다.

다큐멘터리 찍는 법에 대한 책도 한 권 샀다. 그 책에는 스토리와는 큰 관련이 없더라도 랜드마크를 찍어서 배경으로 사용해야 현장감이 난다고 나와 있었다. 비록 목적지는 노르 빌펭트 전시장이라 하더라도 에펠탑이니 개선문, 몽마르트르 언덕을 찍어서 일이 초라도 보여줘야 보는 사람들이 '아, 프랑스구나'라는 느낌을 받는다는 것이었다. 그래서 지하철을 타고 그 관광지들을 누빌 동선도 짰다. 하룻저녁에 다 둘러볼 수 있어야 했다.

비행기를 타고 가는 중에 해프닝이 하나 있었다. 다큐멘터리 찍는 법에 대한 책에는 해외로 가는 경우 비행기 창문으로 보이는 구름이나 비행기 날개를 찍어두는 게 좋다는 팁이 있었다. 종현은 창가와 통로 자리 사이의 가운데 좌석에 앉았는데 창가석에는 턱수염 깎은 자리가 퍼런 프랑스 남자가 있었다.

종현은 프랑스 남자의 손을 톡톡 친 뒤 카메라와 창문, 그리고 그의 자리를 손가락으로 번갈아 가리키며 애처로운 표정을 지어 보였다. 그러자 남자는 어처구니없다는 표정을 지은 뒤 안된다는 거절의 손짓을 해 보였다. 종현은 다시 한번 손가락으로 카메라, 창문, 창가 자리를 가리키고, 카메라로 창문을 촬영하는 흉내를 내 보였다. 그랬더니 프랑스 남자는 화난 표정으로 종현에게 뭐라고 말했고, 종현이 못 알아듣겠다는 표정을 짓자 스튜어디스를 불렀다.

처음 달려온 에미레이트항공의 승무원은 불어가 능숙하지 못했고, 두번째로 온 승무원은 불어와 영어를 잘했으나 한국어를 못했다. 한국인 스튜어디스가 와서 프랑스 손님→영어와 불어를 할 줄 아는 승무원→영어와 한국어를 할 줄 아는 승무원→

종현으로 이어지는 다단계 통역이 이루어졌다.

"손님이 자리를 바꿔달라고 하셨나요?"

"아니요, 잠깐만 자리를 비켜달라고 한 거예요. 바깥 풍경을 찍으려고요. 30초면 됩니다."

아까와 반대 순서로 다시 통역을 하고 났더니 프랑스 남자는 못마땅한 표정을 지으며 자리를 잠시 비켜주었다. 종현은 겨우 원하던 장면을 촬영하기는 했다. 그러나 이후 아부다비까지 6,000킬로미터를 프랑스 남자와 매우 불편한 관계로 갔다.

샤를드골 공항에서도 애를 먹었다. 인터넷 환전을 한 터라 유로화는 지폐로만 갖고 있었고, 동전이 없었다. 옆의 잡화점에 가서 종이돈을 주화로 바꿔달라고 손짓발짓을 해 보이자 가게 주인은 뭐라 뭐라 빠르게 호통을 쳤다. 그래서 물병을 하나 사고 10유로짜리 지폐를 내밀었는데 가게 주인은 못마땅한 표정으로 종현에게 뭔가를 물어보았다. 이번에는 종현도 부아가 치밀어 '내가 돈을 줬으니 이젠 네가 거스름돈을 내줄 차례다'라는 표정으로 상대를 노려보았다. 그런저런 에피소드 때문에 프랑스의 첫인상은 몹시 안 좋았다. 샤를드골 공항에서는 한 장면도 카메라에 담지 못했다.

"저팬 엑스포라는 게 일본 전시회가 아니더라고요. 서브컬처가 주제인 엑스포였어요. 그 서브컬처라는 게 결국엔 만화랑 애

니메이션이고, 거기에 J-팝을 더한 정도? 겉보기로는 서울코믹
월드와 똑같아요. 두 행사 모두 1999년부터 시작했고, 방문자
수도 비슷하죠. 10만 명 정도. 전시장 천장이 높은 것도 비슷하
더라고요."

전시장 주변은 코스프레를 하는 사람들로 가득했다. 프랑스
오덕들도 이걸 일본 관련 행사라기보다는 '만화영화 오덕들의
축제'라고 여기고 있었던 게 분명하다. 〈아이언맨〉이나 〈모탈
컴뱃〉처럼 일본과는 아무 상관도 없는 작품의 캐릭터로 분장한
사람들도 꽤 있었다.

다만 서울코믹월드와 몇 가지 사소한 차이점은 있었다. 우선
몸매 비율이 좋아서인지 코스프레들이 썩 잘 어울렸다. 특히 여
성들이 미소년 주인공으로 분장한 경우가 그랬다. "덕 중의 덕
은 양덕¹이구나"라는 말이 안 나올 수가 없었다. 서울코믹월드
와 달리 딱히 노출을 규제하지 않는지, 가슴을 거의 다 드러낸
의상을 입은 여성 코스어들도 있었다.

전반적으로 퀄리티가 서울보다 높아 보였다. 종이박스에 대
충 그림을 그려서 뒤집어쓰고 나온다든가 하는 '자학 코스프레'
도 없었다. 어쩌면 두 달마다 한 번씩 열리는 서울코믹월드와
달리 저팬 엑스포는 일 년에 한 번만 열리기 때문에 더 신경 써

---

1 서양인 오타쿠.

서 준비하는 건지도 모른다. 그런 생각들을, 종현은 머리에 떠오르는 대로 무선 마이크에 대고 녹음했다.

"〈나루토〉와 〈원피스〉가 대세고, 〈드래곤볼〉이랑 〈파이널 판타지 7〉도 더러 보이네요. 한국은 〈진격의 거인〉이 대세인데 여기는 좀 아닌 것 같고. 앗, 저기 저 사람은 누구입니까, 이카리 겐도입니까? 가서 물어보겠습니다."

이런 식으로 전시장을 돌아다니며 촬영을 하다 시간이 예상보다 훨씬 지난 걸 깨닫고 허둥지둥 에반게리온 부스를 찾아갔다. 아스카 스탬프를 받는 과정 자체는 별거 없었다. 스탬프 용지가 있고, 한 장 집어들어 예쁘게 직원에게 들이밀고, 스탬프를 받고, 그걸로 끝. 퀴즈라도 하나 있어서 그걸 풀면 스탬프를 받을 수 있다든가 하는 장애물도 없었다. 종현은 스탬프 용지를 고이 들어 천천히 말렸다.

에반게리온 부스에서 에반게리온 월드 스탬프 랠리에 참여한 다른 참가자 세 명을 인터뷰했다. 어느 프랑스 부부가 한 팀으로 도장을 받으러 왔는데, 종현이 불어로 더듬더듬 "에반게리온을 좋아하는 이유가 무엇입니까?"라고 묻자 유창한 일본어로 답했다. 이들 부부는 미국과 일본에는 갈 예정이지만 중국에는 가지 않을 생각이었다. 중국이 티베트 정책을 바꾸기 전에는 갈 생각이 없다고 했다.

일본인 참가자도 만났다. 그 역시 종현과 마찬가지로 오로지 아스카 도장을 찍기 위해 비행기 표를 산 사내였다. 상품이 뭐가 되었으면 좋겠느냐는 질문에 일본인 참가자는 "나를 에반게리온 만화 속으로 집어넣어주었으면 좋겠습니다"라고 대답했다.

"네?"

"에반게리온 신극장판 마지막 편에 제 이름을 딴 새 캐릭터를 하나 만들어서 넣어주면 좋겠다는 이야기입니다. 마리도 신극장판에 새로 등장하는 캐릭터잖아요. 그러니까 만들려고 마음만 먹으면, 남자 캐릭터 하나를 더 만들 수 있지 않을까요? 비중이 작아도 좋고 악당이라도 관계없어요."

"그렇군요."

"그런데 사실은, 역시 그보다는 저를 정말로 에반게리온 만화 속으로 집어넣어주었으면 좋겠습니다."

에반게리온 부스 근처에서 한 시간을 머물렀는데, 그사이에 아스카 도장을 받아간 사람이 종현을 포함해 네 명이었다. 엑스포가 나흘간 열리는데 시간당 네 사람꼴로 스탬프를 받아 갔다면 전체 참가자는 120명이 넘는다는 얘기였다.

전시장을 나와서는 서둘러 에펠탑과 개선문, 몽마르트르 언덕으로 향했다. 풍경을 감상하고 자시고 할 틈도 없었다. 센 강도 좀 찍었다. 맥도널드에서 늦은 저녁을 먹은 뒤 호텔에 돌아왔더니 저녁 10시였다. 카메라를 내려놓자 그때서야 피로가 몰려들었다. 비즈니스호텔의 작은 방 안에서 불을 끄고 창밖을 내려다보며 담배를 몇 대인가 피우고 침대에 누웠지만 시차 때문인지 잠이 오지 않았다. 생각해보니 호텔 방에 들어온 것도 첫 경험이었다.

그는 프랑스에 도착해서 처음으로 카메라와 떨어져 거리로 나갔다. 그냥 밤거리를 한참 걸었다. 에펠탑보다, 개선문보다, 포석이 깔린 이름 모를 파리의 거리가 더 운치 있고 아름다웠다.

문득 타브리스가 생각났다. 벨기에는 프랑스에서 먼가? 오늘 밤거리를 걷다가 타브리스와 마주친다면 무슨 말을 해야 할까? 그는 혹시 저팬 엑스포에 오지 않았을까?

호텔에 돌아와서는 어두운 기억들이 떠오르는 걸 피하기 위해 스탠드 불을 켰다. 탁자 위에 미니삼각대를 펴고 핸디캠을 올려놓은 뒤 독백을 시작했다.

"월드 스탬프 랠리 어려울 거 없네. 껌이네 껌."

종현은 카메라 앞에서 월드 스탬프 랠리 용지를 손으로 들어 보이며 웃었다.

한국에 오니 어머니가 암 진단을 받았다는 소식이 그를 기다리고 있었다.

11. 원래 혼자인 게 편하고 친구도 필요 없어요

『에반게리온: 파』

어머니는 자궁내막암 진단을 받았다. 하혈이 한 달째 이어지는데도 그러려니 하고 살다가 어느 날 정신을 잃고 쓰러진 걸 동거남이 발견했다고 한다. 인터넷을 찾아보니 자궁내막암 조직검사는 낙태 수술하는 거랑 비슷하다고 나와 있었다.

공항에서 곧장 달려온 둘째 아들을 본 어머니는 돈 걱정하지 말라는 이야기부터 했다.

"1기라서 80퍼센트는 다 완치된대. 별것도 아냐. 그리고 나도 이제 고장 나서 죽을 때 됐지, 뭐."

어머니는 초연한 태도로 말했다. '5년 안에 죽을 가능성이 20퍼센트'라는 말에 대해 종현은 곰곰 생각을 해보았다. 매일 하루에 담배를 두 갑씩 피우면 5년 안에 죽을 가능성이 얼마나 될까? 그래도 20퍼센트보다는 낮지 않을까?

비록 그 병원 소속은 아니었지만 형이 레지던트 신분이라는
게 여러 가지로 유리했다. 수술일도 일찍 잡을 수 있었다. 수술
전날 병원에서 어머니의 새 동거남을 처음으로 만났다. 말을
못하는 농아인이었다. 오히려 묘하게 안심이 되었다. 어머니가
만날 수 있는 남자는 어딘가 하자가 있는 사람뿐일 거라고 생
각했고, 기왕이면 그 하자가 겉으로 드러나는 종류이길 바랐던
것 같다.

농아인이 다닌다는 교회의 목사가 밤에 와서 기도를 해주고
갔다. 형도 종현도 신자가 아니었지만 기도는 같이 했다. 어머
니의 동거남은 입을 벌려 기도를 따라 하는 시늉을 했다.

병원에서는 내시경으로 하는 간단한 수술이니 두 시간만 기
다리면 될 거라고 설명했다. 그러나 네 시간이 다 되어가도록
수술은 끝나지 않았고, 배를 가르는 큰 수술로 전환되었다는 설
명을 뒤늦게 들었다. 저녁 무렵 시작한 수술이 자정이 지나도
끝나지 않았다. 수술 전 이런저런 검사를 받았을 때부터 생각해
보면 거의 열두 시간 가까이 기다리는 셈이었다.

멀리 있는 병실에서 누군가 찬송가를 불렀다. 그 소리를 들으
며 일 분 일 분이 지나가길 기다리고 있노라니 정신이 몽롱해졌
다. 병원 앞 국밥집에서 저녁을 먹었다. 농아인이 자신이 밥값
을 계산하겠다는 시늉을 할 때 종현은 프랑스에서 손짓발짓으

로 다큐멘터리 영상을 찍었던 일을 떠올렸다.

"왜 이런 일들이 일어나?"

병원 복도에서 잠긴 목소리로 종현이 형에게 물었다.

"복강경에서 개복으로 전환하는 건 그리 드문 일 아니야. 암이 이 정도 있구나, 내시경으로 수술해도 되겠구나, 생각했는데 암 끄트머리가 예상보다 깊이 퍼져 있는……"

"아니, 내 말은, 애초에 왜 이런 일이 일어나느냐고."

종현이 말을 잘랐다.

"그건 아무도 몰라. 현대의학으로도 모르는 문제야. 어떤 암은 원인이 밝혀진 것도 있지만, 자궁내막암은……"

"아, 무슨 소리를 하는 거야. 내 말은, 왜 자꾸 우리한테 이런일이 일어나느냐고. 왜 씨발, 만날 이런 일만 일어나느냐고."

종현이 벽을 주먹으로 치며 분통을 터뜨렸다. 형은 어이없는 표정으로 종현을 쳐다보다가 자신도 부아가 치민 듯 비아냥거리는 말투로 대꾸했다.

"그건 씨발, 우리가 존나 가난한 집안에서 태어났으니까 그렇지. 몰랐냐?"

어머니의 수술이 진행되는 동안 그는 병원 복도에서 〈열광금지, 에바로드〉의 테마곡 〈에바로드〉의 가사를 썼다.

"열심히 살아왔다 생각했어. 하지만 많은 날을 흘려보냈지"

라는 이 노래 도입부 가사는 바쁜 일상에 치여 소소한 즐거움을 누리지 못한 오덕의 후회처럼 들린다. 하지만 이 구절은 서른이 되도록 경제적 자유를 얻지 못한 데 대한 자조이기도 했다.

"이제는 착한 아이는 안녕, 이제는 헛된 희망도 안녕"이라는 구절은 만화영화에서 벗어나 어른의 세계로 나아가겠다거나 아니면 반대로 다른 사람의 시선을 의식하지 않고 좋아하는 일을 하겠다는 다짐처럼 들린다. 그러나 병원 복도에서 의사들을 원망하며 내는 읊조림일 수도 있었다.

새벽 1시쯤 의사가 와서 수술이 성공적으로 끝났으며 어머니가 회복실로 갔다고 알려주었다. 형이 휴대전화 메모장에 간단히 글을 써서 말 못하는 남자에게 보여주었다.

입원실로 돌아온 어머니는 입술이 바짝 말라 있었고 눈을 제대로 뜨지 못했다. 신음 소리도 귀를 기울여야 겨우 들릴 정도로 가냘팠다. 형이 종현에게 출근해야 하지 않느냐며 자신이 병실에 있을 테니 먼저 집에 들어가 눈을 붙이라고 말했다.

"병간호도 효율적으로 해야지. 수술했다고 끝이 아냐. 앞으로 한동안 항암 치료를 받으셔야 할 거야. 너도 이참에 담배 좀 끊어."

형이 종현을 떠밀며 말했다. "이제는 거짓 행복도 안녕." 종현은 자신이 만든 노래 가사의 한 구절을 중얼거리며 병원을 나왔다.

종현은 에반게리온 월드 스탬프 랠리를 떠나기 전, 한 장짜리 영상제작 기획서를 만들었다. 그런 기획서를 만들어서 체계적으로 작업을 하라는 게 책에 나온 조언이었다.

제작 마감이라든가 예산은 깊은 고민 없이 머리에 떠오르는 대로 정했다. 2013년 3월 31일까지 천만 원을 들여 만든다는 계획이었다. 〈에반게리온: Q〉 개봉일이 2012년 11월이었으니 월드 스탬프 랠리도 그때쯤 끝날 거라고 짐작했고, 그러면 후반 작업을 하는 시간을 고려해 그때쯤이면 만들 수 있을 거라고 생각했다. 천만 원이라는 숫자는 비행기 여행 다섯 번에 200만 원을 곱해 나온 수치였다.

놀랍게도, 직접 작곡한 오리지널 사운드트랙을 만든다는 구상은 처음부터 있었다.

"아마추어들이 저작권이고 뭐고 싹 다 무시하고 만들어서 유튜브에 올리는 식의 엉터리 영화를 만들고 싶지는 않았어요. 제 20대에 대한 선물이잖아요. 나이가 든 다음에 다시 봐서 부끄러울 짓을 하고 싶지는 않았어요. 그때는 물론 결과물을 돈을 받고 상영할 수 있을 거라고는 생각도 못했죠. 하지만 윤리적으로나 작품 질적인 면으로나 다른 사람에게 떳떳이 내보일 수 있는 결과를 내자는 생각은 있었습니다."

종현이 설명했다.

"그래서 에반게리온 영상 클립이나 만화 주제가가 등장하지 않는군요."

"네. 전시장이나 에바스토어에 있는 에반게리온 관련 상품이나 디자인이 배경으로 나오는 경우는 있지만 어떤 삽입 장면의 형태로 기존 에반게리온 영상이나 음악이 나오는 건 없어요."

"그래도 아예 곡을 직접 만들 생각을 다 하다니, 대단하네요."

"처음에는 어울리는 인디밴드 곡을 찾은 다음, 그 밴드들에게 곡을 쓸 수 있게 해달라고 부탁을 해볼 요량이었어요. 인디 뮤지션들이 오덕 정서도 이해할 것 같고, 다큐멘터리 제작 취지를 잘 설명하면서 읍소하면 '그래, 어차피 돈도 안 되는 거 네가 가져다 써라.' 이렇게 양해를 해주지 않을까 생각했거든요. 그런데 그게 안 된다고 하더라고요. 아무리 작곡가나 작사가가 저한테 노래를 주고 싶어도, 일단 한국음악저작권협회에 곡이 등록되면 그렇게 마음대로 무료 사용을 허가할 수 없대요. 클래식이나 재즈 음악을 쓸 궁리를 하기도 했습니다. 작곡자와 작사자가 죽은 지 50년이 지나고, 연주 음반이 발매된 지도 50년이 지난 음악을 쓰면 되거든요. 신지 취미가 첼로 연주이고, 주인공 네 사람이 〈사도신생〉에서 현악 사중주를 연주하니까 현악 사중주 곡들로 OST를 구성해볼까 싶기도 했고, 카오루의 테마 송이 〈환희의 송가〉니까 그걸 넣어볼까 싶기도 했죠. 그런데 결정적으로 그 음악들이 제가 만들려고 하는 이야기에 잘 어울리지 않더라고요. 현악 사중주는 너무 차분하고, 〈환희의 송가〉가

배경으로 깔리면 어지간한 영화는 다 코믹해져요. 〈다이 하드〉
가 그렇잖아요. 그럴 바에야 차라리 내가 곡을 쓰자. 그렇게 생
각했어요."

그런 무모한 결심을 할 수 있었던 데에는 IT 업계의 분위기
탓도 있었다. 그는 프로그래밍 언어나 그래픽 툴을 일주일 정
도 배우고 실전에서 써먹는 데에 익숙해져 있었다. 회사 동료
들 중에는 혼자서 몰래 게임을 만드는 사람이 꽤 있었는데, 그
들은 "악보는 볼 줄 몰랐지만 내 게임 음악은 다 내가 만들었다"
고 큰소리를 쳤다. 그런 모습을 보다 보니 '까짓것, 나도 프로그
램 얼른 배워서 만들면 되겠지'라는 생각이 들었다.

욕심도 있었다. 마지막 사도인 카오루는 노래는 인간이 만든
문화의 절정이라고 극찬한다. 결코 로드 다큐가 인간이 만든 문
화의 절정이라고 하지 않았다. '인간이 만든 문화의 절정'에 종
현도 한 발을 올려놓고 싶었다.

프랑스에서 아스카 도장을 받을 수 있는 기간은 단 나흘이었
던 반면 일본의 아야나미 레이 스탬프 부스 운영 기간은 7월 25
일부터 8월 26일까지 한 달이나 되었다. 일본에서는 월드 스탬프
랠리와 별도로 '에반게리온 스탬프 랠리 저팬' 이벤트도 함께 열
었다. 일본 국내용 스탬프 랠리라지만, 일본 전역을 도는 것도
아니고 도쿄 시내에서 다 지하철로 갈 수 있는 곳들이었다.

"알고 보니까 스탬프 랠리라는 게 일본에서는 굉장히 흔한 이벤트 방식이더라고요. 주최자들은 돈도 별로 안 들이면서 그럴듯한 체험 프로그램을 갖춘 것처럼 포장할 수 있고, 참가자들한테는 추억 겸 기록이 되는 거고, 일석이조죠. 우리나라에서도 요즘 지자체나 무슨 박람회 같은 데서 자주 엽니다. 대청호500리길 스탬프 랠리, 강릉커피축제 스탬프 랠리, 오송뷰티박람회 스탬프 랠리…… 아마 에반게리온 월드 스탬프 랠리는 사람들 눈길 끌기용이고, 국내용 랠리는 팬서비스용이 아니었나 싶어요."

종현이 설명했다.

일본 국내 랠리는 한나절이면 다 완주할 수 있는 정도의 난이도였으므로 일본에 가는 김에 그것도 돌기로 했다. 아야나미 레이 스탬프는 양쪽 랠리에 중복으로 사용할 수 있었고, 그 외에 미사토나 카오루 등 캐릭터 다섯 명의 도장을 더 모아야 했다.

일본으로 떠날 때에는 작은 사고가 있었다. 금요일 밤에 김포공항에서 출발해서 주말 동안 일본을 둘러볼 계획이었는데, 퇴근 직전에 원청회사에서 월요일 아침까지 버그를 잡아달라며 지시 사항을 몇 가지 보내왔다.

내용을 보니 원청회사의 개발팀이 스스로 해야 할 일을 하청업체에 떠넘기는 것이었다. 그러나 딱히 항의할 수는 없었다. 그는 망설이다가 관리팀에서 노트북을 한 대 빌렸다. 김포공항에서 비행기를 기다리는 동안 내내 코딩 작업을 했고, 심지어 비행기 안에서도 코딩 작업을 조금 했다. '나머지는 돌아와서 월요일 새벽에 하면 되겠다'는 판단이 들 때까지 노트북을 붙잡고 있었다.

그런 해프닝에도 불구하고, 그래도 첫번째 일본 여행은 〈열광금지, 에바로드〉를 제작하는 동안 가장 즐거웠던 기간이었다(그는 이 다큐멘터리를 만드는 동안 일본을 모두 세 차례 방문했다).

일본에서 받아야 하는 도장 여섯 개 중 네 개는 토요일에, 나머지 두 개는 일요일에 받았다. 스탬프 랠리 저팬은 여섯 곳의 포스트가 모두 에반게리온과 관련이 있는 지점으로 설정되어 있어서, 그곳들을 구경하는 재미도 쏠쏠했다.

토우지 도장을 받아야 하는 '도쿄돔시티 어트랙션스'는 도쿄돔에 있는 놀이공원이었다. 여기서는 놀이공원 전체에서 에반게리온 이벤트가 열리고 있었다. 곳곳에 에반게리온 캐릭터와 디자인이 그려져 있었다.

이벤트에 참여하려면 놀이 시설을 여러 개 타야 했는데 그 가격이 몹시 비쌌으므로 종현은 이 행사에는 참가하지 않았다. 그러나 이곳의 유명한 롤러코스터인 '선더 돌핀'은 탔다. 〈열광금지, 에바로드〉에는 종현이 핸디캠을 손에 쥔 채 롤러코스터에 올라서는 불안한 표정으로 경사를 오르다 비명을 지르고, 탑승을 마치고 내려와서도 몸을 덜덜 떠는 모습이 고스란히 찍혀 있다.

미사토 도장은 도쿄현대미술관에서 받았다. 미술관에서는 '특촬박물관-미니어처로 보는 쇼와·헤이세이의 기술전'이 진행되고 있었다. 안노 히데아키가 기획한 특수촬영물 미니어처 전시회였다. 종현은 카메라를 향해 "서울시립미술관에서는 이런 걸 열 수 있을까요?"라고 물었다.

이카리 겐도의 도장은 이케부쿠로의 세이부백화점에서 열린 '에반게리온×미소녀 사진전'에서 받았다. 에반게리온 캐릭터로 코스프레한 여배우들의 사진이 전시되어 있었는데, 아무리 여배우라 해도 만화 캐릭터와 경쟁하기는 힘든 듯했다.

아야나미 레이의 도장을 찍어주는 곳은 닛폰TV 본사 앞에 임시로 설치된 에바스토어 출장소였다. 이곳에는 높이가 적어도 건물 3층 정도 되는 초대형 아야나미 레이 미끄럼틀이 설치되어 있었다. 거대 공기인형 레이가 무릎을 구부린 채 앉아 있는데, 만화적으로 과장된 다리가 미끄럼틀의 슬라이더에 해당했다. 그 미끄럼틀을 본 순간 종현은 가슴이 벌렁벌렁해서 가만히 있을 수가 없었다. 급기야는 어느 착한 행인에게 딱 5분만 카메라를 들고 있어달라고 부탁해서 자신이 미끄럼틀을 타는 모습을 촬영했다.

스탬프 랠리 저팬의 완주 인증은 에바스토어 본점에서 받게 되어 있었다. 에바스토어 여직원은 종현이 내민 스탬프 용지의 도장을 확인하다가 뒷면을 보고 일본 여성 특유의 호들갑스러운 감탄사를 연발했다.

"프랑스에 다녀오셨군요! 정말 대단합니다."

"고맙습니다."

스탬프 랠리 저팬의 완주 상품은 작은 스티커 몇 장이었다. 종현은 그 스티커를 받고 조금 뿌듯한 기분으로 에바스토어를 빠져나왔다.

1박 2일 일본 여행의 숙박은 말로만 듣던 캡슐 호텔에서 해결했다. 캡슐의 문을 닫고 나니 조금 널찍한 욕조 안에 있는 듯한 느낌이었다. 그가 몇 년이나 살았던 고시원에 비하면 훨씬 깨끗하고 안락했다. 그는 캡슐 안에서 핸디캠을 미니삼각대 위에 올리고 두서없이 독백을 늘어놓았다.

"내 생각에 스탬프 랠리라는 행사는 오덕들에게 딱 어울리는 프로그램인 것 같아. 우리가 한정판에 미치는 이유가 뭐겠어. 한정판 상품이라고 더 퀄리티가 높은 건 아니잖아. 한정판이 일반 상품과 다른 점은, 돈을 아무리 줘도 살 기회를 놓치면 살 수 없다는 데 있는 거야. 오덕들은, 자기가 좋아하는 작품의 캐릭터를 감정적으로 받아들여. 진짜로 사랑하고 결혼하고 싶어해. 그런 우리들에게 캐릭터 상품은 어딘지 불쾌한 데가 있어. 일단은 그 상품들이 우리 호주머니만 노리고 있는 것 같아서 기분이 안 좋고, 두번째로는 돈만 있으면 누구나 그 캐릭터 상품을 소유할 수 있다는 점도 마음에 안 들어. 그런데 한정판은 적어도 돈만으로 구입할 수 있는 건 아니잖아. 평소에 관심을 기울이며 정보를 수집하고 있어야 하고, 판매할 때 가서 줄을 서야 하고, 시시하긴 해도 어쨌든 노력을 들여야 손에 넣을 수 있어. 그런 한정판을 갖고 있으면 캐릭터와 어느 정도 감정적으로 연결된 듯한 착각이 들지. 내가 쏟은 시간과 노력이 있으니까. 스탬프 랠리도 그래. 돈만으로는 할 수 없고, 실제로 시간을 들이고 몸을 움직여서 어딘가를 다녀와야 하잖아. 월드 스탬프 랠리 완주는 그냥 스탬프를 모아 오는 것만으로는 인증해주지 않는데. 여권이랑 비행기 표도 같이 보여줘서 반드시 본인이 직접 했다는 걸 보여줘야 한대. 역시 카라 애들은 뭘 좀 아는 것 같아. '엄청난 상품'이라는 건 계산대에서 신용카드로 쓱 긋고 바로 들고 갈 수는 없는 거야. 누굴 돈을 주고 고용해서 대신 시킬 수도 없는 일이고. 상품이 뭔가 멋진 거였으면 좋겠어. 우습고 바보스러운 거라도 좋으니 나와 에반게리온이 연결돼 있다는 느낌이 들게 하는 거였으면 좋겠어. 초호기 피규어 같은 건 필요 없어."

그러나 이 독백이 무색하게도, 카라는 그 다음주에 너무나 실망스러운 선물 내용을 공개했다.

12. 전 어떤 게 어른인지 모르겠어요

『에반게리온: 파』

스튜디오 카라는 미국 일정을 공지하면서 에반게리온 월드 스탬프 랠리 완주 상품도 함께 공개했다. 상품은 프랑스, 일본, 미국, 중국, 이렇게 네 나라로 가는 항공권과 각각의 나라에서 쓸 사흘 치 숙박권이었다. 스탬프 랠리를 하느라 들인 비용을 그대로 보상해주겠다는 얘기였다.

이 상품은 실망스러운 정도를 넘어서서 모욕적이기까지 했다. '누가 본전 메워달라고 했나'라고 종현은 속으로 중얼거렸다.

그러나 그렇다고 일단 시작한 랠리를 중간에 포기할 생각은 없었다. '남들이 인정해주지 않아도, 심지어 창작자마저 이해해주지 않더라도, 오덕질은 인생의 몇 안 되는 즐거움 중 하나다'라는 다큐멘터리의 기본 주제가 정해진 것도 이때였다.

종현은 틈틈이 주변 사람들의 오덕 행위를 탐문하고, 흥미로운 덕질에 대해 인터뷰 영상을 만들기 시작했는데 그리 어려운 일은 아니었다. 누구나 오덕 취미 하나쯤은 있었으니까. 특히 싱글 남녀인 경우에는 예외가 없었다.

그는 같은 회사 직원과 함께 일하는 다른 파견 개발자, 거래처 직원들을 인터뷰했다. 야구나 축구, 컴퓨터게임, 아이돌그룹 팬질은 흔했고, 스무 명도 안 되는 직장 동료 중에 구체관절 인형을 모은다는 사람과 가야금을 배운다는 사람이 있었다. 다들 얼마 되지도 않는 시간에 어찌나 열심히 취미 생활을 하는지, 거의 필사적으로 보일 지경이었다. 카메라를 들이대면 대부분의 사람들은 갑자기 진지해지고 또 솔직해졌다. 대개 마무리는 "우리 회사 사람들은 이거 모르게 해줘"라는 부탁으로 끝났다.

이게 보편적인 현상일까, 아니면 종현 주변의 젊은이들이 그저 그런 품팔이 개발자들이라 그런 걸까? 삶의 의미를 어떻게든 확인해야 하는데 자신들의 직장에선 그럴 수가 없어서 덕질을 하는 것일까? 그렇다면 사법연수원생이라거나 구글 직원, 또는 시민단체 종사자 중엔 오덕이 별로 없을까? 중년이나 노년들은 덕질을 할 줄 몰라서 등산이나 캠핑에 미친 듯 매달리는 걸까? 종현은 꼬리를 물고 이어지는 질문들을 독백 영상에 담았다.

다큐멘터리의 작품성을 위해 상으로 나오는 항공권과 숙박권을 쿨하게 거절할 생각도 했다. 그러면 적어도 다른 완주자들과는 구별될 테니. 그게 더 에반게리온을 존중하는 태도일 거라는 생각이 들었다.

어머니는 항암 치료를 받는 동안 머리카락을 자르지 않겠다고 고집을 부려 형의 애를 먹였다.

"저희가 털모자 예쁜 걸로 몇 개 사다드릴게요."

형이 여러 번 권유했지만 어머니는 "싫다, 얘"라고 웃으며 거절했다. 종현은 어머니가 동거남 때문에 머리를 깎지 않는 게 아닌가 추측했다. 서울농아인협회 간부를 맡고 있다는 그 남자는 물려받은 돈이 꽤 있는 사람이었다.

수술은 성공적이었다지만 암세포가 다 사라진 건 아니어서, 어머니는 보름에 한 번씩 병원에 가서 사나흘가량 입원해야 했다. 입원 첫날에는 이런저런 검사를 받고, 이틀 동안 항암제 주사를 맞으며, 하루 정도 부작용이 없나 경과를 보고 퇴원하는 과정이었다. 어머니 가슴 아래에 정맥과 이어지는 특수한 관을 삽입해서 마치 링거액을 넣듯이 항암제를 그 관을 통해 혈관으로 천천히 흘려보냈다.

"항암 치료를 지켜보는 것이 수술보다 더 힘들었습니다. 항암제 주사를 맞는 동안 부작용이 계속 일어나거든요. 구역질이나 두통, 설사 같은 거요. 바로 옆에 있는 환자가 그런 고통을 겪는 모습을 무력하게 지켜보기만 해야 하는데 참 사람 할 짓이 못 됩니다. 사람을 살리는 약이 맞는 건지 헷갈릴 지경이에요. 가끔은 보호자용 침대에서 잠을 자다가 밤에 깨어나 보면 어머니가 너무 아파서 자리에서 일어나 가슴을 쥐어뜯으며 소리 죽여 울고 계신 거예요. 버튼을 누르면 관으로 진통제가 들어가게 되어 있었는데 어머니는 한사코 그 버튼을 누르려 하지 않으시더라고요. 자존심 때문인지 아니면 마약이 무서우셨는지. 한번은 제가 우격다짐으로 버튼을 누르려고 했는데 어머니가 어찌나 억세게 손을 쥐며 막던지, 제 손목에 멍이 다 들었습니다."

두번째로 항암 치료를 받고 나서는 어머니도 결국 삭발을 했다. 민머리에 대한 공포보다 머리카락이 빠지는 스트레스가 더 컸던 것이다. 종현이 간호사 당직실에서 바리캉을 빌려 와 어머니의 머리카락을 직접 깎았다. 어머니는 끝내 눈물을 보였다. 삭발한 어머니의 모습이 너무 충격적이어서 종현도 내색은 안 했지만 적이 놀랐다.

농아인은 어머니가 머리를 깎은 뒤로는 병원에 코빼기도 비치지 않았다. 장애인이라고 해서 비장애인보다 더 착한 건 아니라는 사실쯤은 종현도 알았다. 대부분의 남자는 영혼의 동반자가 아니라 그냥 여자를 필요로 한다.

"그런데 참 이상한 게, 민머리에 눈이 익숙해지자 오히려 어머니가 훨씬 더 아름다워 보이더군요. 나이는 들었지만 원래 선이 고우신 분이거든요. 또 이게 항암 치료의 부작용인지 잘 모르겠는데 피부가 훨씬 하얘지고 부드러워지셨어요. 어머니가 환자복을 입고 모자를 쓴 채 가만히 앉아 있으면 중년 여성이 아니라 소녀처럼 보였습니다."

종현이 말했다.

그가 견딜 수 없었던 건 어머니의 모습이 아니라 병실에 배인 냄새였다. 시큼한 침 냄새와 똥 냄새가 병동 전체에 꽉 차 있었다. 그는 그 냄새를 견딜 수 없을 때면 건물 밖으로 뛰쳐나와 담배를 피웠다.

어머니가 입원해 있는 동안 종현 형제는 서로 번갈아가며 간호를 했다. 에반게리온 월드 스탬프 랠리 미국 일정은 어머니의 네번째 항암 치료 시기와 겹쳤다. 다섯번째 치료 때 종현이 3박 4일간 병원에서 간호를 하기로 하고 네번째 치료의 간호는 형이 전담하기로 했다. 형에게는 회사 일로 미국 출장을 가야 한다고 둘러댔다.

샌프란시스코 저팬타운에서 개최되는 'J-팝 서밋 페스티벌 2012' 행사 기간 중에 마리 스탬프를 받을 수 있었는데, 이 페스티벌은 토요일과 일요일 단 이틀만 열렸다. 종현은 그 주말 앞뒤로 금요일과 월요일에 각각 휴가를 쓰겠다고 휴가를 신청

했는데 이 휴가원을 본 PM[1]이 그를 자리로 불렀다.

"종현 씨, 18일이 우리 프로젝트 마감인데…… 미안한데, 솔직히 이거 보내주기가 좀 그렇다. 나는 괜찮아도 이사님이 안 받아줄 거 같은데…… 하루이틀도 아니고 나흘씩이나…… 이거 어떻게 조정 안 될까?"

"나흘이 아니라 이틀이에요, PM님. 그리고 저 여름휴가 하루밖에 안 썼어요. 이달에 쓰려고 일부러 미룬 거예요."

"그래, 그래. 원칙적으로 따지면 이틀이지만 실제로는 주말 끼고 나흘이잖아. 정식 휴가 일수야 이틀이지만, 우리 작업에서 빠지는 손실을 생각하면 나흘이 맞지. 선수들끼리 왜 그래."

PM은 나무라듯이 종현을 바라보았다. '법으로 정해진 휴가를 다녀오는 건데 뭐가 문제냐?'고 따지고 싶은 충동이 일었지만 그는 꾹 참고 최대한 애처롭게 웃어 보였다.

"어디 먼 데 가는 거야?"

"샌프란시스코에 갑니다."

"샌프란시스코에 3박 4일로 갔다 온다고? 왜?"

"누구 좀 만나야 해요."

PM은 아무 말도 하지 않았고, 종현도 묵묵히 서 있었다. 이 휴가를 못 가게 하면 사표를 쓰겠다고 할 참이었다. 종현이 속

---

1 프로젝트 매니저.

으로 그런 결심을 한 줄도 모른 채, PM은 일장 연설을 늘어놓고는 결국 휴가원에 사인을 해주었다.

"고맙습니다. 가기 전에 미리미리 프로그램 잘 짜놓고, 갔다 와서도 열심히 하겠습니다."

"그동안 늘 성실하게 일했던 거 아니까 보내주는 거야. 이런 말 하기 나도 참 미안하지만, 가기 전에 야근 좀 해서 미리 다 짜놓고 가. 시간 없다고 막코딩² 해놓으면 진짜 화낼 거야."

보는 눈도 있고, 실제로 야근을 하지 않으면 마감을 도저히 맞출 수가 없어서 인천공항으로 가는 당일 새벽까지도 거의 밤을 새우다시피 하며 일을 했다. 낮에 낮잠을 잤는데도, 인천공항으로 가는 길 내내 꾸벅꾸벅 졸았다. 머리도 어질어질했고 배도 아팠다.

"처음 원청업체가 프로젝트 발주를 할 때에는 개발비도 넉넉하고 개발 기간도 무리하게 잡지 않는데, 이게 자꾸 하청에 하청을 거듭하면서 개발비는 깎이고 개발 기간도 짧아지죠. 그때 제가 다녔던 회사가 그런 프로젝트를 잘 물어 왔어요. 어쨌든 돈이 되니까. 그렇게 프로젝트를 따서 마감 때가 되면 개발실이 진짜 미쳐 돌아가요. 생일이고 명절이고 없어요. 누가 자정에 퇴근해도 남은 사람들이 뒤에서 욕하는 분위기였어요."

---

2 개발자들이 마감을 지키느라 프로그램을 엉망으로 만드는 일.

비행 시간은 열 시간이 넘게 걸렸다. 게다가 장염에 걸렸는지 식욕은 없는데 설사는 계속 나와서 기내식에는 거의 입도 대지 못하고 화장실만 줄기차게 다녀왔다.

미국 입국심사를 받을 때에는 말을 잘못했는지 표정을 잘못 지었는지 심사관이 종현에게 뭔가를 한참 따지다 따로 불러내 조사를 하기까지 했다. '자칫하면 여기서 한국으로 돌아가게 될지도 모른다'고 생각하니 등에서 식은땀이 흘렀다. 'J-팝 페스티벌, 에반게리온, 스탬프, 다큐멘터리'와 같은 단어를 정성스럽게 몇 번씩 되풀이해 말하고 가방에서 핸디캠을 꺼내 그동안 찍은 영상들을 보여주고 나서야 겨우 심사대를 통과할 수 있었다.

배가 너무 아프고 피곤해서 도착한 첫날은 호텔에서 바로 쓰러져 잤고, 토요일에 겨우 정신을 차리고 저팬타운을 찾아갔다. 스탬프를 찍어주는 부스는 뉴피플 빌딩이라는 건물 2층에 있었다. 마리 스탬프를 받은 뒤 마침 그 옆의 강당에서 〈에반게리온: 서〉와 〈에반게리온: 파〉를 상영하고 있기에 들어가보았다. 미국인 관객들은 별로 웃기는 대목이 아닌데도 몇몇 장면에서 웃음을 터뜨렸다.

"〈서〉에서 겐도와 신지가 처음으로 만나는 부분 있잖아요. 3년 만에 본 아들에게 겐도가 '출격해라'라고 지시하는 장면. 거기서 '와' 하고 사람들이 폭소를 터뜨리더라고요. 신지가 거부

하고 겐도는 나가라고 하는 대화 내내 사람들이 낄낄거렸어요.
겐도가 '필요하니까 부른 거다'라고 하면 와하하, '타려면 어서
타고 아니면 돌아가라'라고 하면 또 우하하…… 아마 미국에는
그런 억압적인 아버지가 없어서 사람들이 그 장면을 사차원 개
그인 줄 알았나 봅니다."

종현이 말했다.

행사장 근처에서 코스프레를 하고 있는 미국인 서너 명을 인
터뷰하고, 금문교를 찍으러 갔다. 전차에 올랐다가 설사가 나와
서 위기 상황에 빠졌다. 공중화장실을 찾느라 애를 먹고 나니
만사 의욕이 사라져서 피어 39[3]에 갔을 때에는 카메라를 더 들
고 있을 기운도 없었다.

아이러니하게도 〈열광금지, 에바로드〉에서는 이곳에서 찍은
장면이 상당히 강렬한 인상을 준다. 해가 지는 모습과 샌프란시
스코의 고풍스러운 풍광이 멋들어지게 화면에 담겨 있고, 종현
도 그 어느 때보다 카메라를 의식하지 않는 모습이다. 미니삼각
대를 쓰지 않고 독백을 하는 유일한 장면이기도 하다. 그는 여
기서 바다를 바라보며 "내가 지금 뭐하는 거지"라고 중얼거린다.
종현은 "카메라는 난간 위에 올려놨으니 삼각대를 쓸 이유가 없
었고, 솔직히 촬영을 의식할 여유도 없었어요"라고 설명했다.

---

3 관광지로 유명한 샌프란시스코의 부두.

그는 몇 시간이나 멍하니 난간에 기대 천천히 도시와 바다가 어두워지는 모습을 바라보았다. 다큐멘터리에서 종현은 부둣가에 너부러져 잠자는 바다사자들과 신비로운 교감을 하는 듯하다. 간혹 그는 카메라를 들어 확대 기능으로 바다사자를 찍고, 알카트래즈 섬과 하늘을 헤매는 갈매기, 베이브리지의 야경, 금문교를 덮은 안개구름을 몇 분씩 촬영했다. 이 풍경들은 최종 편집본에서 뭐라 말할 수 없이 쓸쓸하고 슬픈 느낌으로 다가온다.

종현은 이곳에서 오리지널 사운드트랙의 두번째 곡인 〈고슴도치 딜레마〉와 다섯번째 곡인 〈아쿠아리움〉의 노랫말 일부를 썼다. "차가운 너를 위해 나의 온기를 전하고 싶어"라든가 "출렁이는 마음속 가만히 들여다보아요"와 같은 구절들이다. 〈아쿠아리움〉 가사에는 "그래도 기억해요, 대서양의 온기"라는 부분이 있다. 종현은 "샌프란시스코 앞바다가 대서양이라고 착각했어요"라며 얼굴을 붉혔다.

밤이 되자 가는 비가 내렸다. 그는 핸디캠을 바람막이 안에 넣고 비를 맞으며 호텔로 돌아왔다

최악의 사태는 돌아오는 비행기에서 일어났다. 자리에 앉은지 30분이 넘도록 비행기가 공항에 머물러 있더니 "기체 점검 때문에 이륙이 늦어지고 있다"는 안내 방송이 나왔다. 그 뒤로도 세 시간이나 비행기 안에 승객들이 묶여 있었고, 점심시간이

되자 승무원들이 맛대가리 없는 샌드위치를 하나씩 사람들에게 나눠주었다. 흰 식빵 두 장 사이에 정체불명의 분홍색 물질이 발라져 있는 샌드위치였다.

몇몇 사람들이 항의를 하기 시작했는데 백인 아줌마 스튜어 디스들이 도리어 손님들에게 짜증을 냈다. 오전 11시에 이륙 예정이던 비행기는 오후 4시가 넘도록 뜨지 못했다. 승객들은 공항 출국장으로 내려왔다. 유나이티드항공에서 상황을 설명하러 온 직원은 한국어는 전혀 못하는 토종 미국인이었는데, 그는 웅성대는 사람들 앞에서 영어로 뭐라 뭐라 한참 떠들고 가버렸다.

다른 한국인들이 아무도 항의를 하지 않기에 종현은 자신을 제외한 다른 사람들은 이게 어떤 상황인지를 다 이해하는 줄 알았다. 알고 보니 뭐가 어떻게 돌아가는지 제대로 이해한 사람이 아무도 없었다. 사람들은 "무슨 유압장치 이상이 생겼다는 것 같던데?"라든가, "오늘 비행기가 못 뜰 수도 있다는 것 같던데?"라고 수군대며 서로 조각조각 정보를 교환해 큰 그림을 맞추고 있었다.

어느 40대 한 사람이 비공식 대표가 되어 항공사 직원과 한참 면담하고는 "자, 이렇답니다"라며 다른 승객들에게 상황을 설명해주었다. 저녁 7시가 되어도 비행기 정비를 마치지 못하면 오늘 이륙은 포기해야 하며, 그럴 경우 공항 인근의 호텔에 묵을 수 있게 해준다는 얘기였다.

"아니, 지금 저는 내일 당장 한국에서 할 일이 있는데 그건 어떻게 해요? 그런 거 배상도 해주는 거예요?"

"결항이 될 상황이면 미리미리 대비를 할 수 있게 고지를 해 줘야지, 이건 너무 무책임한 거 아니에요?"

"호텔 방은 2인 1실로 쓰는 거예요, 아니면 한 사람이 하나씩 쓸 수 있는 건가요?"

승객들이 항공사 직원이 아니라 그 40대 남자에게 질문과 항의를 해댔다. 남자도 나중에는 "아니, 왜 저한테 그러세요? 저도 승객이에요"라며 언짢아했다.

저녁 7시가 되자 항공사 직원이 와서 승객들을 공항 근처 호텔로 데리고 갔다. 종현은 선잠을 자다가 한국 시간으로 아침이 되었을 때 PM에게 전화를 걸었다. 사정을 설명하자 PM은 "그래, 어쩔 수 없지 뭐"라며 말했다. 말투가 다소 무성의했다. 종현의 말을 믿지 않는 것 같았다.

인천으로 돌아올 때에는 비행 시간이 꼭 열두 시간이었다. 종현은 어떻게 할까 망설이다가 집에 들르지 않고 곧장 회사로 갔다. 대놓고 종현을 비난하는 동료는 없었지만, 그래도 눈빛은 다들 싸늘했다. 그는 그 뒤로 만 이틀 동안 집에 가지 않고 회사에서 먹고 자며 일했다. 여행을 갈 때 싸 갔지만 입지 않은 겉옷이 한 벌 있었고, 속옷과 양말만 회사 앞 편의점에서 사서 갈아입었다.

프로젝트 마감 전날에는 전원이 다 밤을 새웠다. 마감일 아침에 종현이 회사 컴퓨터로 스튜디오 카라의 홈페이지에 접속했을 때, 다른 사람들은 사무실 구석의 라꾸라꾸 침대 위나 책상 아래 바닥에 깔아놓은 침낭 안에서 곯아떨어져 있었다.

에반게리온 공식 홈페이지의 뉴스 코너에는 새 공지가 하나 올라와 있었다.

"중일 관계 악화로 인해 월드 스탬프 랠리 관련 중국 일정을 무기한 연기합니다. 참가자 여러분께 진심으로 죄송하다는 말씀을 드립니다."

공지 아래에는 일본 네티즌들이 "무기한 연기라니, 사실상 취소한다는 얘기네" "여태까지 세 나라를 다녀온 사람은 무지 억울하겠다, 안 가길 잘했다"라는 등의 댓글을 벌써 남긴 상태였다.

종현은 그다지 실망한 표정을 짓지도 않았다. "내가 하는 일이 다 그렇지 뭐"라고 그는 중얼거렸다.

13. 소년만화를 꿈꿀 뿐

『뷰티풀 월드』

신문에는 중일 관계가 사상 최악의 위기를 맞았다는 제목의 기사들이 연일 쏟아져 나왔다.

일본이 센카쿠 열도를 자기네 땅이라고 선언했고, 그러자 중국 각지에서 대규모 반일 시위가 일어났다. 중국에 있는 일본인 학교가 휴교했고, 주중 일본대사관은 중국에 있는 일본인들에게 "될 수 있는 대로 외출을 삼가라"고 권유했다. 중국인 시위대가 일본대사관에 계란을 던지고 일장기를 태웠다. 일본 자동차회사들은 테러 협박을 받고는 중국 공장 가동을 중단했다. 상하이와 광저우에서 일본인 폭행 사건이 일어났다.

종현은 이즈음 집에 들어오는 즉시 에반게리온 공식 홈페이지에 접속해서 새 공지가 올라온 게 없는지를 확인했는데, 이

장면이 〈열광금지, 에바로드〉에 재미있게 편집되어 있다. 노트북 모니터 옆에 설치한 핸디캠이 '혹시나' 하는 기대로 에반게리온 홈페이지에 접속했다가 풀이 죽는 종현의 표정을 생생히 잡았다. 종현은 이 장면들을 잘라 이어붙이고 3배속으로 재생되게 만들었다. 그래서 화면을 보면 기대했다가 실망하고 또 기대했다가 실망하고 한 번 더 기대했다가 다시 실망하는 종현의 얼굴이 몹시 익살스럽게 이어진다. '아우'라거나 '씨발'이라고 중얼거리는 입 모양도 볼 수 있다.

〈에반게리온: Q〉 일본 개봉일인 11월 16일이 다가오면서 그는 점점 초조해졌다. 원래는 루리웹 애니 갤러리의 오덕 두 사람과 함께 일본에 가서 〈Q〉를 관람하기로 약속한 상태였다. 중국 일정을 마친 뒤 일본에 가서 스탬프 완주 인증을 받고 영화도 보고 올 생각이었는데 그놈의 센카쿠 열도 때문에 계획이 틀어져버렸다.

한국에서는 〈에반게리온: 파〉의 흥행 성적이 신통치 않았기 때문에 〈Q〉 개봉 여부가 불투명했다. 루리웹에는 이에 대한 성토가 쏟아졌는데, 자신을 일본에 사는 유학생이라고 소개한 한 오덕이 "일본에서 같이 〈Q〉를 보자고요"라고 글을 올렸다. 자기 집에서 하룻밤 재워줄 수 있고, 공항까지 마중과 배웅을 해줄 수 있다는 제안이었다.

일본인 유학생 오덕은 16일 오후에 하네다공항에서 만나서

〈Q〉를 보고, 같이 술 한잔하고, 다음 날 오전에 다시 〈Q〉를 재관람하자고 제안했는데, 여기에 종현과 공무원시험을 준비 중이라는 또 다른 오덕이 가세하면서 일정이 하나 더 추가되었다. 둘째 날 재관람 전에 도쿄에서 그다지 멀지 않은 야마나시 현까지 가서 후지큐 하이랜드의 '에반게리온 월드'에 갔다 오자는 것이었다.

"후지큐 하이랜드는 우리로 치면 에버랜드를 생각하시면 되고, '에반게리온 월드'는 이를테면 에버랜드 안에 아기공룡 둘리 전시관이 만들어진 거라고 생각하시면 됩니다. 새로 개봉하는 에반게리온 영화에 '큐' 자가 들어가고, 후지큐 하이랜드에도 '큐'라는 글자가 들어가니까 재미있다고 생각해서 특설 전시관을 연 거 같아요."

종현이 설명했다.

일본 유학생, 공무원시험 수험생에게 다큐멘터리 촬영에 협조해달라고 부탁하고, 각자 가져올 물건도 분담해놓은 상태였는데 뒤늦게 그런 약속을 취소하기가 미안했다. 무엇보다 그 자신이 〈Q〉가 너무 보고 싶었다. 결국 다소 예산이 늘어나는 것을 감수하고 일본에 가기로 했다.

일본행을 한 주 앞두고 어머니의 다섯번째 항암 치료를 수발했다. 병원에는 새로 산 중고 맥북에어를 들고 갔다. 이참에 작곡 프로그램의 사용법을 익힐 생각이었다. 이런저런 전자악기와 작곡 소프트웨어를 고민하고 있었는데 그냥 매킨토시 모델들에 기본으로 깔린 '거라지 밴드'라는 프로그램을 쓰면 된다는 추천을 받고 산 노트북이었다. 개발자로서도 맥 OS를 접해보는게 나쁘지 않은 경험이 될 거라 여겼다.

"제가 아직도 악보를 보지 못한다는 게, 거라지 밴드에서는 일반 악보 모드로 작곡할 수도 있지만 그보다 더 쉬운 방법으로도 작곡이 가능하거든요. '연주 시간 막대'라고 해서 음의 높이나 길이를 굉장히 직관적으로 와 닿게 그래프로 표현하는 모드도 있고, 가상 피아노 건반이나 기타 줄을 화면 한쪽에 놓고 누르거나 튕기면서 곡을 만들 수도 있고, 실제 목소리나 진짜 악기를 녹음해서 그걸 쓸 수도 있어요. 드럼 리듬이나 베이스를 기본으로 제공하는데, 제법 그럴싸합니다. 가지고 노는 재미가 만만치 않더라고요."

종현은 내게 신이 나서 설명하며 노트북을 열어 거라지 밴드를 시연해 보이려 했다. 나는 그럴 필요는 없다며 그를 말렸다.

새벽에 어머니의 병세가 갑자기 나빠졌다. 보호자용 침대에서 자던 종현이 이상한 기분이 들어 잠에서 깼더니 어머니가 끙끙 앓는 소리를 내며 울고 있었다. 이번에는 종현이 어머니를 이겼다. 진통제가 나오는 버튼을 누르고 별 차도가 없는 것 같아 한 번 더 눌렀다.

아침이 되자 어머니가 먼저 일어나 있었다. 어머니는 다소 멍한 얼굴이었다. 어머니가 종현에게 고개를 돌리더니 말했다.

"미안하구나."

"그런 말씀 마시고 빨리 회복이나 하세요."

"너랑 네 형한테 내가 참 몹쓸 짓을 많이 저질렀다. 그 어린 것들을 놔두고 내가……"

"이제 아셨어요?"

종현은 웃음으로 그 순간을 넘기려 했다. 그러나 어머니는 말을 멈추지 않았다.

"그런데 나도 어쩔 수가 없었단다, 그때는. 너무…… 견딜 수가 없었어."

"어머니, 저는 어머니 원망하지 않아요. 아버지는 좀 원망하지만."

"너희 아버지 원망하면 안 돼. 너희 아버지 참 착한 사람이었다."

종현은 대꾸를 할까 말까 망설이다가 작은 목소리로 "착하고 무능력했죠"라고 중얼거렸다.

"엄마는 너희들 버리고 도망쳤는데, 너희들은 이렇게 엄마를 챙겨주니 내가 몸 둘 바를 모르겠다."

종현은 이번에는 대꾸하지 않았다.

"너 낳았을 때 엄마가 울었어."

"그래요?"

가슴 안쪽이 간지러웠다.

"딸이 아니라서 울었어. 애를 갖고 싶지 않았는데 가졌고, 기왕 낳는 애라면 딸이었으면 좋겠다고 생각했거든. 그런데 아니었어."

손이 미끄러져 거라지 밴드의 버튼을 잘못 누르는 바람에 노트북에서 요란한 드럼 비트 소리가 났다. 누군가 어머니의 고백에 박수라도 치는 듯이.

"간호사가 엄마더러 왜 우느냐고, 애는 큰 인물이 될 거다, 그러더라. 그런데 딸이 아니라고 생각하니 이상하게 새로 낳은 애기한테 관심이 안 가더라. 네 형 업고 너랑 같이 집에서 아빠 기다리면서 많이 울었어. 엄마란 사람이 이래도 되는 건가, 왜 애기가 사랑스럽지가 않을까, 나는 엄마가 되면 안 되는 사람인가 보다. 그런 생각만 자꾸 났어. 너무 견딜 수가 없어서, 그래서 도망쳤어. 이제 갓 젖 뗀 애를 두고."

'어머니가 집을 나간 건 내가 중학생 될 때인데요?'라고 반문하려다가 종현은 문득 깨달았다. 어머니는 집을 두 번 나갔던 것이다. 자신이 갓난아기일 때 한 번, 그리고 중학교 입학식 전날에 또 한 번. 그래서 그가 할아버지 집에서 자란 것이다. 그 사이에 형은 아버지가 키웠고.

"친정이 있었으면 친정에 가 있었을 텐데. 엄마가 참 고생했어. 그래도 엄마가 나쁜 짓은 안했어. 보험도 팔고, 요구르트도 팔고, 화장품도 팔았어. 남의 집 식모도 했어. 그런데 돈이 모이진 않더라. 엄마도 어릴 땐 꿈이 많았거든. 그런데 인쇄소에서 일하다가 너희 아버지를 만나서, 너희 아버지 원망을 많이 했었지. 조금만 더 늦게 결혼할걸, 하고 말이야. 그때는 남자랑 여자가 사귀게 되면 다 결혼해야 하는 줄 알았어. 그런데 막상 나가보니 여자 혼자 할 수 있는 일이 하나도 없더라. 나중에 다시 집에 돌아왔을 때에는 너무 염치가 없어서 대문 앞에서 무릎을 꿇고 빌었어. 그랬더니 너희 아버지가 다 괜찮다고, 찬 데 그렇게 앉아 있으면 몸 상한다고 손잡고 일으켜 세워주시더라."

6인용 병실에는 병상마다 비닐 커튼이 달려 있어서, 커튼을 치면 병상 주변은 불완전하나마 작은 밀실이 되었다. 종현은 폐소공포증에 걸릴 것 같은 기분이 들었다. '그런데 몇 년을 못 참고 다시 나가버리셨죠'라는 말이 입 밖으로 튀어나와버릴 것 같아 꾹 참고 있는 중이었다.

"정말 미안하다, 종현아. 네 형한테도 정말 미안해."

"왜 나가셨어요?"

울지 마. 사내 녀석이 이깟 일로 울면 안 돼. 어머니는 한없이 쓸쓸한 표정으로 그를 바라보며 말했다.

"잘 모르겠어. 그냥, 견딜 수가 없었어. 요즘 같은 때였으면 좋은 상담소도 있고, 정신과도 있는데……"

울보 종현이. 바보 아버지. 바보 형. 매정한 어머니. 매정한 어머니가 말한다.

"미안하구나. 이럴 때 무슨 낯을 해야 할지 모르겠다."

그 순간, 에반게리온 덕분에 종현은 여태껏 살아오면서 했던 일 중 가장 어른스러운 행동을 할 수 있었다. 그는 반사적으로 이렇게 대답하며 어머니의 손을 잡았다.

"그냥 웃으시면 돼요, 어머니. 제가 앞으로 어머니 많이 웃게 해드릴게요."

어머니의 고백을 들었다고 해서 아버지에 대한 마음이 크게 바뀌지는 않았다. 집을 나간 아내를 다시 받아들이는 일은, 다른 남자가 그런 일을 했다면 몹시 숭고하거나 반대로 무섭도록 위선적인 일이었겠지만, 아버지가 그랬다고 하니 이상하게 별 감흥이 없었다. 아버지는 그냥 그런 사람이었다. 착하고, 순하고, 남에게 싫은 소리 못하는 사람.

"그러니까 제가 어렸을 때 어머니로부터 버림을 받았다는 거죠. 그런데 저는 제가 할아버지 집에서 자라서 딱히 잘못된 건 없다고 생각하거든요. 뭐 사람들 이용해 먹고 계산적인 면이 있긴 하지만, 그래도 이 정도면 성격 괜찮지 않나요? 어머니도 안 됐다고 생각해요. 그게 산후우울증이었건 역마살이었건, 이유는 상관없습니다. 저는 어머니의 A.T. 필드 안으로 들어갈 수도 없고 들어가서도 안 됩니다. '앞으로 많이 웃게 해드리겠다'는 약속은 거짓이 아니었어요. 지금도 그런 마음입니다. 어머니에게보다 오히려 저한테 그나마 뭐라도 해주신 아버지에 대한 원망이 더 큰 걸 생각하면 참 아이러니하죠. 인간이라는 존재가, 멀리 떨어져 있는 사람은 사랑할 수도, 미워할 수도 없나 봐요. 확실히 달라진 게 하나 있다면 형에 대한 마음입니다. 저는 제가 할아버지 집에 있는 동안 형은 어머니의 사랑을 독차지하면서 자란 줄 알았어요. 그런데 아니었죠. 형에게 이날 어머니가 한 얘기나 그동안 제가 몰래 시기했던 사실을 고백했더니 형이 괜찮다며, 자기도 기억 안 난다고 하더라고요. 어머니가 저희 어릴 때에도 가출했다는 사실을 알고는 있었대요. 그런데 그때 자기가 어머니 없이 아버지랑 고모랑 같이 살았던 건 기억이 안 난대요."

김포공항에서 만난 수험생 오덕은 다소 불쾌한 인간이었다. 매사에 아는 체를 심하게 했고, "오덕들이 다 그렇죠" "여자들이 다 그렇죠"라는 체념조의 말이나 자기비하, 냉소적인 표현을 자주 썼다. 게다가 호구조사를 벌여 종현이 사이버대학 졸업생이라는 사실을 알게 된 뒤로는 은근히 자신의 학벌을 뻐겼다. 공시족 오덕은 명문대 언저리 대학을 졸업한 젊은이였다.

하네다공항에서 만난 유학생 오덕은 그보다는 훨씬 나았다.

애니메이터가 꿈이라는 그는 한국으로 치면 전문대에 해당하는 일본공학원전문학교의 컴퓨터그래픽과 학생이었다. 종현은 'IT 수준도 높지 않은 일본에서 컴퓨터그래픽을 배울 필요가 있나' 하고 고개를 갸웃했지만 그런 생각을 입 밖으로 꺼내지는 않았다. 유학생 오덕이 〈에반게리온: Q〉 표를 예매해놓았고, 그들은 공항에서 극장으로 직행했다.

"아침에 〈Q〉 보고 나온 사람들의 감상평이 엄청나더라고요. 이건 뭐, 기존 예상을 완전히 다 뒤엎어버린다는데요? 〈엔드 오브 에반게리온〉에 필적한대요."

상영관에 자리를 잡고 앉았을 때 유학생 오덕이 말했다. "아까 우리 앞에 영화 보고 나가는 관객들 표정도 다 얼이 빠진 것 같더라고요"라며 공무원시험 준비 오덕이 맞장구쳤다. 종현은 가슴이 너무 벅차서 진정이 안 될 지경이었다. 일본어 대사가 너무 어렵지 않기만을 바랄 뿐이었다. 서드 임팩트의 결과보다는, 서로 진심을 확인한 아야나미 레이와 신지의 관계가 어떻게 되어 있을지 궁금했다.

그렇게 고대하며 본 〈Q〉는…… 최악이었다.

세 오덕은 모두 얼이 빠져서 상영관을 나왔다. 다른 일본인 관객들도 마찬가지였다. 전회차 관객들이 왜 입을 벌리고 좀비처럼 걸어가고 있었는지 알 것 같았다.

"이게 도대체…… 무슨……"

유학생 오덕이 말했다.

"카오루가 마지막에 하는 말이 뭐예요? 그리고 중간에 나온 사쿠라라는 애는 토우지 동생인 거예요?"

종현이 물었다.

"아니, 미사토고 아스카고 왜 설명을 안해주는 거야?"

수험생 오덕이 화를 냈다.

극장 로비에 선 채로 서로 궁금한 것들을 묻다가 급기야는 난상토론이 벌어졌다. 그들이 워낙 시끄러운 소리로 떠들었기 때문에 일본인들이 옆을 슬슬 피해 갔다. 유학생 오덕의 집에 가서 술을 마시며 새벽 1시까지 〈Q〉에 대해 떠들었건만 결론은 나지 않았다.

〈Q〉는 전작인 〈에반게리온: 파〉에서 갑자기 14년이 지난 상태에서 시작한다. 혼수상태에 있던 신지가 깨어보니 세계는 거의 멸망해 있고, 네르프는 두 조직으로 갈라져 있다. 이 가운데 미사토와 리츠코가 소속된 새로운 조직 '빌레'는 이유는 전혀 가르쳐주지 않은 채 신지를 적대시한다. 그리고 〈파〉에서 마음을 열었던 레이는 신지를 알지 못하는 사람처럼 행동한다.

신지는 〈Q〉의 아야나미 레이가 〈서〉와 〈파〉에서의 아야나미 레이와는 다른 사람이라는 사실을 알게 된다. 아야나미 레이는 자신의 어머니 아야나미 유이의 복제 시리즈이며, 자신이 전에 구한 레이는 현재의 레이가 아니라는 것을.

그리고 〈엔드 오브 에반게리온〉에서처럼 도무지 뭐가 뭔지 알 수 없는 내용들이 이어진다. 〈엔드 오브〉가 예술 작품 흉내를 내다 그렇게 된 거라면, 〈Q〉는 설명을 생략해버린 부분이 너무 많다. '카시우스의 창'이니 'AAA 분더'니 '네르프와 빌레의 대립'과 같은 새로운 설정들이 등장했는데 그게 뭔지 아무도 제대로 알려주질 않고 14년 사이에 뭐가 어떻게 된 건지 끝까지 아무런 설명도 없다. 종국에 카오루는 비참하게 죽고, 마지막에는 세상이 한 번 더 멸망하려 한다. 신지는 TV 시리즈에서보다 더 움츠러들고 소심해져 폐인이나 다름없는 상태가 된다.

"무슨 뜻이 있겠어요. 안노가 또 미친 짓 한 거지. 원래 에반게리온 시리즈에 의미 따위는 없어요. 처음부터 아무것도 없으면서 뭔가 있는 척하는 허세 작품이었다고요."

수험생 오덕이 선언했다.

"그러는 수험생 씨는 왜 에바를 보는 건데요?"

유학생 오덕이 물었다.

"저는 한심한 오덕이니까요."

수험생이 대답했다.

유학생 오덕은 이런저런 해설을 잔뜩 늘어놓았다. 이게 원래 소통 부재와 운명론을 주제로 삼았던 에반게리온의 본모습이라느니, 〈Q〉에 비하면 〈파〉는 평범한 소년만화일 뿐이었다는 등의 이야기였다. 유학생 오덕은 유대 카발라 전승이 어떻고, 구약성서가 어떻고 하는 데까지 나아갔다. 자신은 에반게리온을 이해하기 위해 성서를 처음부터 끝까지 읽었다고 했다.

종현은 수험생에게도, 유학생에게도 동의하지 않았지만 그런 얘기를 입 밖으로 내지는 않았다. 이미 수험생과 유학생 사이의 논쟁은 건설적인 차원을 벗어나 '누가 일본 만화 더 많이 봤나'의 대결이 되어가고 있었다. 수험생이 말을 더 잘하고 상대의 주장을 야멸차게 비꼬는 재주가 있었지만 시간이 지날수록 유학생이 유리해졌다. 전문학교에서 보고 들은 현지 정보가 있었기 때문이다.

밤이 깊어지면서 종현은 차츰 토론에 흥미를 잃었다. 두 사람의 말싸움을 멍하게 지켜보던 종현은 수험생이 처지가 불리해지자 교묘하게 화제를 한국 정치로 돌리는 모습을 알아챘다. 유학생은 거기에 말려들어서, 한참 동안 그들은 단일화가 어쩌고 박근혜가 어쩌고 하는 이야기를 나누었다. 이번에는 수험생이 주로 이야기를 늘어놓으면 유학생이 거기에 맞장구를 치다가 면박을 당하는 구도였다.

그렇게 수험생이 대화의 주도권을 거의 쥐었을 때 술이 얼큰히 취한 종현이 끼어들었다.

"그렇게 한국 정치가 못마땅하다고 생각되면 공무원을 하면 안 되는 거 아닌가요? 공무원은 정치인들이 하라는 대로 해야 하잖아요."

"저는 비겁자니까요."

수험생이 아무렇지도 않게 종현의 말을 받아넘겼다.

다음 날 아침이 되자 다들 머쓱해했다. 수험생은 "그놈의
〈Q〉 때문에……"라며 민망해했다. 유학생은 "우리가 니어 서
드 임팩트[1]를 당해버렸어요"라며 웃었다.

편의점 도시락으로 아침을 때운 뒤 유학생의 차를 타고 후지
큐 하이랜드로 향했다. 유학생이 "멋있는 걸 보여드리죠"라고
말하며 내비게이션을 켰는데, 무려 에반게리온 내비게이션이었
다. "A.T. 필드를 전개합니다"라는 시작음에 한국에서 온 오덕
두 명은 어린아이처럼 감탄했다. 내비게이션의 목소리는 버튼
을 누르면 신지나 아스카, 레이로 성우를 바꿀 수 있었고, 간혹
가다 "패턴 청, 사도입니다"[2]와 같은 대사들이 나왔다.

후지큐 하이랜드의 에반게리온 월드는 도쿄돔시티 어트랙션
스의 이벤트보다 훨씬 좋았다. 건물 하나가 통째로 네르프 본
부처럼 꾸며져 있었는데, 복도나 사무실 공간이 만화에 나오던
디자인 그대로였다. 건물 안에는 주요 캐릭터들의 실물 크기 모

---

1 〈에반게리온: Q〉에 나오는 대사건. 서드 임팩트와는 다소 다르다.
2 사도가 출현했을 때 네르프 요원들이 하는 말.

형이 곳곳에 서 있었다. 네르프 요원들과 미사토가 회의를 벌이는 모형 사이에서 사진을 찍을 수도 있었다. 엔트리 플러그[3]와 A.T. 필드도 제법 그럴싸하게 재현해놓았다.

무엇보다 좋았던 건 실물 크기로 만들어놓은 에반게리온 초호기와 2호기 머리 모형이었다. 두 모형 모두 10분에 한 번씩 눈에 불이 들어오고 입에서 흰 연기가 나오는 작은 공연을 벌였는데, 조명이 번쩍거리고 다급한 목소리로 성우들이 고함을 치는 게 꽤 박력이 있었다. 초호기가 괴성을 지를 때에는 에반게리온에 타기를 두려워한 신지의 심정을 좀 이해할 것 같기도 했다.

흥분한 유학생과 수험생은 에반게리온 월드 출구에 있는 상점에서 정신줄을 놓고 피규어와 캐릭터 상품을 사들였다. 두 사람이 차에서 각자 쇼핑의 성과를 자랑하는 동안 종현은 웃고만 있었다.

"바로 도쿄로 돌아가지 않고, 하코네 앞바다를 한번 보시는 게 어때요? 그리 크게 둘러가는 거리는 아닌데."

운전대를 잡은 유학생이 말했다. 하코네는 에반게리온의 배경인 제3신도쿄시가 되는 지역이다. 수험생도 종현도 모두 그러자고 했다. 아스카 목소리로 내비게이션 안내를 받으며 아시

---

3 에반게리온의 조종실.

노 호수 주변을 드라이브했다. 잔잔한 호수와 주변의 야트막한 산들 뒤로 멀리 후지산이 보이는 예쁜 풍경에 수험생 오덕조차 비꼬기를 멈추고 "에반게리온에 나오는 것과 똑같네요"라며 좋아했다.

하코네 풍경을 핸디캠에 담는 동안 종현은 계속 이상한 생각을 했다.

처음에 그는 어머니를 떠올렸다. 집이 답답하다며, 꿈을 펼쳐보겠다며 가출한 어머니. 나가서는 보험설계사와 요구르트 아줌마, 화장품 방문판매원으로 고생만 하고 비굴하게 돌아와 대문 앞에서 무릎을 꿇었다. 일탈도 분수를 봐가며 해야 하는 걸까.

종현은 자신이 하는 일은 분수에 맞는지에 대해 생각했다. 유학생과 수험생이 산 기념품들이라 봤자 종현의 소니 핸디캠 하나 가격에도 못 미쳤다. 종현이 받은 스탬프 세 개가 돈으로 치면 상품 코너의 선반 두 개 분량에 해당했다.

유학생과 수험생은 호숫가에서 기념사진을 찍고 있었다. 종현의 눈에는 그들이 한심해 보였다. 제 힘으로 돈을 벌어본 적이 없는 사람들의 나이브한 태도 때문이었다.

'하지만 만약 이 자리에 다른 사람이 있다면, 나를 가장 한심하게 보지 않을까? 공무원시험도 준비하지 않고 애니메이터의 꿈도 없다는 이유로?'

'나에게 에반게리온이란 어떤 의미인가'라는 질문을 머릿속에 품고 보니 유학생과 수험생에게 에반게리온이 어떤 의미인지를 쉽게 읽을 수 있었다. 유학생에게는 〈에반게리온: Q〉가 어떤 의미를 지니지 않으면 안 된다. 자기 입으로 에반게리온 때문에 인생의 방향이 바뀐 사람이라고 하니까. 안노 감독이 얼렁뚱땅 만들어낸, 공허한 잘난 체를 인생의 이정표로 삼은 거라면 무척 곤란해진다. 반면 수험생에게는 이 만화에 심오한 철학이 없는 세계가 좀더 편안하다. 개미처럼 일하는 공무원의 삶이야말로 실은 존중 받을 만한 가치가 있고, 다른 실제적인 대안은 없다고 믿을 수 있어야 한다.

신극장판 최종편이 나오면 누가 옳았는지 확실히 알게 될까? 아니, 그렇지 않을 것이다. 아마 최종편도 무슨 뜻인지 알 수 없는 모호한 내용이 될 거라고 종현은 예상했다. 이 시리즈는 결코 명확한 해석을 허락하지 않을 것이다. 최종편이 진짜 최종편이 아닐지도 모른다. 다시 10년 뒤에 안노 히데아키가 "지금까지의 에반게리온은 모두 가짜였다"라며 '진극장판 시리즈'라든가 '신신극장판 시리즈'를 들고 나오지 않으리라는 보장이 어디 있는가.

종현은 최종편이 차라리 너무 난해해서 누구도 이해하지 못하기를 바랐다.

그는 〈Q〉가 관객 모독이라고까지 여기지는 않았다. 안노를 포함한 에반게리온의 제작진이 유능하며, 보통 애니메이션 제작자들이 갖지 않는 고매한 야심을 품었다고도 믿었다. 종현은 에반게리온의 제작자들이 신극장판 작업을 하면서 〈서〉와 〈파〉를 '쌓아올린 뒤 부숴야 할 탑'으로 보았다고 생각했다. '의지가 있으면 뭐든지 이겨낼 수 있어'라는 식의 뻔한 극기심에 대해서가 아니라, 의사소통의 부재에서 오는 고통, 그리고 사람이 그런 고통을 받아들여야 하는 이유에 대해 그들이 말하고 싶어 했다고 느꼈다.

그러나 제작자들은 그 작업에 성공하지 못했다. 제작진은 부족한 부분을 채우기 위해 구약성서의 상징을 인용하고, 밑도 끝도 없는 비유를 들고, 수수께끼 같은 말을 읊조렸다. 종현은 이제 그런 위장과, 그 아래 깔린 작가들의 절박함을 꿰뚫어볼 수 있었다.

한 번 성역을 넘고 나니 더 깊은 깨달음이 연속해서 찾아왔다. '내가 왜 에반게리온에 빠졌던가'에 대해 종현은 다시 생각했다. 첫 감상에서 '네가 겪는 고통은 특별하다'는 위안을 받은 뒤로 이 시리즈에 자신이 헛된 희망을 걸고 있었던 게 아닐까라고 그는 생각했다. 이 장르 전체에 대한 다른 사람들의 멸시에 저항하면서 애정을 더 깊이 키워나갔고, 그러다 마침내는 상대에게 없는 장점을 만들어내기 시작한 것 아니었을까. 여러 소년만화 중 가장 심오해 보이는 에반게리온이 실제로도 심오한 의미를 품고 있기를, 그나 제작진이나 너무 간절히 바랐고, 나중에는 그게 어떤 사이비 종교가 되어버린 건 아닐까.

에반게리온이 자신의 감옥이 되었다는 생각이 들었다. 호수에 어둠이 내리자 그동안 두려워하던 말을 내뱉을 수 있을 것 같았다. 산그림자를 보며 그는 '만화는 유치한 거야, 애들이나 보는'이라고 속으로 중얼거렸고, 그러자 무릎에서 힘이 쑥 빠져버렸다. 에반게리온은 그럴싸해 보이지만 결함투성이이고, 많은 이야기가 있는 듯하지만 실상은 아무것도 없는 만화였다. 종현 자신의 청춘과 비슷했다.

하코네에서 지체하기는 했지만 저녁 상영 시간에 맞게 도쿄에 도착할 수 있었다. 종현은 다른 두 오덕과 함께 다시 〈Q〉를 보았다. 아시노 호수 앞에서 했던 생각들이 관람에 방해가 되지는 않았다. 기대를 버리고 보니 몇몇 장면에서 잘된 연출이나 세련된 작화가 눈에 들어왔고, 어떤 장면은 더 절절하기까지 했다. 신지가 왜 고통을 받느냐, 왜 다른 등장인물들이 신지에게 진실을 설명하지 않느냐는 이제 더 중요하지 않았다. 중요한 것은 고통 그 자체였다. 그런 고통에 마음이 움직였고 야릇한 감동을 받기도 했다. 동대문이나 동묘에서 일할 때 다른 사람들의 모습을 보며 느꼈던 이상한 감흥과 비슷했다.

14. 난 너와 만나기 위해 태어난 거구나

『에반게리온: Q』

　일본에서 〈에반게리온: Q〉를 보고 돌아온 뒤 본격적으로 후반 편집 작업에 착수했다.

　"사실 월드 스탬프 랠리가 그걸로 끝났다고 생각했습니다. 〈Q〉를 홍보하기 위한 사전 이벤트였는데 이미 〈Q〉가 개봉을 해버렸잖아요. 에반게리온 월드 스탬프 랠리는 미완성으로 끝나는 거고, 그거와 별도로 제 다큐멘터리는 완성해야겠다고 생각했어요. 맥빠지는 일이었지만 할 수 없죠. 마지막 장면에 제가 중국에 가서 천안문 앞에서 '랠리는 미완성이지만 내 20대에 주는 여행 선물은 이렇게 마무리를 짓는다'라고 선언을 하거나, 아니면 다른 랠리 참가자들을 수소문해서 함께 우리들만의 뒤풀이 파티를 할까 생각도 했어요. 스탬프 용지로 종이배를 접어

바다에 띄우거나, 비행기로 만들어서 날려 보내는 엔딩 장면을 만들어볼까 싶기도 했고요."

종현이 말했다.

통장에는 400만 원가량이 남아 있었는데 그중 280만 원을 중고 워크스테이션을 구입하는 데 썼다. 처음에는 예상하지 못했던 비용이었다. 제대로 편집을 하려니까 PC로는 작업할 수가 없었다. 렌더링 작업을 하는 데 필요한 메모리가 6테라바이트에 이르렀다.

11월 말부터 본격적인 컴퓨터그래픽 작업에 들어갔는데 이게 시간을 엄청나게 잡아먹었다. 편집은 주로 밤에 집에서 했다.

"결과물이 썩 마음에 들지는 않아요. 100점 만점에 80점 정도?"

종현이 말했다.

"보면서 이상한 점은 전혀 못 느꼈는데요. 어떤 부분이 마음에 안 든다는 거죠?"

내가 물었다.

"예를 들면 처음 제목이 올라오고 난 다음 세종로사거리 도로에 '에바로드'라는 글자가 찍히고 그 위로 자동차가 다니는 장면이 있습니다. 자세히 보면 에바로드라는 단어가 미세하게 떨려요. 도로 위에 글자가 떠 있는 것처럼 보이죠. 핸디캠을 삼각대에 고정시키고 찍지 않아서 배경 자체가 조금씩 떨립니다.

그렇게 떨리는 거에 맞춰서 프레임 단위로 글자 위치를 보정해 줘야 했는데 그러지 못했죠. 그런 식으로 선수들이 보면 '급히 만들었구나' 하고 알아볼 수 있는 장면들이 많습니다."

종현이 설명했다.

오리지널 사운드트랙 녹음 작업을 하기 위해 첫 회사에서 만났던 웹 디자이너에게 몇 년 만에 연락했다. 아마추어 뮤지컬 배우인 그녀에게 노래를 불러달라고 할 참이었다.

"누나, 잘 지내셨어요?"

"응, 오래간만이네. 너 결혼하니?"

"아닌데요."

"그럼 왜 전화했어?"

'이 양반은 몇 년 사이에 더 드세진 것 같다'고 생각하며 종현은 용건을 설명했다. 자초지종을 들은 웹 디자이너는 뭐라고 답해야 할지 마음을 못 정한 눈치였다.

"네가 작곡한 곡이라고?"

"예."

"나더러 불러달라고?"

"네."

"한번 불러봐봐."

"예?"

"한번 불러보라고. 지금. 전화로."

"집에서 녹음한 파일이 있는데, 그걸 틀어드릴까요?"

"그냥 지금 전화로 불러주면 안 돼?"

종현은 침을 꿀떡 삼키고는 노래를 시작했다.

"……걸어가자, 에바로드, 나는 이미 이 길 위에. 이제는 착한 아이는 안녕, 이제는 헛된 희망도 안녕. 어때요?"

"잘 모르겠어."

"그런가요?"

"네가 뭐라고 부르는 건지 잘 모르겠어. 어디서 들어본 노래 같기도 하고."

종현은 웹 디자이너를 찾아갔고, 두 사람은 예전처럼 치킨을 한 마리 시킨 뒤 맥주를 마셨다. 웹 디자이너는 화장이 하도 진해서 나이가 들었다는 사실을 전혀 눈치챌 수 없었다. 큰 잔에 담긴 맥주를 꿀꺽꿀꺽 비운 노처녀는 종현에게서 이어폰을 건네받아 눈을 감고 〈에바로드〉와 〈고슴도치 딜레마〉, 그리고 〈아쿠아리움〉을 연달아 들었다.

"이거 다 네가 만든 거야?"

웹 디자이너는 눈썹을 치켜 올리며 물었다.

"네. 너무 유치한가요?"

노처녀는 고개를 옆으로 돌리더니 담배 연기를 길게 내뿜고 귀에서 이어폰을 빼 종현에게 돌려주었다.

"아니. 너무 잘 만들어서 놀라서 그랬어."

그 말에 종현의 마음이 붕 떠올랐다.

"그럼 녹음해주실 수 있을까요?"

"그렇게 갑자기 부탁한다고 될 일이 아냐. 연습도 해야 하고, 몇몇 부분은 좀 다듬고 코러스를 보태야 할 거 같아. 내가 아는 작곡가가 한 명 있어. 나 같은 아마추어가 아니라 제대로 공부한 애야. 같이 만나보지 않을래?"

종현은 활짝 웃으며 고맙다고 연신 고개를 숙였다. 웹 디자이너는 무표정하게 새 담배에 불을 붙였다.

"처음에는 전화를 받지 말까 생각했어. 청첩장 보내겠다는 얘기인 줄 알고. 나중에 나도 그 영화 꼭 보여줘. 멋지다, 너. 정말로."

웹 디자이너가 담배를 뻑뻑 피우다 말고 말했다.

프리랜서 작곡가는 웹 디자이너와 뮤지컬 아카데미를 함께 다닌 사이였다. 그녀는 독립영화나 영화학과 학생들의 졸업 작품에 참여해 사운드트랙 작업을 한 경험이 여러 번 있어서, 종현에게도 이런저런 유용한 조언을 많이 해주었다.

"희한한 게, 막바지에 이르니까 이런저런 능력자 분들이 어디선가 나타나서 많이 도와주시더라고요. 내레이션도 어떻게 녹음해야 할지 고민이 많았거든요. 그냥 제가 목소리 깔고 녹음할까 싶었는데 루리웹 회원 중에 성우 지망생 한 분이 제 글을 보시고 자기가 공짜로 해주겠다고 하셨어요. 그분은 지금 제주방송에서 성우를 하세요. 〈열광금지, 에바로드〉 다 만들 때쯤 합격 발표가 났습니다."

종현이 말했다.

경험 있는 작곡가 덕분에 미처 알지도 못했던 문제들을 미리 대비할 수 있게 되기도 했다. 작곡가는 종현이 작곡한 〈고슴도치 딜레마〉의 앞부분이 임창정의 〈이미 나에게로〉의 중간 부분 멜로디와 유사하다고 지적했는데, 듣고 보니 과연 그랬다. 내심 잘 뽑았다고 생각하던 선율이라 아쉽긴 했지만 고치는 수밖에 없었다.

두번째는 비용 문제였다. 녹음에 상당한 돈이 든다는 것은 생각지도 못한 문제였다. 작곡자는 "흥정이 통하는 곳이니까, 값을 최대한 깎아보세요"라며 녹음실을 몇 곳 소개해주었다.

"녹음실들이 '프로'라고 해서 세 시간을 한 단위로 대여를 해주더라고요. 보통 한 프로에 10만 원 안팎을 내야 하는데, 백만 원에 아홉 시간을 빌리고 대신 믹싱이랑 마스터링도 다 받는 조건으로 빌렸어요. 녹음실 엔지니어 분이 저희 작업을 신기해하시더라고요. 일본 만화를 보는 분은 아니었는데, 제가 〈열광금지, 에바로드〉 내용을 설명드렸더니 '재미있는 일을 하시네요'라며 그냥 백만 원에 전부 퉁치자고 제안을 하셨어요. 이제 문제는 아홉 시간 동안 여섯 곡을 다 녹음할 수 있느냐였죠. 보통은 인디밴드도 한 곡 녹음하는 데에만 사흘씩 걸린다고 하더라고요."

종현이 설명했다.

"말도 안 되는 일정이야. 하지만 별수 없지."

웹 디자이너는 녹음실 임대 일정을 듣더니 이렇게 말했다. "그전에 연습을 최대한 열심히 해서 녹음을 짧게 마치는 수밖에 없어요"라고 작곡가가 거들었다.

웹 디자이너가 남자 뮤지컬배우 지망생 한 명을 불렀고, 그 지망생과 웹 디자이너, 작곡가, 종현, 이렇게 네 사람이 모두 다섯 차례에 걸쳐서 연습을 했다. 연습은 광흥창역 근처의 합주실을 빌려서 했다. 그들은 악보도 없이 웹 디자이너가 녹음한 가이드 곡을 듣고 따라 하며 노래를 익혔다. 작곡과 작사, 편곡 작업이 완전히 끝난 게 아니었으므로 연습 중에 멜로디나 노랫말을 고치는 경우도 몇 번 있었다. 종현도 웹 디자이너에게 간단한 보컬 트레이닝을 받고 코러스로 합류했다.

녹음을 도와주는 보컬 세 사람에게 따로 수고료를 지불하지는 않았다. 다만 연습이 끝날 때면 저녁식사를 종현이 샀다. 그래봤자 삼겹살이라든가 치킨 정도였다. 이미 그때부터 예산이 간당간당했기 때문에 종현은 되도록 회식 자리에서 많이 먹지 않고 많이 마시지 않으려 애썼다. 그런 고생을 아는지 모르는지 뮤지컬배우 지망생은 씩씩하게 술과 고기를 매번 혼자서 3인분 어치는 먹어 댔다.

〈에반게리온: Q〉는 팬들 사이에서 벌어진 대논란에도 불구하고(어쩌면 그 논란 덕분에) 일본에서 엄청난 흥행을 기록 중이었다. 개봉 보름 만에 관객 수가 200만 명을 돌파했고, 12월 둘째 주가 되자 이 수치는 300만 명을 넘어섰다. 중일 관계는 소강 국면에 접어들었다. 크리스마스 전주에, 스튜디오 카라는 슬그머니 월드 스탬프 랠리 중국 일정을 홈페이지에 공지했다.

랠리의 마지막 도장인 이카리 신지 스탬프. 베이징 신국제전람중심에서 열리는 국제만화애니메이션 컨벤션에서. 12월 22일 토요일과 12월 23일 일요일, 딱 이틀 동안만.

공교롭게도 22일과 23일은 어머니가 입원을 해야 하는 기간이었다. 또 22일은 녹음실에서 사운드트랙 녹음을 하기로 예약한 날이었다. 그래서 22일에는 형이 어머니 수발을 들고 23일에는 자신이 병원에 있기로 약속을 한 상태였다. 종현은 이번에도 형에게 사흘간 간병을 부탁하고 대신 다음 회차 때에는 온전히 자신이 어머니를 챙기겠다고 제안했다. 토요일에 녹음을 하고 일요일에는 당일치기로 중국을 다녀올 계획이었다.

"이번엔 안 돼. 23일에 꼭 해야 하는 일이 있어?"

뜻밖에도 형이 종현의 부탁을 완강히 거절했다.

"소아과 맡아서 요즘은 한가하다며? 주말 당직도 안 서고."

"그래도 23일은 안 돼."

"뭐, 애인이라도 만나? 크리스마스이브 전날이라서?"

아무 생각 없이 던진 농담이었는데 놀랍게도 전화기 저편에서 형의 목소리가 잠잠해졌다.

"정말이야? 애인 생겼어? 23일에 애인 만나야 돼?"

"그런 거 아냐."

"아직 애인은 아닌데 애인이 되려는 사이인가 보지?"

"너는 23일에 뭐하는데?"

형이 물었다.

"난 그날 출장 가야 돼."

"어디로?"

"중국에. 세미나가 있어."

종현은 생각나는 대로 대충 둘러댔다.

"IT 세미나가 중국에서 열린다고? 일요일에? 거짓말을 할 거면 좀 믿을 수 있게 해봐라. 너 그날 또 무슨 만화영화 보러 가려는 거지? 아니면 코스프레인가, 그거 하러 가는 거 아니냐?"

이번에는 종현이 꿀 먹은 벙어리가 될 차례였다.

"들어봐, 형. 난 22일과 23일에 진짜 중요하게 해야 할 일이 있어. 설명하긴 힘들지만. 그러지 말고 그 여자 친구를 어머니 병원으로 데려오면 어때? 어차피 형수 될 분도 형의 실체를 봐야 할 거 아냐. 돈은 없고, 장남인데 어머니는 병에 걸렸고. 형수 될 분이 병원에서 어떻게 하는지 봐야⋯⋯"

형은 전화를 끊어버렸다.

녹음일 당일까지도 다음 날 어머니 간병을 어떻게 해야 할지를 확실히 정하지 못한 상태였다⋯⋯ 그러나 녹음일에는 다음날을 걱정할 겨를이 없었다.

일단 모여야 할 사람 중 절반이 오지 않았다. 작곡가는 갑자기 장염에 걸려 오지 못한다고, 정말 미안하다고 문자메시지를 보내왔다. 다른 병도 아니고 장염이라니, 어쩔 수가 없었다. 뮤지컬배우 지망생은 아예 연락도 없었다. 웹 디자이너가 그에게 계속 전화를 걸었는데 게으른 지망생은 오전 내내 전화를 받지 않다가 점심때쯤에야 겨우 연락이 닿았다. 그는 웹 디자이너에게 "전날 술을 너무 많이 마셔서 이제 집에서 일어났다. 아무래도 오늘 녹음은 못할 것 같은데 미룰 수 없느냐"고 사정했다.

"이 호로새끼야, 지금 그걸 말이라고 하고 있니? 이 수박씨 발라먹을 존만한 새끼야, 당장 이리 안 튀어와?"

웹 디자이너가 전화기에 대고 욕을 퍼부어 댔다. 얼굴도 별로 찡그리지 않고 크지도 않은 목소리로 말하는데 어찌나 살기가 서려 있던지 옆에서 듣는 종현의 가슴이 서늘할 정도였다.

정작 종현은 뮤지컬배우 지망생에게 화를 내거나 웹 디자이너가 지망생을 혼쭐내는 모습에 통쾌해할 여유도 없었다. 그가 가져온 음원이 녹음실에서 작업하는 파일과 형식이 달랐기 때문에 변환 작업을 해야 했는데, 이게 시간이 꽤 걸렸다. 그 바람에 뮤지컬배우 지망생이 오길 기다리는 동안 메인 보컬인 웹 디자이너가 혼자 녹음을 할 수도 없었다.

결국 오전 시간을 다 날리고 나서야 겨우 녹음에 착수했다. 뮤지컬배우 지망생은 끝내 오지 않았다. 웹 디자이너와 종현이 번갈아가며 전화를 했는데 그는 딱 한 번 전화를 받고는 "아아, 못 가겠어. 못 간다고!"라며 도리어 성질을 냈다.

"미안해. 얘가 하고 다니는 짓은 쓰레기여도 목소리가 나랑 어울려서 부른 건데, 이렇게 될 줄 몰랐어. 오늘 이 녹음실은 우리가 하루를 빌린 거지? 얼른 다른 애를 찾아볼게."

웹 디자이너가 종현에게 사과를 하고 전화를 이리저리 돌리기 시작했다. 남성 보컬로 녹음하기로 했던 노래는 웹 디자이너가 그냥 뮤지컬배우 지망생 대신 여자 버전으로 불렀다. 그러나 코러스 부분은 다른 사람을 데려오는 수밖에 다른 도리가 없었다. 코러스 녹음은 여러 사람이 실제로 합창을 하는 게 아니라 한 사람씩 노래를 부르고 그걸 합치는 방식이라 같은 길이라면 솔로 녹음보다 시간도 오래 걸렸다.

종현도 옛 친구나 회사 동료들에게 전화를 걸어 "지금 혹시 시간 있느냐. 급히 상수동 근처로 와서 노래 한 소절 불러줄 수 있느냐"고 사정했다. 무슨 뚱딴지같은 소리냐며 사람들이 황당해할 때 그에게 어처구니없는 아이디어가 떠올랐다. 그는 녹음실 엔지니어에게 "잠깐만 나갔다 올게요"라고 말하고 지하 녹음실에서 거리로 나왔다.

종현은 제일 먼저 눈에 띄는 커피점에 들어갔다. 커피점 문을 열고 들어선 그는 홍대 카페에서 일요일 오후의 나른한 분위기를 즐기던 젊은 남녀들을 향해 고개를 꾸벅 숙이고 큰 소리로 외쳤다.

"안녕하십니까. 저는 독립 다큐멘터리 〈열광금지, 에바로드〉를 제작하고 있는 박종현이라고 합니다. 저희가 바로 옆 건물 지하의 녹음실에서 이 다큐멘터리의 사운드트랙을 녹음 중인데 급히 코러스 녹음을 하실 자원봉사자 분을 섭외하러 실례를 무릅쓰고 이 자리에 섰습니다. 정말 죄송하지만 좀 도와주시면 감사하겠습니다. 시간 오래 안 걸리고요, 노래 한 소절씩만 따라 불러주시면 됩니다. 노래 불러주시는 분께는 나중에 CD 한 장씩 보내드리겠고요, 다큐멘터리 엔딩크레딧에도 꼭 이름을 올려드리겠습니다. 부탁드립니다."

이런 말이 마치 준비했던 것처럼 입에서 술술 나왔다. 무려 '독립 다큐멘터리 제작자'라는 말로 자신을 포장하면서도 부끄럽거나 어색한 느낌은 들지 않았다. 그리고 그런 깨달음과 함께 어떤 뜨거운 덩어리 같은 것이 마음 밑바닥에서부터 올라왔다.

그런 기분을 13년 전에도 느꼈다. 여의도 전시장에서, 애니메이션 주제가 콘테스트 무대에 오를 때. 다른 친구들은 벌벌 떨었지만 그는 두렵지 않았다.

왜냐하면 그는 그 순간을 위해 태어난 것이었으니까.

허리를 90도로 숙였다가 고개를 들자 뜨악한 표정으로 그를 바라보는 사람들의 시선과 눈이 마주쳤다. 예쁘장하게 생긴 아르바이트생이 "여기서 이러시면 안 돼요"라고 말을 할까 말까 망설이는 게 훤히 보였다.

"그게 뭐에 대한 다큐멘터리예요?"

자리에 앉아 있던 여자 손님 한 명이 손을 들고 물었다.

"에반게리온에 대한 다큐멘터리입니다. 일본 애니메이션 에반게리온이요. 혹시 아시나요?"

여자가 있던 테이블에 1초 정도 정적이 흐르더니 갑자기 폭소가 터져 나왔다. 함께 앉아 있던 다른 여자는 탁자를 손바닥으로 치다가 눈물을 찔끔거리기까지 했다. 영문을 몰라 어리둥절해하는 종현 앞에서 그들은 "어떻게 하지?" "할까?" 따위의 말을 서로 주고받았다. 이윽고 눈물을 흘리던 여자가 "저희가 도와드릴게요, 시간 오래 안 걸리는 거 맞죠?"라고 말했다. 어딘지 발음이 어색했다. 그러더니 그 테이블에 앉아 있던 남녀들이 짐을 정리하고 자리에서 일어나기 시작했다. 모두 다섯 명이었다.

"기적 같은 일이었죠. 저에게 도와주겠다고, 시간이 오래 안 걸리는 게 맞는지 물어보셨던 여자 분 있잖아요? 어딘지 한국어가 어색하셨던 분. 그분 이름이 '나기사 카오루'였어요. 에반게리온의 카오루와 성과 이름이 똑같아요. 그래서 어려서부터 놀림을 많이 받았대요. 아무튼 그분은 엄청난 한류 오덕으로, 교환학생으로 한국에 와 있었고, 그날은 다른 친구들과 공모전 준비 스터디를 하던 중이었더랍니다. 이름이 그렇다 보니 어디 가서나 자기소개를 할 때 에반게리온 이야기가 나왔고, 그래서 애니메이션을 전혀 모르는 다른 한국인 친구들도 에반게리온은 알고 있었던 거죠. 그런데 갑자기 어떤 남자가 카페에 올라와 '에반게리온 다큐멘터리를 찍고 있는데 주제가 코러스를 불러줄 사람이 필요하다'고 외쳤으니 다들 얼마나 그 상황이 웃기고 놀라웠겠어요. 카오루 씨는 처음에 이게 친구들이 짜고 벌이는 몰래카메라가 아닌가 의심하기도 했었대요."

종현이 말했다.

시행착오는 있었지만 무사히 녹음을 마쳤다. 다행히 다섯 사람 중 심각한 음치는 없었고, 멜로디를 듣고 따라 하는 센스는 다들 종현보다 나은 수준이었다. 이들의 이름은 모두 〈열광금지, 에바로드〉의 엔딩크레딧에 나온다.

녹음 시간을 약간 넘기기는 했지만 엔지니어는 웃으며 "괜찮으니 마음껏 하시라"고 말했다. 엔지니어는 "이렇게 엉망진창으로 녹음하는 것도 처음이고, 이렇게 재미있게 녹음하는 것도 처음"이라고 말했다. 그는 믹싱을 마치고 음원 파일을 메모리 스틱에 담아 종현에게 주었다. 종현은 집으로 돌아오는 길 내내 그 노래들을 되풀이해서 들었다.

에반게리온에 타기 싫어 도망쳤던 신지는 사도가 0호기와 아야나미 레이를 흡수했다는 사실을 알고 네르프 본부로 돌아온다. 이카리 겐도는 그런 신지에게 "왜 여기에 있느냐?"고 힐난한다. 그러자 신지는 이렇게 외친다.

"저는 에반게리온 초호기 파일럿 이카리 신지입니다!"

그리고 그런 선언 이후 신지는 이전까지와는 완전히 다른 사람이 된다.

종현은 자신도 "저는 독립 다큐멘터리를 제작하고 있는 박종현이라고 합니다"라고 선언한 뒤 이전까지와는 다른 사람이 된 것 같다고 생각했다. 제대로 된 교육을 받았건 받지 못했건, 발표한 작품이 있건 없건, 묵직한 주제의식이 있건 없건 간에, 그는 다큐멘터리 감독이었다. 그것이 그의 아이-앰-송이었고, 아이-원트-송이었다.

종현은 다음 날 아침 일찍 병원에 갔다.

"너무 좋다. 마음이 따끈따끈해지는 기분이야."

어머니가 〈에바로드〉 1절 가사가 끝났을 때쯤 미소를 지으며 종현에게 말했다. 이어폰을 귀에 꽂느라 털모자를 살짝 올릴 때 어머니는 아들 앞인데도 소녀처럼 부끄러워했다. 구름 그림자가 커튼 위로 천천히 흘러갔다. 종현은 어머니가 다른 단어를 놔두고 왜 하필 '따끈따끈'이라는 말을 썼을까 궁금해졌다.

"제가 만든 노래예요. 같이 만든 사람들 말고는 어머니가 처음으로 듣는 거예요."

종현이 쑥스러워하며 말했다.

"정말? 이 노래가 네가 만든 노래라고? 네가 작곡한 거야?"

어머니는 진심으로 놀라는 표정이었다.

"제가 작곡도 하고 작사도 했어요."

"정말? 그래? 엄마 너무 놀랐다, 애. 노래 너무 좋다, 가사도 너무 따뜻하고 괜찮다, 이러고 듣고 있었는데!"

어머니는 이번에는 민머리가 드러나는 것도 잊고 털모자를 들추고 이어폰을 빼더니 노래를 중지시키려고 스마트폰을 만지작거렸다. 종현이 대신 그 작업을 해주며 어머니에게 말했다.

"몇 곡 더 있어요. 다 제가 만든 거예요."

"우리 아들이 이런 재주가 있는 줄 몰랐네. 빨리 듣고 싶다, 애."

"제가 다큐멘터리도 만들어요."

"그래? 네가 영화감독도 하니?"

어머니는 눈을 동그랗게 뜨며 활짝 웃었다.

"에반게리온이라고 제가 어렸을 때부터 좋아하던 만화영화가 있거든요. 여태까지 백 번도 넘게 본 애니메이션이에요. 그 애니메이션이 10년 만에 그림을 새로 그려서 극장에 걸리게 됐는데……"

그는 어머니의 손을 잡고 차근차근 에반게리온과 〈열광금지, 에바로드〉에 대해 설명했다. 어떻게 해서 에반게리온에 빠지게 되었는지, 에반게리온이 과거에 어떤 식으로 그를 응원했는지, 월드 스탬프 랠리는 무엇이고 신극장판은 또 무엇인지, 왜 다큐멘터리를 찍기로 했는지, 지금까지 얼마나 촬영했고 앞으로 어떻게 제작을 마무리할 예정인지, 그리고 이 모든 작업이 그에게 어떤 의미인지에 대해 설명했다.

상수동 카페에서 모르는 사람들에게 코러스를 불러달라고 부탁했을 때와 마찬가지로 이번에도 막힘없이 말이 술술 나왔다. 설명을 다 마치는 데 15분 정도 걸렸다. 어머니는 그동안 맞장구를 치거나 질문을 던지는 일 없이 가만히 아들의 이야기에 귀를 기울였다.

"오늘이 월드 스탬프 랠리의 중국 일정 마지막 날이에요. 어제는 이 노래들을 녹음해야 했고, 형은 오늘은 도저히 저 대신 병원에 있어줄 수 없대요. 어머니, 죄송해요. 저는 오늘 중국에 가야겠어요. 지금 가방에 핸디캠이랑 비행기 표가 들어 있어요. 중국 비자도 며칠 전에 받아놨어요. 조금 뒤에 공항으로 출발해서 스탬프를 찍고 돌아오면 새벽 1시쯤 될 거예요. 그때까지만 참고 계셔주세요. 간호사실에 얘기해놓고 갈게요."

종현은 말을 마치고 고개를 숙였다. 어머니가 손을 뻗어 그의 뺨을 어루만졌다. 어머니가 부드러운 목소리로 말했다.

"가, 종현아. 다른 사람 눈치 보지 말고, 네가 하고 싶은 걸 해."

종현은 어머니가 자신의 노래를 들을 수 있도록 휴대전화를 병상에 두고 왔다. 아이폰 사용법을 가르쳐주려는 그에게 어머니는 얼른 출발하라며 가라는 손짓을 했다.

병원에서 나올 때에는 마치 어떤 운명이 그를 인도하는 듯한 기분이 들었다. 어머니가 한 말이 〈에반게리온: 파〉에서 미사토의 마지막 대사와 거의 흡사했기 때문이다. 그 바람에 자신이 다시 한번 이카리 신지가 된 듯한 착각이 들었다.

〈파〉의 마지막 장면에서 신지는 "아야나미를 돌려줘!"라고 외치며 각성한다. 그 모습을 본 리츠코는 신지가 탑승한 초호기를 향해 그만두라며, 잘못하면 인간으로 돌아올 수 없게 된다고 말한다. 하지만 신지는 자신이 어떻게 되든, 세계가 어떻게 되든 상관없다며 "아야나미만큼은 반드시 구해내겠다"고 걸어 나간다. 그때 미사토가 신지에게 "가!"라고 외친다. 옆에 서 있던 리츠코가 "미사토?"라며 흠칫 놀란다. 미사토는 계속해서 외친다.

"가, 신지! 다른 누구를 위해서가 아니라, 너 자신이 바라는 걸 위해!"

　여섯 시간 뒤, 종현은 베이징 신국제전람중심에 있었다. 중국
인들은 만화영화에 관심이 없는 건가, 아니면 반일 감정 때문
에 일본 애니메이션 위주인 이 컨벤션을 외면하는 건가 궁금하
게 여기다 종현은 자신의 오해를 깨달았다. 국제만화애니메이
션 컨벤션의 참가자 수도 서울코믹월드나 저팬 엑스포에 비해
결코 적지 않았다. 다만 건물이 너무 커서 전시장이 한산하게
보일 따름이었다.

　낭비할 시간이 없었으므로 에반게리온 부스를 찾아 달리기
시작했다. 중국에서는 인터뷰를 하지 않았다. 스탬프를 받고 행
사장 주변을 촬영한 다음, 한적한 곳에서 빈칸을 다 채운 스탬
프 용지를 들고 독백을 찍은 뒤 다시 공항으로 돌아갈 참이었다.

　에반게리온 부스에는 이카리 신지 스탬프가 보이지 않았다.
부스에 있는 진행요원을 붙잡고 스탬프 용지를 들이밀었더니
그녀는 놀란 표정으로 종이와 종현을 번갈아 가리켰다. 진행요
원의 빠른 중국어에 종현은 못 알아듣겠다는 시늉을 해 보이며
어깨를 으쓱했다.

　진행요원은 5분 정도 뒤에 조금 더 나이가 들어 보이는 다른
진행요원, 그리고 수염을 기른 중년 남자와 함께 내려왔다. 상
급자로 보이는 진행요원은 인주와 스탬프, 그리고 커다란 카메

라를 함께 들고 왔다.

"일본에서 오셨나요?"

수염을 기른 남자가 일본어로 물었다.

"아니요. 한국에서 왔습니다. 서울에서 막 온 참입니다."

종현도 일본어로 대답했다.

"정말 감탄했습니다. 저는 카미무라 야스히로라고 합니다."

남자가 고개를 숙이며 종현에게 악수를 청했다. 내민 손을 얼떨떨하게 잡았을 때 퍼뜩 상대가 누군지 생각이 났다.

"혹시 에바스토어 대표 아니신가요? 가이낙스 창립 멤버이시고, 에반게리온 글로벌 판권을 관리하시는……?"

"아…… 이거…… 네, 맞습니다."

뜻밖의 장소에서 일본 애니메이션계의 거물을 만난 종현은 어안이 벙벙해졌다. 상대방 역시 몹시 수줍어하며 몸을 꼬았다. 카메라를 든 진행요원이 그런 두 사람의 사진을 찍었다. 야스히로 대표가 인자한 미소를 짓고 지켜보는 동안 종현은 스탬프 용지에 마지막 도장을 받았다.

도장을 찍은 진행요원은 손짓발짓으로 종현에게 함께 사진을 찍자는 시늉을 해 보였다. 종현은 도장 네 개가 모두 찍힌 스탬프 용지를 들고 두 진행요원과 각각 한 장씩 사진을 찍었다. 진행요원들이 물러나자 야스히로 대표가 머뭇거리다 자신과 사진을 함께 찍자고 요청했다. 야스히로는 사진을 찍는 동안 종현에게 "월드 스탬프 랠리는 처음에 제가 아이디어를 낸 것입니다" 라고 말하며 웃었다.

"덕분에 즐거운 여행을 했습니다. 좋은 추억을 만들게 해주셔서 감사합니다."

정신을 추스른 종현이 야스히로 대표에게 인사하며 말했다. 그는 문득 해야 할 말이 생각나 덧붙였다.

"상품보다는 스탬프를 받기 위한 여행 자체가 저에게 더 큰 선물이었던 것 같습니다. 저는 상품보다는 완주 자체에 의의를 두고 있습니다."

"아, 4개국에 갈 수 있는 항공권과 숙박권이라는 그 상품 말씀이지요. 하지만 그건 저희가 외부로 발표한 내용일 뿐입니다. 꼭 도쿄에 오셔서 완주 인증을 받으십시오. 어떤 상품이 종현 씨를 기다리고 있을지 모르니……"

야스히로 대표는 수수께끼 같은 이야기를 했다. 종현은 그게 무슨 뜻인지 더 물어보려 했지만 그럴 수가 없었다. 성미 급한 중국 오덕 한 무리가 두 사람이 대화를 마치기를 기다리지 못하고 옆에 끼어들어 종현의 스탬프 용지 옆에서 사진을 찍어 댔기 때문이다.

종현이 정신을 차려보니 야스히로 대표는 이미 모습이 보이지 않았고, 한 무리의 중국인들이 자신을 둘러싸고 연신 카메라 셔터를 눌러 대고 있었다. 종현 옆에는 스탬프 용지를 함께 들고 사진을 찍고 싶어 하는 중국 오덕들이 줄을 서 있었다. 중국 오덕들은 종현에게 엄지손가락을 들어 보이거나 "쩐빵(훌륭해요)!"이라고 큰 소리로 외쳤다. 종현의 어깨를 아플 정도로 세게 치는 사람도 있었다.

나중에는 군중으로부터 도망치지 않으면 안 될 상황에까지 몰렸다. 종현은 스탬프 용지를 고이 접어 가방에 넣고 한 장만 더 찍자는 사람들에게 양 손바닥을 들고 '더는 안 된다'고 난감한 표정을 지어 보인 뒤 에반게리온 부스를 냅다 빠져나왔다.

그는 전시회장 반대편 구석에 가서 덜덜 떨리는 손으로 미니 삼각대를 바닥에 펴고 그 위에 핸디캠을 올려놓았다. 이 벅찬 감격을 제대로 전달할 수 있을지 자신이 없었다. 카메라를 향해 뭔가 말을 하려 했으나 잘되지 않았다.

그는 울고 있었다.

15. 괜찮아요, 당신과 함께라면

『신세기 에반게리온』제24화

댓글 | 총 245개

전설의 사랑 (sungchu***)	**BEST** 다른 존만한 애니 오덕들아 보고 있니! 이게 에바 오덕의 스케일이다! 디스! 이즈! 에바! 오덕!!!!!!!	👍 187 12. 12. 26
덕덕덕후후후 (dddhh***)	**BEST** 오오... 쩐다... 근성왕 등극 ㄷㄷㄷ	👍 72 12. 12. 26
루리웹_19금 (hihell***)	**BEST** 실제로 스탬프를 다 찍는 사람이 나오리 라고는 전혀 생각하지 못했습니다. 그런데 완주 는 물론이고 다큐멘터리 제작까지 준비 중이시 라니... 정말 존경합니다. 그리고 축하드립니다.	👍 54 12. 12. 26
졸리남편 (cvzx***)	이곳은 성지가 됩니다. 아니면 제가 명동에서 홀딱쇼하겠음 ㅊㅋㅊㅋ!!!	👍 3 12. 12. 26
Planet-F™ (drea***)	말 그대로 지구를 한 바퀴 도셨네... 후덜덜... 정말 축하드립니다!!!	👍 11 12. 12. 26

사야카짱 (mysaya***)	돈이 썩어나나... 저거 비행기 표 값으로 차 한 대는 뽑겠네... 이러니까 오덕들이 욕먹는 거다	👍 0 12. 12. 26
📞 시키나미 (kcha***)	이 자식은 중고 모닝만 타고 다녔나... 그 돈으로 차 못 삼. 그리고 훔친 돈도 아니고 자기 돈으로 갔다 왔는데 님이 뭔 상관? 차보다 오덕질이 더 좋으면 오덕질 하는 거지.	
📞 잉여크림 (lemo***)	사야카짱 저거 관심종자임. 댓글 달면 딸딸이 치면서 좋아함 ㄱㅈㅅ	
인천카이저소제 (juaf***)	정말 축하드립니다!!! 다큐멘터리 후반 제작비 용이 걱정이라고 하셨는데 크라우드 펀딩 이용하시면 어떨지요? 텀블벅 추천드립니다. 예술 쪽 소셜 펀딩으로 제일 유명하거든요. 이거보다 시시한 프로젝트들도 어렵지 않게 돈 모으던데. 에반게리온 월드 스탬프 랠리 다큐멘터리라니. 기다리다가 현기증 날 거 같아서 댓글 달아봅니다(루리웹에서 눈팅만 하다가 글 쓰는 거 처음임). 네이버나 다음에서 '텀블벅' 검색하시면 금방 나와요! 다시 한번, 정말 축하드립니다!!!	👍 0 12. 12. 26

에반게리온 월드 스탬프 랠리를 완주했다는 글과 중국에서 찍은 사진을 올린 게시물은 루리웹 애니 갤러리에서 하루 만에 조회수 만 건을 돌파했다. 종현은 이 글에서 사운드트랙 CD를 만들고 싶지만 월급이 좀더 쌓일 때까지 기다려야 할 것 같다고 썼다. 완주 인증을 받으러 일본에 갈 비행기 표를 사고 나니 통

장에 남은 잔고가 딱 6원이었다. 일본에서 쓸 교통비나, 돌아와서 다음 월급날까지 밥을 사 먹을 돈도 없었기 때문에 회사에서 가불을 받았다.

그러자 한 루리웹 회원이 댓글로 '소셜 크라우드 펀딩을 이용하면 어떻겠느냐'고 제안했다. 종현은 크라우드 펀딩이라는 용어와 텀블벅이라는 사이트 이름을 이날 처음 들었다.

텀블벅은 국산 크라우드 펀딩 기업이다. 기획자들이 자기 아이디어와 작업에 필요한 금액을 사이트 게시판에 올리면 다른 사람들이 글쓴이에게 원하는 만큼 후원금을 보낼 수 있다. 기한 안에 목표액이 모이면 실제로 금액이 결제되어 후원이 이루어지고, 텀블벅 측이 전체 모금액의 5퍼센트를 수수료로 가져간다.

종현은 프로젝트 소개글에 〈열광금지, 에바로드〉에 대한 설명과 함께, '내레이션 녹음 등 후반 편집 작업과 상영에 필요한 돈이 200만 원'이라고 적었다. 펀딩 기한은 두 달이었는데, 사흘 만에 후원금이 목표액을 넘었다. 평생 그를 못 살게 굴었던 인터넷이 이제 그의 편을 들어주고 있었다.

랠리 초반에는 다큐멘터리 제목을 〈에바로드〉로 잡고 있었으나, 텀블벅 모금을 할 때쯤 제목을 〈열광금지, 에바로드〉로 바꿨다. '열광금지'라는 표현에 대해 종현은 다큐멘터리 안에서 이렇게 설명한다.

"길거리에 대선 후보 현수막처럼 이런 글귀가 걸려 있는 거 같아요. '열광하지 마시오'라고. 무슨 금연이나 음주운전 금지를 홍보하듯이, 사회 전체가 '열광금지' 공익 캠페인을 벌이는 것 같다고 종종 느낍니다."

그러나 이런 설명은 나중에 끼워 맞춘 것이고(〈열광금지, 에바로드〉가 어느 정도 가식적인 작품이라는 얘기는 앞에서도 했다), 종현이 처음 '열광금지'라는 문구를 떠올린 배경은 다른 데 있었다.

"사실은 '모에(萌え) 금지'라는 단어가 먼저 떠올랐습니다. 모에라는 건 모든 사물이나 상황을 미소녀 모습으로 표현하는 거예요. 어디서 복사해 온 것 같은 미소녀 캐릭터를 잔뜩 넣어서 캐릭터 상품을 팔아먹는 데에만 정신이 팔린 요즘 일본 애니메이션들이나 세상만사를 미소녀로 의인화해서 매사를 쉽게 생각하는 오덕들의 자세가 너무 못마땅했거든요. 에반게리온만큼은 모에화가 되지 말았으면 좋겠다고 생각해서 '모에 금지'라는 말을 만들어냈는데, 이걸 한국어로 어떻게 옮길까 하다가 '열광금지'로 했습니다."

종현은 말했다.

"월드 스탬프 랠리 인증을 받으러 왔습니다."

다시 찾은 에바스토어 본점에는 아직 크리스마스 장식들이 걸려 있었다. 앞뒤로 도장을 다 찍은 스탬프 용지와 비행기 표,

그리고 여권을 종현이 카운터에 내밀었을 때, 이곳에서도 베이징에서 있었던 것과 비슷한 일이 벌어졌다.

에바스토어의 종업원 전체, 그리고 손님들 수십 명이 1층으로 내려와 종현과 기념사진을 한 장씩 찍고 갔다. "쩐빵!"이라는 말 대신 들릴락 말락 한 소리로 "스고이데쓰네" 또는 "스게"라고 중얼거리고 기념사진 촬영을 할 때에도 조심스럽게 옆에 다가선다는 점이 다를 뿐이었다. 종업원들은 종현을 둘러싸고 함께 박수를 치기도 했다.

야단법석에 의아해진 종현은 "혹시 제가 처음인가요?"라고 물었다.

"네, 처음입니다. 아시다시피 중국 때문에…… 요즘 일본인들은 중국 여행을 몹시 꺼리는 분위기입니다."

가장 선임으로 보이는 직원이 대답했다. 그녀는 액자를 만들어 걸어둘 생각이라며 동의를 구한 뒤 종현을 아야나미 레이의 실물 크기 모형 앞으로 데려가 독사진을 여러 장 찍었다. 이 직원은 한국어를 조금 할 줄 알아서 카메라 셔터를 누를 때 "기무치"라고 하고 사진 촬영을 마친 뒤에는 "감사하무니다"라고 말했다.

"상품은 어떻게 하나요? 상품이 항공권과 숙박권 그대로인가요, 아니면 바뀌었나요?"

종현이 물었다.

"아, 상품 말입니까. 상품에 대해서는 저희가 대답을 할 수 없게 되어 있습니다. 담당자로부터 연락이 갈 겁니다. 혹시 한국에는 오늘 돌아가시나요?"

"지금 이 스토어에서 나가서 바로 공항으로 갈 예정입니다."

"그러면…… 저희가 이메일로 연락을 드리겠습니다. 여기에 메일 주소와 전화번호, 댁 주소를 적어주시겠어요?"

종현은 에바스토어 직원이 내민 용지에 주소와 연락처를 적은 뒤 그냥 나오기가 멋쩍어 한정판 마리 안경을 샀다.

며칠 뒤 회사에서 일하고 있을 때 일본에서 국제전화가 걸려왔다.

엄밀히 말하자면 '일하고' 있을 때는 아니었다. 소프트웨어 불법복제 단속을 나온다고 해서 컴퓨터 하드디스크를 모두 포맷한 뒤 웹툰 사이트를 헤매며 멍하니 시간을 보내던 중이었다. 소프트웨어를 만드는 회사에서 불법복제 소프트웨어를 쓰고 있다는 사실도 웃겼지만, 한편으로는 하드디스크가 텅 비어 있다고 '문제없다'고 넘어가는 단속 공무원들의 속사정도 궁금했다. 정색하고 불법 소프트웨어 적발에 나서면 한국 IT 산업의 뿌리가 흔들릴까 봐 눈물을 머금고 배려해주는 걸까?

어쨌든 그렇게 빈둥거리고 있을 때 전화가 왔다.

"박종현 씨인가요? 저는 스튜디오 카라의 우에무라 히로유

키라고 합니다. 이렇게 통화를 하게 돼 정말 영광입니다."

우에무라 과장이라고 밝힌 카라 직원은 꼭 종현의 목소리를 들어보고 싶어서 전화를 걸었다고 했다. 같은 행위라도 한국에서라면 '미친 덕질'이라며 욕을 들어먹을 일이 일본에서는 일종의 장인정신으로 대접받나 보다. 어쩌면 그냥 자기네 충성 고객이니까 입에 발린 소리를 하는 걸 수도 있고.

"카미무라 대표님께서 이미 언질을 주셨다고 들었습니다만, 실은 상품이 하나가 더 추가됐습니다. 그러니까 원래 상품인 항공권과 숙박권을 받고 싶으시면 그대로 받으셔도 되고, 또는 새로운 상품을 선택하셔도 됩니다."

"새 상품이라는 게 뭡니까?"

"다음 두 가지 상품 중 하나를 선택하실 수 있습니다. 1번은 내년 중에 프랑스와 일본, 미국, 그리고 중국을 비즈니스 클래스로 다녀올 수 있는 비행기 티켓과 이들 나라에서 5성급 호텔에서 사흘간 묵는 데 대한 숙박비입니다. 2번은 스튜디오 카라의 작화가 중 한 분을 선택해서 원하는 캐릭터의 일러스트를 그려달라고 할 수 있는 권리입니다. 어떤 걸 택하시겠습니까?"

"2번을 택하겠습니다."

1초도 망설이지 않고 종현이 대답했다.

"그러면 어느 작화가 분을 택하시겠습니까?"

"츠루마키 카즈야 감독님입니다."

종현이 말하자 전화 상대방이 그럴 줄 알았다는 듯이 웃었다. 〈신세기 에반게리온〉의 부감독이자 에반게리온 신극장판 시리즈의 공동감독인 츠루마키의 작화 실력은 팬들 사이에 널리 알려져 있었다.

"알겠습니다. 츠루마키 이사님으로 하겠습니다. 그러면 어떤 캐릭터를 그려달라고 할까요? 선호하는 복장이나 포즈가 있으십니까?"

'교복 입은 아야나미 레이'라고 대답하려다 종현은 멈칫했다. 두 번 다시 오지 않을 기회를 놓치고 있는 듯한 느낌이 들었다.

"바로 말씀드려야 하나요? 제가 생각을 좀 해본 뒤에 연락드리면 안 될까요?"

"물론 괜찮습니다. 언제까지 연락을 주시겠습니까?"

종현은 그 주 중에 이메일로 회신을 보내겠다고 대답했다.

1월 말에 〈에반게리온: Q〉의 일본 상영이 끝났다. 〈Q〉는 일본에서 극장 개봉 수입으로만 50억 엔이 넘는 돈을 벌었다.

스튜디오 카라는 〈Q〉의 블루레이 발매 예정일을 알리면서 월드 스탬프 랠리 최종 당첨자 명단을 함께 발표했다. 완주자는 단 한 명, 한국의 프로그래머 박종현 씨. 일본 오덕들이 그 아래 쓴 댓글에는 '졌다'는 내용들이 많았다. 단순히 질렸다거나 감탄했다는 의미로 '졌다'고 한 것인지, 아니면 한국인에게 졌다는 의미인지는 알 수 없었다.

종현은 2월 중순에 CD 재킷 디자인을 완성하고 강남의 CD 제작업체에 가서 500장을 찍었다. 70만 원이 들었다.

비슷한 시기에 영상 가편집을 마쳤다. 2월 말에 내레이션 대본을 완성하고, 루리웹에서 알게 된 성우 지망생과 함께 녹음실에 가서 내레이션을 녹음했다. 40분 분량의 내레이션을 녹음하는 데 딱 40분이 걸렸다. 성우 지망생은 단 한 번도 실수를 하지 않았다.

"이렇게 실력이 뛰어난데 성우 시험에 계속 낙방하셨다고요?"

종현이 놀라서 성우 지망생에게 물었다.

"시험 때에는 긴장해서 실력이 잘 안 나오더라고요. 그것도 실력이죠, 뭐."

성우 지망생이 머리를 긁적이며 대답했다.

3월 중순에 국제우편으로 에반게리온 월드 스탬프 랠리의 상품인 수제 일러스트가 도착했다.

〈열광금지, 에바로드〉에는 이 일러스트의 내용에 대해 종현이 스튜디오 카라에 일본어로 적어 보낸 이메일과 한글 자막이 나오는데, 핵심적인 단어들은 모자이크 처리가 되어 있다.

종현은 안노 히데아키 총감독이 에반게리온에 대해 '어떤 해석'을 한 뒤, 츠루마키 카즈야 감독이 그 해석을 그리게 해달라고 부탁했다. 또 그 해석의 핵심이 되는 두 인물이 전면에 나오고, 에반게리온의 다른 등장인물들이 그 뒤에 서서 박수를 치는 모습을 그려달라고 주문했다.

〈열광금지, 에바로드〉에는 이 일러스트의 내용이 나오지 않는다. 국제우편을 받은 종현은 자신의 얼굴과 일러스트의 뒷면만 화면에 잡히도록 삼각대를 방에 설치해놓고, 그 앞에서 천천히 화구통을 연다. 이 과정에서는 일절 내레이션이 나오지 않고, 대신 화구통 겉면에 적힌 발송인 주소만 클로즈업으로 한 번 등장한다. 배경음악도 내레이션도 나오지 않는 이유는 가편집과 내레이션 녹음을 마친 뒤 추가한 영상이기 때문이지만, 그래서 오히려 더 극적인 느낌이 든다.

화구통에서 꺼낸 일러스트를 본 종현은 깜짝 놀랐다가 곧 웃음을 터뜨린다. 그는 웃어야 할지 울어야 할지 모르겠다는 표정으로 한참 동안 일러스트를 쳐다보다가 뭔가 깨달았다는 듯한 눈빛이 된다. 이윽고 그의 눈이 눈물로 글썽글썽해진다. 그리고 엔딩크레딧이 올라온다. 다큐멘터리 〈열광금지, 에바로드〉는 이렇게 끝난다.

"그래서, 일러스트 내용이 뭐였습니까? 에반게리온에 대해 어떤 해석을 부탁한 건가요?"

내 질문에 종현은 빙그레 웃다가 "그건 아무한테도 말하지 않기로 했습니다"라고 대답했다.

"누구한테 어떤 캐릭터를 어떤 포즈로 그려달라고 할까. 이걸 며칠이나 고민하다가 깨달았어요. 내가 지금 엄청난 카드를 들고 있구나, 라고요. 이건 프랜차이즈 제작업체나 동인이 만드는 일러스트와는 차원이 달라요. 아야나미 레이가 한복을 입은 적이 있다는 걸 알고 계세요? 예전에 우리나라 애니메이션 잡지 한 곳이 가이낙스에 직접 주문을 해서 일러스트를 받고 이걸 부록으로 배포한 적이 있습니다. 지금은 몇십만 원을 줘도 구할 수 없는 희귀본이 됐죠. 사실 한복 입은 아야나미 레이야 그림 솜씨가 뛰어난 동인이라면 그리기 어렵지는 않을 테죠. 하지만 그 일러스트는 가이낙스가 그린 그림이고, 그러니까 아야나미 레이의 공식 역사에 포함이 되는 거예요. 아야나미 레이는 한복을 입은 적이 있다, 라고요. 동인지에서는 아야나미 레이가 별짓을 다 겪지만 그건 에반게리온의 세계에는 존재하지 않는 상상이고요. 게다가 저는 이 일러스트를 통해 에반게리온의 중요한 비밀 중 하나에 대한 안노 히데아키 총감독의 해석을 알 수 있게 됩니다. 전 세계에서 스튜디오 카라의 핵심 관계자 몇 명을 제외하고 나면 저 혼자 정체를 아는 비밀이지요. 그래서 저는 그게 뭔지에 대해 다른 사람에게는 절대로 가르쳐주지 말자고 다짐했어요. 이것도 에반게리온이 저한테 가르쳐준 삶의 팁 중 하나입니다. 다른 사람을 끊임없이 궁금하게 만들어라. 그러면 네가 가진 것의 가치가 올라간다."

"혹시 아야나미 레이와 이카리 신지가 키스를 하는 모습 아닙니까? 그리고 다른 사람들이 그 뒤에서 박수를 치고 있고?"

나는 넘겨짚어보았다. 종현이 아야나미 레이의 팬이라는 사실은 이미 알고 있었다. 그리고 레이와 신지는 에반게리온 시리즈 전체를 통틀어 서로 입을 맞춘 적이 한 번도 없다. 신지는 TV 시리즈에서 아스카와 키스를 하고, 〈엔드 오브 에반게리온〉에서는 미사토와 입을 맞춘다.

"음, 뭐, 나쁘지 않은 추측입니다만…… 아니, 힌트도 드리지 않을래요."

종현은 이렇게 말했고 나는 웃음을 터뜨렸다.

"이거 하나만 여쭤볼게요. 일러스트는 만족스러웠습니까?"

"아주 만족스러웠습니다. 정말이지 감동했습니다."

종현이 대답했다.

16. 소년이여, 신화가 되어라

〈잔혹한 천사의 테제〉

　첫번째 상영회는 외대 근처의 카페에서, 텀블벅 후원자들을 상대로 열었다. 눈이 많이 온 날이었다.

　후원금을 보내준 사람 중 40여 명이 참석했다. 나름 재미있게 만들었다고 생각했지만 다른 사람들은 어떻게 볼지 전혀 가늠할 수 없었다. 그랬기 때문에 관객들의 열렬한 반응에 오히려 겁이 덜컥 났다. 게다가 예상치도 못하게 상영회장에서 뜻밖의 인물을 만나는 바람에 정신적인 충격을 연타로 맞고 머리가 멍해졌다.

　"안녕? 나 기억해?"

　상영회가 막 끝났을 때 아야나미 레이를 닮은 여인이 카페 구석에서 일어나 종현에게 다가왔다.

"경희…… 누나?"

"누나가 뭐냐? 그냥 예전에 부르던 대로 불러. 우리 말 놨었
잖아."

변경희는 고교 시절과 별로 달라진 게 없어 보였다. 할말을 잊
은 종현에게 여인은 자신이 텀블벅에서 〈열광금지, 에바로드〉
프로젝트를 보았으며, 인터넷으로 후원금을 냈다고 말했다.

"영화 별로면 그냥 가려고 했는데, 너무 좋지 뭐야. 그래서
인사나 하고 가려고. 나, 너 너무 불편하게 하는 거 아니지?"

종현은 당황해서 제대로 대답도 못했다. 경희는 자신이 게임
회사에서 디자이너로 일한다고 설명했다. 요즘 게임 같지 않게
3D 그래픽을 쓰지 않고 셀 애니메이션 분위기로 영상을 만드는
게임을 제작 중이라고 했다.

그들은 몇 분 정도 어색하게 근황을 이야기하고, 꼭 연락하자
며 전화번호를 교환했다.

"여기 정리하고 그러느라 바쁘겠다. 영화 정말 멋있었어. 그
럼 나 갈게!"

다른 후원자들이 종현 근처에 모이자, 경희는 손을 흔들고 말
릴 새도 없이 재빠르게 카페를 빠져나갔다.

"좋은 충격도 충격은 충격이더라고요. 소주를 세 병쯤 스트
레이트로 마신 기분이었어요"라고 종현은 그날 소감을 설명했
다. 그는 그날 눈을 맞으며 집에 오는 바람에 몸살감기를 며칠

앓았다.

상영회에 왔던 텀블벅 후원자들이 그에게 메일을 보내왔다. "그동안 꿈을 잊고 살았는데 나도 진짜 좋아하는 걸 하며 살아야겠다고 느꼈다"든가 "힐링이 되는 기분이었다"라는 등의 내용이었다.

1차 상영회를 본 사람들이 '강력 추천한다'는 내용의 후기를 인터넷에 많이 올렸다. 상영회에 오지 못했던 후원자들은 재상영을 요구했다. 후원자 상영회에서 용기를 얻은 종현은 홍대 인근 문화공간인 상상마당에 상영을 문의하면서, 다큐멘터리영화 전문 배급사인 E사에도 장문의 메일을 보냈다.

상상마당에서는 평일, 그것도 낮 시간에만 상영관을 내줄 수 있다고 답변을 해왔다. 대관비가 80만 원이었다. 종현은 구차할 정도로 장황하게 〈열광금지, 에바로드〉의 의의와 제작 과정을 설명하는 메일을 보냈으나 상상마당에서는 "가격 협상은 불가능하다"고 대꾸했다. 종현은 '인디문화를 지원한다지만 그것도 그 안에서 잘나가는 놈들 돕는 거지, 나 같은 쩌리까지 도와주겠다는 얘기는 아니구나'라고 생각했다.

E사의 담당자는 "홈페이지에 나온 양식대로 시놉시스와 6밀리 테이프를 보내달라"고 요구했다. 종현이 "제 다큐멘터리는 디지털로 찍고 편집도 디지털로 해서 테이프는 따로 없는데요"라고 말했지만 담당자는 6밀리가 필요하다는 말만 되풀이했다.

그는 한국에서 나오는 다큐멘터리영화가 1년에 800편이라며 자기들은 아쉬울 게 없다는 식으로 핀잔을 주기도 했다. 밤을 새워 컨버팅 작업을 해서 테이프를 퀵서비스로 부쳤으나 한 달이 넘도록 답이 없었다.

〈열광금지, 에바로드〉가 유명세를 얻고 인디플러그와 온라인 배급 계약을 체결할 즈음 E사에서도 종현에게 계약을 하자며 연락을 해왔다. 그런데 그때 연락해온 사람은 종현이 〈열광금지, 에바로드〉의 6밀리 테이프를 E사로 보냈다는 사실조차 모르고 있었다.

다행히 한국영상자료원에서 무료로 대관을 해주겠다는 연락이 왔다. 영상자료원의 담당자는 친절했고 "영화 무지 재밌었다"고 종현을 북돋워주었다.

일반인 대상 무료 상영회는 4월 첫째 주 일요일, 영상자료원 시네마테크의 독립영화 상설상영관에서 열렸다. 종현은 상영회를 앞두고 홍보 홈페이지와 페이스북, 트위터 계정을 열었다. 온라인 및 오프라인용 포스터를 제작해 에반게리온 관련 사이트와 홍대 부근에 배포하고, 트위터와 페이스북에서 이벤트도 벌였다. 이벤트 당첨자에게는 오리지널 사운드트랙 CD와 동영상이 담긴 한정판 메모리스틱을 증정했다.

그런 홍보가 효과가 있었던 것인지, 상영회는 좌석이 다 차서 복도에 앉아서 보는 사람이 있을 정도로 대성황이었다. 6밀리 테이프 따위는 필요 없었고, 디지털 상영이 가능했다. 종현은 600기가바이트짜리 초고화질 무압축본 파일을 시험 삼아 틀어보았는데 아무런 문제 없이 상영이 가능했다. 그도 큰 화면으로 자기 영화를 보는 것은 이번이 처음이었다.

후원자 상영회가 비교적 엄숙한 분위기였던 데 비해 무료 상영회는 밝고 들뜬 분위기에서 진행되었다. 이 상영회에서는 후원자 상영회 때보다 훨씬 자주, 그리고 더 크게 관객들의 웃음이 터져 나왔다. 종현이 의도한 유머는 거의 다 먹혔고, 웃음을 의도하지 않았던 장면에서도 낄낄거리는 반응이 나왔다. 상영회가 끝나자 한동안 박수 소리가 이어졌다.

『월간 잉』의 필진 중 한 명이 이날 상영회에 참석해 〈열광금지, 에바로드〉를 보고 기사를 썼다. 며칠 뒤에 내가 그 기사를 읽고 상수역 인근에서 열린 세번째 상영회에 참석했다.

내가 쓴 기사를 읽고 여성 두 명이 종현에게 연락했다. 먼저 연락한 사람은 경희였다.

"너 잡지에 기사도 났더라. 진짜 멋지다. 축하도 할 겸 저녁 같이 먹는 거 어때?"

종현은 상대가 자신을 유혹하는 것인지 아닌지 확신할 수 없었다. 그는 제일 좋은 옷을 입고 나갔다. 경희는 밥을 먹다가 종현에게 사귀는 사람이 있느냐고 물었고, 자신은 일찍 결혼했다가 이혼했다고 털어놓았다.

종현에게 다음으로 연락한 여성은 메가박스 팀장이었다. 당초 오덕들 사이에서는 〈에반게리온: Q〉 국내 정식 개봉은 힘들 것 같다는 게 정설이었다. 〈에반게리온: 파〉를 들여왔던 수입배급사가 파산했기 때문이다. 그런데 메가박스의 자회사가 〈Q〉수입 계약을 체결했고, 메가박스가 이를 4월 말에 단독 개봉하게 되었다. 상수역에서 〈열광금지, 에바로드〉 상영회가 열렸을 때 메가박스는 한창 〈Q〉 개봉 날짜를 조정 중이었다.

메가박스 팀장은 페이스북 메신저로 종현에게 '다큐멘터리를 한번 보고 싶다'고 연락했다. 종현은 저용량 버전의 파일을 메일로 보내주었고, 이를 보고 난 메가박스 팀장이 종현에게 미팅을 요청했다. 이 자리에서 팀장은 에바로드 특별상영회를 제안했고, 거기서 반응이 괜찮으면 정식 상영도 추진하겠다고 말했다.

"처음에는 이분이 뭔가 상황 파악이 잘 안 되시는 분 아닌가, 메가박스가 나한테 왜 이럴까 싶더라고요. 정식으로 극장에서, 그것도 메가박스에서 영화가 상영될 거라고는 꿈도 꾸지 못했거든요."

종현이 말했다.

뒤늦게 메가박스 팀장이 엄청난 에바 오덕임이 밝혀진다. 〈Q〉 국내 개봉이 끝난 뒤에 웹진 『아이즈』에 이 팀장의 인터뷰가 실렸다. 그녀는 여기서 〈Q〉 개봉에 얽힌 비화를 소개한다.

처음에는 〈Q〉를 심야 또는 조조 상영할 때 〈열광금지, 에바로드〉를 서비스로 함께 틀어주는 방안이 논의되었다. 실제로 〈Q〉의 일본 개봉 때에는 안노 히데아키와 스튜디오 지브리가 함께 만든 단편영화 〈거신병 도쿄에 나타나다〉가 매회 서비스로 상영되었다.

나중에는 서울, 부산, 대구, 대전, 수원 등 메가박스 상영관 다섯 곳에서 〈Q〉의 홍보 이벤트 일환으로 한 차례씩, 특별상영을 모두 다섯 차례 '페이애프터' 방식으로 하기로 정했다(호남권에서 상영하지 않은 이유는 〈Q〉의 사전 예매율이 낮았기 때문이다). 영화를 본 사람들이 극장 앞에 설치한 작은 모금함에 자신이 내고 싶은 만큼 돈을 내는 방식이다. 특별상영에서 반응이 좋으면 페이애프터로 거둬들인 수익을 관객 수로 나눈 값만큼의 가격으로 유료 상영을 몇 차례 더 하기로 했다.

메가박스는 〈Q〉 홍보를 위해 이런저런 행사를 기획했는데 그 중에는 '스탬프 랠리 코리아'라는 것도 있었다. 다섯 도시에서 〈열광금지, 에바로드〉를 상영할 때 에반게리온 캐릭터 다섯 명의 도장을 하나씩 찍어주고, 이걸 다 모아 오는 사람에게는 포스터와 한정판 캐릭터 상품을 주는 이벤트였다.

"페이애프터로 관객 한 사람이 낸 돈 평균을 내니까 5,988원인가가 나오더라고요. 그래서 영화비는 5,000원으로 정해졌어요. 마지막에 모금함에 제가 몇만 원 냈으면 표 값을 6,000원으로 만들 수 있었을 텐데. 하긴 5,000원이건 6,000원이건 그게 무슨 상관이겠어요. 제가 만든 영화가 대형 극장에 정식으로 걸리게 된 건데. 이거 웬만한 영화감독도 쉽게 못하는 일이잖아요. 지금도 꿈을 꾸는 건 아닌가 싶습니다. 내가 일생의 운을 지금 여기서 다 써버린 거 아닌가 싶기도 하고."

특별상영회가 끝나고 메가박스에서 공식 상영 일정이 잡혔을 때 종현이 들떠서 한 말이었다. "신기한 일이 하나 더 있어요"라며 그는 덧붙였다.

"스탬프 랠리 코리아를 완주한 사람이 있더라고요. 그것도 일곱 명이나. 마지막 날에 수원 메가박스에서 다 같이 기념사진을 찍었습니다. 다들 멀쩡해 보이던데요?"

"안녕하세요, 기자님. 이쪽이 제가 얘기한 그…… 제 여자친구입니다."

종현이 말을 마치자 옆에 서 있던 아가씨가 고개를 살짝 숙이며 내게 인사했다. 변경희는 듣던 대로 상당한 미인이었으나 내가 예상했던 외모와는 달랐다. 아야나미 레이보다는 베르단디와 닮아 보였다. 그녀는 내게 인사할 때에는 다소 얼굴이 굳어졌으나 이내 남자 친구 쪽을 바라보며 화사하게 미소를 지었다. 다른 건 몰라도 외모만큼은 기가 막히게 잘 어울리는 선남선녀 커플이었다. 곱상하게 예쁜 남자와 날씬하고 피부가 흰 미녀. 소년만화에서 막 튀어나오기라도 한 듯이.

종현의 형과 어머니도 소개받았다. 종현의 어머니가 변경희보다 오히려 더 아야나미 레이에 가까운 이미지였다. 그녀는 어딘지 슬퍼 보이는 외모와 아련한 눈빛을 지니고 있었다. 종현의 형은 들은 바와 달리 상냥하고 예의바른 사람이었다. 〈열광금지, 에바로드〉의 주제가를 부른 웹 디자이너도 행사장에 왔다. 키가 작은 여자였다. 150센티미터 정도?

우리는 메가박스 코엑스점에서 열린 '에반게리온 완전정복 앵콜상영회' 행사장에 와 있었다. 400석 규모의 M2관에 빈자리가 거의 없었다. 메가박스 코엑스점 M2관은 크기도 크지만 여러 가지 하드웨어 시스템이 국내에서 가장 잘 갖춰진 상영관으로 꼽힌다(고 종현이 내게 알려주었다).

'에반게리온 완전정복 앵콜상영회'는 〈에반게리온: Q〉의 국내 상영 종영을 계기로 메가박스에서 마련한 이벤트였다. 그즈음에는 종현이나 나나 이게 다 그 오덕 메가박스 팀장의 사리사욕 행사임을 눈치채고 있었다. 이 상영회는 〈서〉, 〈파〉, 〈Q〉 등 에반게리온 신극장판 세 편을 내리 상영한 뒤 〈열광금지, 에바로드〉를 상영하고 이어 '관객과의 대화' 시간을 여는 것으로 구성되어 있었다. 오덕의, 오덕을 위한, 오덕에 의한 행사였다.

종현은 관객과의 대화 패널 중 한 명으로 참여했다. 보통 영화 이벤트에서 관객과의 대화는 감독이나 주연 배우가 진행하기 마련인데 일본 제작진을 불러오진 못한 주최측이 대신 패널 세 사람을 무대에 세웠다. 다른 두 패널 중 한 사람은 최근 종편 토크쇼에서 인기를 얻은 영화평론가 K씨, 또 한 사람은 『에반게리온을 여행하는 오타쿠들을 위한 가이드북』이라는 책을 쓴 어느 대학강사였다.

관객 비율은 뜻밖에도 여성이 더 많았다. 이건 좋은 징조였다. 남성 오덕이 많은 경우 이런 행사가 종종 '너희 주최자 녀석들이 얼마나 많이 아는지 어디 한번 보겠다'는 식으로 분위기가 험악해지는 것을 몇 번 본 적이 있었다. 나는 좋은 분위기에서 행사가 진행되기를, 그리고 기왕이면 스포트라이트가 종현에게 비쳐지기를 바랐다.

영화평론가 K씨에 대해 나는 평소 그가 그다지 깊이 있는 비평가도 아니고 글솜씨가 뛰어난 것 같지도 않다는 편견을 품고 있었다. 그러나 그는 유능한 사회자였다. 관객과의 대화는 주로 그가 사회를 보고 다른 두 패널이 가끔 끼어드는 형태로 진행되었다.

K씨는 자기 의견을 일방적으로 늘어놓기보다 "제 생각은 이런데, 다른 분들은 어떻게 생각하세요?"라고 다른 패널이나 관객들에게 질문을 던졌다. 영리한 전략이었다. 청중의 참여를 자

연스럽게 유도하면서 하드코어 팬들이 품고 있던 의구심이나 적대감을 효과적으로 무너뜨렸다. 덕분에 분위기가 화기애애해졌다. 몇몇 관객들이 독특한 해석을 내면 다른 관객들이 박수를 치며 호응했다. 그 자리에 있던 모든 사람들의 A.T. 필드가 한층 엷어지는 것 같았다.

종현도 질문을 몇 가지 받았다. '일러스트를 공개해달라'는 요청에 종현은 단호히 안 된다고 대꾸했고, 다큐멘터리를 만들면서 가장 고되었을 때가 언제였느냐는 질문에는 "샌프란시스코 일정이 가장 힘들었습니다"라고 대답했다.

'앵콜상영회에서 다른 사람들과 함께 자신이 만든 영화를 보니 기분이 어떠냐'는 질문에 종현은 다음과 같이 대답했다.

"M2관 영사기가 일반 디지털 영사기보다 해상도가 배로 높거든요. 풀 HD로 찍은 장면들이 처음 의도했던 대로 선명하게 나와서 만족했습니다. 그런데 제 얼굴 모공이 아주 선명하게 보이던데, 제 피부가 원래 저 정도는 아닌데……"

'일러스트 내용을 포함해 완전판이나 리뉴얼판을 따로 만들 생각이 없느냐'는 질문도 있었다. 종현은 "아니 그건 좀……"이라며 말을 얼버무렸다.

'앞으로 뭘 할 거냐'는 질문에 종현은 이렇게 대답했다.

"사실 잘 모르겠습니다. 아직 많이 얼떨떨한 상태라…… 이 영화를 만들기 시작할 때 특별히 영화감독이 되고 싶다거나 작곡가가 되고 싶다는 생각이 있었던 건 아닙니다. 그런데 촬영과 편집을 마치고 나니까 그런 욕심이 나는 것도 사실입니다. 하지만 영화감독도 그렇고 작곡가도 그렇고 굉장히 고생을 많이 해야 되고 배도 많이 고픈 직업이잖아요(그러자 옆에서 K씨가 '영화감독은 정말 그렇습니다'라고 맞장구를 쳤다). 그래서 아직 잘 모르겠어요. 제가 만 서른 살 생일이 곧 다가오는데, 그때까지 천천히 생각해보려고요."

관객과의 대화를 마무리할 때 K씨가 마이크를 잡고 말했다.

"아차차, 메가박스 측에서 오늘 행사에서 쓰라고 사은품을 몇 가지 줬는데 제가 깜빡 잊고 쓰질 못했습니다. 이걸 처분해야 하는데…… 흠. 혹시 무대로 오셔서 〈잔혹한 천사의 테제〉를 멋지게 불러주실 용자 없으십니까? 그분께 원하는 상품을 들고 가실 권리를 드리겠습니다."

잠시 웅성거리는 소리가 있더니 젊은 여성 한 명이 사람들의 시선과 박수를 온몸으로 받으며 무대로 걸어 나왔다. 나는 그녀가 창피를 당하면 어떻게 하나 마음을 졸였는데 무대에 올라온 여성은 마이크를 잡고 눈을 감더니 그야말로 멋들어지게 〈신세기 에반게리온〉의 오프닝곡을 불렀다. 아마추어의 솜씨가 아니었다. 심지어 후렴 부분에서는 마이크를 객석 쪽으로 돌리며 관객들에게 따라 부르라는 제스처를 취하기까지 했다. 아주 능숙했다. 관객들이 합창을 마치고 나자 K씨가 과장된 몸짓으로 여성을 붙잡았다.

"우아, 이게 뭡니까? 아니, 그냥 내려가지 마시고, 상품 고르기 전에 자기소개 한번 해주시죠. 혹시 진짜 가수 아니세요?"

노래를 부른 여성은 자신이 가수는 아니고 가수 지망생이라고 답했다. K씨는 그 여성에게 에반게리온은 왜 좋아하느냐, 에반게리온에서 가장 좋아하는 캐릭터는 누구냐는 등의 의례적인 질문을 던졌다. 여성이 "가장 좋아하는 등장인물은 나기사 카오루입니다"라고 말하자 객석에서 가요프로그램 공개 녹화 현장에서 나오는 것과 비슷한 새된 비명이 터져 나왔다.

"어때요, 여러분. 이분께 선물 하나 더 드리고 노래 한 곡만 더 불러달라고 하면 어떨까요? 오늘 행사 이름도 앵콜상영회인데. 〈플라이 미 투 더 문〉 불러달라고 하면 어떨까요? 좋아요?"

K씨가 말하자 관객들이 일제히 입을 모아 "좋아요"라고 화답했다. 가수 지망생은 활짝 웃고 있다가 〈플라이 미 투 더 문〉 대신 〈에반게리온: 파〉의 클라이맥스에 나오는 노래를 부르겠다고 대답했다. 종현이 가장 좋아하던 장면, 신지가 "아야나미를 돌려줘!"라며 각성하고 미사토가 "가, 신지!"라고 외칠 때 나오는 곡 〈날개를 주세요〉 얘기였다. 이 노래는 〈파〉를 위해 만든 창작곡이 아니라 거의 동요가 되다시피 한, 유명한 1970년대 일본 가요다. 우리로 치면 〈개똥벌레〉쯤 된다.

"일본어 원곡으로 부를까요, 한국어 번안곡으로 부를까요?"

가수 지망생이 객석을 향해 외쳤다. "일본어요"라고 외치는 사람도 있고 "한국어요"라는 사람도 있었지만 한국어 쪽이 조금 더 우세했다. 가수 지망생이 무대 가운데로 걸어가 고개를 숙였다 들고 노래를 부르기 시작했다.

"이 등에 새처럼 하얀 날개를 달아주세요. 돈이나 명예 같은 건 필요 없지만 날개가 갖고 싶어요."

정말이지 '세상은 넓고 오덕은 많구나'라는 말이 절로 나오는 광경이었다. 관객 중에는 이 노래를 일본어로 따라 부르는 사람도 적지 않았다. 사람들은 팔을 들어 콘서트장에서 발라드 곡이 나올 때처럼 좌우로 흔들었고 나도 따라 했다. 노래가 끝났을 때에는 우레와 같은 박수와 함성이 쏟아졌다.

K씨가 다시 마이크를 잡고 마무리 발언을 했다.

"아, 정말 감동적입니다. 뭐라고 말씀을 드려야 할지 모르겠네요. 정말 감사합니다. 제가 영화업계에서 일하면서 느끼는 건데, 우리나라처럼 이런저런 지망생이 많고 또 그 지망생들의 수준이 높은 나라가 없는 것 같아요. 〈열광금지, 에바로드〉의 내레이션도 성우 지망생이 하셨다고 했죠? 그런데 전문 성우와 차이를 전혀 못 느끼겠어요. 뭔가를 꿈꾸는 사람이 많아질수록 사회가 나아지겠죠? 그런 거죠? 여기 계신 여러분들도 모두 꿈꾸는 바를 다 이루시기 바랍니다. 오늘 관객과의 대화, 정말 잊지 못할 경험이었습니다. 함께해주신 모든 분들께 크게 감사드립니다."

만족한 관객들이 재잘거리며 자리에서 일어날 때 나는 K씨의
마무리 멘트에 마음이 다소 불편해져서 갈피를 못 잡고 있었다.
뭔가의 지망생이라는 이야기를 들으면 자동적으로 청년실업이
니 '열정 페이'[1]니 하는 단어들이 떠올랐다. 오랜 기자 생활의
버릇 탓에, 나는 K씨가 한 말을 멋지게 비틀어 반박할 문장을
거의 자동적으로 머릿속으로 만들어내고 있었다. 그러나 그 문
구를 완성하기 직전에 고개를 흔들고 자리에서 일어났다. 냉소
적인 기분이 되기에는 조금 전의 즉석 공연에서 받은 감흥이 너
무 컸다.

나는 A.T. 필드를 누그러뜨렸다. 무대에 걸린 현수막에서 에
바 초호기가 스핑크스 같은 표정으로 나를 내려다보고 있었다.

"그냥 빤히 쳐다보기만 해도 사람들은 다 알아차린단다."

종현의 어머니가 어린 종현에게 '응시의 기술'을 설명했다.

"날개가 갖고 싶어요. 돈이나 명예 같은 건 필요 없어요."

가수 지망생이 노래했다.

"너를 자주 보고 싶으니까."

아야나미 레이의 눈을 한 소녀가 말했다.

아버지는 "애비가 못나서 미안하구나"라고 사과했고, 이카리

---

1 열정이 있는 사람에게는 급여를 적게 줘도 괜찮다는 개소리.

신지는 "난 도망가지 않아!"라고 외쳤다. 타브리스는 "사람의 몸과 옷이 어울려 만들어내는 아름다움이 분명히 있거든요"라고, 웹 디자이너는 "내가 다시 나로 돌아오는 느낌이 들지"라고 말했다. 형이 "근사한 레스토랑에 가서 사람들한테 맛있는 요리를 사주고 싶어"라고 고백할 때 미사토는 "다른 누구를 위해서가 아니라, 너 자신이 바라는 걸 위해!"라고 외쳤다. 어디선가 박수 소리가 들리는 것 같았다.

"꼭 랠리를 완주하세요. 어떤 숨은 선물이 있을지 모르니까요."

에바스토어 대표가 엄지손가락을 세웠다.

나는 고개를 끄덕이고 상영관을 빠져나왔다.

작 가 의　말

　〈에바로드〉는 동갑내기 친구 박현복, 이종호 씨가 함께 에반게리온 월드 스탬프 랠리를 완주하며 찍은 다큐멘터리입니다. 두 사람이 함께 주연 배우이며, 박현복 씨가 감독과 제작을, 이종호 씨가 사운드트랙의 작곡 및 작사를 맡았습니다.

　『열광금지, 에바로드』는 〈에바로드〉 제작자들의 이야기를 바탕으로 한 소설입니다. 저는 신문기자로 일하면서 두 사람을 인터뷰해 기사를 썼습니다. 그때 이걸 소설로 쓰면 정말 재미있겠다는 생각을 했습니다. 그래서 "두 분 이야기를 좀더 자세히 취재해 소설로 쓰고 싶다"고 정식으로 요청하고, 승낙을 얻었습니다.

　그렇게 해서 처음 만남을 제외하고 대략 스무 시간에 걸친 인터뷰의 결과물로 나온 것이 『열광금지, 에바로드』입니다. 이 소설에서 사실과 허구의 비율은 대략 7 대 3 정도 될 것 같습니다. 주인공 박종현은 박현복, 이종호 씨 두 사람을 모두 닮았고, 두 사람의 모험을 비슷하게 따라갑니다.

　아이러니하게도, 이 소설에서 가장 소설 같은 에피소드들이 실화에 바탕을 두고 있습니다. 녹음실 근처의 카페에 무작정 들어가 카페 손님들에게 코러스 녹음을 도와달라고 부탁한다거나, 카미무라 야스히로 대표와 중국에서 만나는 것, 크라우드 펀딩으로 자금을 조달하는 것, 메가박스에서 상업 상영을 하게 되는 과정, 페이애프터 이벤트, 관객과의 만남 행사 등등이 그렇습니다. 두 제작자의 일화 중 어떤 것들은 너무 극적이어서, 지나치게 작위적이라는 비판을 들을까 봐 뺀 것도 있습니다.

소설 『열광금지, 에바로드』에 등장하는 다큐멘터리 주제가의 제목과 노랫말은 실제 다큐멘터리 〈에바로드〉에서 가져왔습니다(그런데 그 노랫말이 어머니의 수술을 소재로 했다든가, 샌프란시스코 앞바다를 대서양으로 착각하는 바람에 그런 가사가 나왔다든가 하는 이야기는 제가 지어낸 것입니다. 30퍼센트의 허구가 이런 식으로 섞여 있습니다). '에바로드'라는 이름은 박현복, 이종호 씨의 창작이고 '애비로드'와 비슷한 어감을 택한 것도 그 두 사람이 의도한 바입니다. 『열광금지, 에바로드』에 묘사되는 다큐멘터리 첫 부분 내레이션은 실제 〈에바로드〉

첫 장면과 거의 비슷합니다.

그럼에도 불구하고 결국 박종현은 허구의 인물입니다. 저는 〈에바로드〉 제작진들의 내면을 알지 못합니다. 이분들이 이 다큐멘터리를 찍으며 어떤 깨달음을 얻었는지 모릅니다. 부모 형제와 어떤 갈등이 있었는지, 어떤 연애 생활을 했는지도 모릅니다. 이 소설의 여성 캐릭터 대부분은 창작입니다.

카미무라 야스히로 대표님, 메가박스 팀장님, 상상마당 같은 실제 인물과 단체 이름이 나오지만, 이 소설 속 묘사는 허구입니다. 실재하는 이름을 섞어 현실성을 높이고 싶었던 소설가의 욕심을 너그러이 봐주시길 부탁드립니다. 2회 서울코믹월드 행사는 실제로 여의도에서 열렸지만, 이 소설 속 묘사는 저의 상상입니다. 이니셜로 등장하는 인물이나 단체는 실존 인물이나 단체와는 아무런 관련이 없습니다.

IT 업계의 분위기나 에피소드에 대해서는 개발자들이 운영하는 블로그와 페이스북을 많이 참고했으며, 특히 빈꿈(www.emptydream.net) 님이 운영하는 블로그가 큰 도움이 되었습니다.

IT 중소기업의 '심심풀이 면접'이나 불법 소프트웨어 단속을 피하기 위해 벌이는 해프닝 등은 이 블로그를 통해 알게 된 것입니다. 에반게리온 관련 각종 정보는 리그베다 위키(rigvedawiki. net/r1/wiki.php)를 참조했습니다.

오랜 시간 여러 차례에 걸쳐 기꺼이 인터뷰에 응해주고, 자신들의 이야기를 소설로 쓸 수 있게 흔쾌히 허락해준 박현복, 이종호 씨에게 다시 한번 깊은 감사의 말씀을 드립니다. 두 분이 아니었으면 이 이야기를 시작하지도 못했고, 완성하지도 못했을 겁니다. 두 분의 이야기를 듣고 쓰면서, 저 또한 마음속으로 많은 위안을 얻었습니다.

전업 작가의 길을 가겠다는 남편을 믿고 응원해준 HJ에게, 사랑해. 고마워.

수림문학상 심사위원님들과 수림문화재단, 연합뉴스 관계자분들께도 감사드립니다. 계속 열심히 쓰겠습니다.

2014년 9월

장강명

제 2 회   수 림 문 학 상   심 사 평

올해는 투고작이 173편으로 대폭 늘었다. 역사, 재난, 그리고 남녀 간의 사랑 이야기를 소재로 다룬 작품이 많았다. 역사소설들 중에 미시적 상상력을 잘 발휘한 작품이 더러 눈에 띄었으나 인물을 새롭게 조명하고 현실을 환기하는 힘이 달렸다. 역사소설이라는 이름보다 '사극소설'이라 불렀으면 싶은 작품이 많았다. 재난이 닥친 미래를 배경으로 한 소설들은 역으로 현실에 대한 비판적 성찰을 내장하였으나 그 비판력이 정교하지 않고 진부했다. 회고조의 남녀 사랑 이야기들은 누구에게나 한 편씩은 있을 법한, 그래서 개인적 글쓰기라는 혐의를 벗기 쉽지 않은 작품이 태반이었다. 다양하고 독특한 소재에도 불구하고 정작 '왜 쓰는가?' '어떻게 써야 하는가?'에 대한 작가의 고투가 읽히는 작품들이 많지 않다는 점은 못내 아쉬웠다.

본심에 오른 작품은 「열광금지, 에바로드」「산촌농담」「나의 골드스타 전화기」「마지막 메이크업」「나쁜 생각을 하지 않을 조건」 다섯 편이었다. 그 밖에도 「기도원」「수호악마」「상어소녀 수금기」 등이 예심에서 관심을 끌었으나 본심 테이블에는 오르지 못했다.

「산촌농담」은 농경적 상상력을 바탕으로 시골살이의 소소한 풍정을 담아서 이채로운 가운데 소재, 문장, 인물을 다루는 방식이 지나치게 관습화되어 신선하지 않았다. 「마지막 메이크업」은 죽음을 거울처럼 배면에 세워놓고 삶과 죽음을 성찰하는 구도나 안정적인 문장이 공예품 같은 소설이었다. 그러나 전체적으로 구성과 인물의 관계망이 산만하고 설정이 작위적이었다. 소재주의로 기울어진 작품이라는 인상을 지울 수 없었다. 근미래를 배경으로 한 「나쁜 생각을 하지 않을 조건」은 암울한 디스토피아의 만화경을 피카레스크식으로 펼쳐만 놓았을 뿐 한 편의 소설로 육화해 성장시키지 못했다.

「열광금지, 에바로드」와 「나의 골드스타 전화기」가 최종적으로 남았다.

「나의 골드스타 전화기」는 대학 연구실의 업무보조로 일하며 소설 습작을 하는 인물을 개성적으로 그리고 있다. 실업계 고교, 지방대 문창과, 공대 연구실이 디테일하게 살아 있고, 무심

한 듯 담담한 진술 태도가 인상적이었다. 특별한 서사가 없음에도 소설을 계속 읽게 만드는 묘한 매력을 지니고 있다. 문체적 특성과 작품 세계가 비주류적이고 어디에도 잘 섞이지 않는다는 측면에서 독특한 세대적 감각과 감성을 느끼게 했다. 그러나 일견 개성적으로 보이는 이러한 지점들이 요즘 소설가 지망생들의 어떤 패턴을 반복하고 있다는 지적이 있었다. 청소년기의 반항을 보여주는 삽화라든가 수제 인형을 만드는 인물에 대한 처리에서 보이는 작위성은 작가가 소설 전반에서 구축한 목소리에서 벗어난, 유행에 민감하게 반응한 설정으로 보였다.

심사위원들은 「열광금지, 에바로드」를 이견 없이 당선작으로 확정했다. 오히려 우리는 이 작품에 대한 다양한 해석과 상찬으로 많은 시간을 할애했다. 이 소설은 실존하는 동명의 다큐멘터리를 중심 서사로 놓고 이 다큐를 만든 인물의 성장담을 취재기 형식으로 그린 작품이다. 에반게리온 '오덕'으로 살아온 IT세대(88만원 세대라고 부를 수도 있다)가 20대를 보내며 한 시대를 갈무리하는 성장소설이라 할 수 있는데, 전반적으로 상당한 수

준을 보여주고 있다. 실존인물이 가진 이야기성에 의존한다는 약점에도 불구하고 에반게리온 열광 세대의 감성과 체험을 깊이 이해하고, 인물에 시대상과 인생을 입히는 시선이며 이야기를 리듬감 있게 끌고 가는 작가적 역량이 탁월했다. 특히나 이 세대의 경험을 과장 없이 전달하고자 하는 성찰적인 시선과 균형 감각은 이 소설을 보편적 성장 서사로 세우는 동력으로 작용하고 있다. 어떤 정형화된 틀이나 관념에 끼워 맞추지 않고 젊은 세대의 성장을 그 자체의 에너지나 갈등에서 포착하는 힘에서도 작가적 역량을 확인할 수 있었다. 소설의 끝 부분으로 가면서 발랄한 헛소동처럼 보이던 이야기들이 투명한 감동으로 모아지는 체험도 강렬했다. 에반게리온 시리즈를 단 한 편도 보지 않았다는 한 심사위원은 끝까지 사로잡혀 읽게 만드는 마력에 감탄을 금치 못했다.

역량 있는 작가의 매력 넘치는 작품을 독자들에게 선보이게 되어 기쁘다.

심사위원 윤후명 · 정미경 · 정홍수 · 전성태 · 정이현

열광금지, 에바로드

제2회 수림문학상 수상작

초판 1쇄 발행 | 2014년 10월 20일
초판 2쇄 발행 | 2018년 11월 23일
초판 3쇄 발행 | 2023년 4월 6일

지은이 | 장강명

발행인 | 성기홍
편집인 | 박상현
주　간 | 조채희
기　획 | 정열
제작진행 | 김민기

발행처 | 연합뉴스
주　소 | 03143 서울시 종로구 율곡로 2길 25
　　　　www.yonhapnews.co.kr

편집디자인 | 도서출판 강(02-325-9566)
인　쇄 | 평화당인쇄(02-735-4009)

정　가 | 13,000원
구입문의 | 02-398-3591, 3593~4

ISBN 978-89-7433-114-6 03810

이 도서의 국립중앙도서관 출판시도서목록(CIP)은 e-CIP 홈페이지(http://seoji.nl.go.kr)와
국가자료공동목록시스템(http://www.nl.go.kr/kolisnet)에서 이용하실 수 있습니다.
(CIP 제어번호: CIP2014028758)

* 이 책은 수림문화재단의 지원으로 출간되었습니다.
* 광화문글방은 연합뉴스의 출판 전용브랜드입니다.